十宗罪 5

蜘蛛 ◎ 著

图书在版编目（CIP）数据

十宗罪 .5 / 蜘蛛著 . — 长沙：湖南文艺出版社，2015.6
ISBN 978-7-5404-7168-2

Ⅰ . ①十… Ⅱ . ①蜘… Ⅲ . ①长篇小说—中国—当代 Ⅳ . ① I247.5

中国版本图书馆 CIP 数据核字（2015）第 097473 号

©中南博集天卷文化传媒有限公司。本书版权受法律保护。未经权利人许可，任何人不得以任何方式使用本书包括正文、插图、封面、版式等任何部分内容，违者将受到法律制裁。

上架建议：文学·悬疑小说

十宗罪 .5

作　　者：蜘　蛛
出 版 人：刘清华
责任编辑：薛　健　刘诗哲
监　　制：蔡明菲　潘　良
特约策划：邢越超
特约编辑：刘　筝
营销支持：李　群
封面设计：申晓声设计
版式设计：李　洁
内文排版：百朗文化
出版发行：湖南文艺出版社
　　　　　（长沙市雨花区东二环一段 508 号 邮编：410014）
网　　址：www.hnwy.net
印　　刷：北京鹏润伟业印刷有限公司
经　　销：新华书店
开　　本：787mm×1092mm　1/16
字　　数：290 千字
印　　张：17
版　　次：2015 年 6 月第 1 版
印　　次：2015 年 6 月第 1 次印刷
书　　号：ISBN 978-7-5404-7168-2
定　　价：35.00 元

质量监督电话：010-59096394
团购电话：010-59320018

《十宗罪》系列荣誉奖项

《十宗罪》2010 年度最佳网络小说

《十宗罪》开卷 2010 年 12 月虚构、非虚构、少儿类新书排行榜第十名

《十宗罪》京东网年度畅销榜惊悚 / 恐怖类第六名

《十宗罪》当当网年度大盘点虚构类新书榜惊悚 / 恐怖类畅销榜第三名

《十宗罪 2》2011 年度最佳网络小说

《十宗罪 2》中国好书榜 2011 年 7 月同仁榜

《十宗罪 2》2011 年度十大悬疑作品

《十宗罪 2》2011 年中国悬疑小说 TOP10

《十宗罪 3》2012 年 7 月虚构、非虚构、少儿类新书排行榜虚构类第一名

《十宗罪 3》2012 年 7 月、8 月中国小说畅销榜十强

《十宗罪 3》2012 年 30 周、31 周畅销书排行榜十强

《十宗罪 3》2012 年度畅销榜侦探 / 悬疑 / 推理小说第六名

《十宗罪 3》2012 年京东网恐怖悬疑类小说畅销榜十强

《十宗罪 3》2012 年度最佳网络作品

《十宗罪》系列荣登 2013 年中国作家富豪榜

《十宗罪》系列荣登 2014 年中国作家富豪榜

十宗罪 5

目 录
Contents

第一卷　　恐怖衣柜

第一章 家中有鬼 | 003

第二章 衣柜迷宫 | 008

第三章 巨蟒吃人 | 014

第四章 挖洞入室 | 019

第五章 平行世界 | 024

第二卷　　人彘奇案

第六章 抛尸厕所 | 033

第七章 切割肢体 | 038

第八章 奇葩女人 | 045

第九章 蚊香烧尸 | 051

第十章 围城之鬼 | 057

第三卷　　清醒一梦

第十一章 特警队长 | 069

第十二章 强迫症者 | 075

第十三章 控梦大师 | 081

第十四章 卧底侦查 | 086

第十五章 痴人说梦 | 092

第四卷　　恋童癖者

第十六章 鱼目混珠 | 101

第十七章 指奸恶魔 | 107

第十八章 变态心理 | 113

第十九章 小院分尸 | 118

第二十章 县长日记 | 124

目录 Contents

第五卷　　凋零之案

第二十一章 手撕鬼子 | 135

第二十二章 绳套陷阱 | 140

第二十三章 愤怒青年 | 146

第二十四章 卫国军魂 | 152

第二十五章 归家之路 | 157

第六卷　　黄河浮尸

第二十六章 捞尸的人 | 165

第二十七章 毒舌妇人 | 170

第二十八章 民间表演 | 176

第二十九章 黑监狱里 | 181

第三十章 请你闭嘴 | 186

第七卷　　杀人视频

第三十一章 惊悚视频 | 193

第三十二章 两元商店 | 198

第三十三章 抛尸过程 | 204

第三十四章 四肢归位 | 210

第三十五章 戏如人生 | 216

附　录

柳营 | 225

拉拉手就到高潮 | 255

后记 | 263

第一卷
恐怖衣柜

当你完全离弃我时,我将回归于你。

——尼采

春城有个女孩,名叫鹿琪琪,特别喜欢自拍。

2013年1月10日,鹿琪琪在家中卧室自拍了一张照片,配上文字上传到微信朋友圈:"好困,哪个逗比敢叫我眼袋小姐,你过来,我保证不打死你。"照片中的她趴在床上,穿着睡衣,半遮半掩露出性感的乳沟,台灯开着,几本书放在床头,床的后面是一个衣柜。

鹿琪琪睡醒后，习惯性地开了手机，看了下时间，打开微信，惊呆了。

她收到了近百条微信评论，内容令她毛骨悚然，摘录如下——

追风少年王文杰：大半夜的又发艳照，已点赞。

刘文宪：找撸呢，琪琪。

我才不到碗里去：好恐怖，后面的衣柜里貌似有东西呀。

粉裙摆：我看到了一个人的眼睛啊，嗷嗷嗷！

扒蒜妹：太吓人了，你们真能找，衣柜里是什么，一只眼睛？

进击的刘小蹦：看清楚了，吓我一跳！确实有只眼睛，有个人藏在衣柜里！

甜甜甜美腻：眼睛在最右边的衣柜门缝里，不用谢，请叫我雷锋。

小雯子：天哪，吓死了，给你打电话你关机了，希望你今天晚上平安无事……

鹿琪琪被吓醒了，睡意全无，先叫了一声妈，妈妈不在家，出门买菜去了。她提心吊胆小心翼翼地打开衣柜的门，一个东西滚落出来。

第一章
家中有鬼

鹿琪琪家位于老城区，住的是平房，院里有株石榴树。

她在卧室自拍，把照片发到微信朋友圈，不少人指出，从照片中的衣柜里隐隐约约可以看到一只眼睛。朋友认为，有坏人躲在衣柜里，其实，那是一只玩具熊。然而，从那天开始，鹿琪琪家中发生了一系列古怪的事情。

院里的石榴树下发现了一个香烟盒，这是件很奇怪的事情。鹿琪琪的爸爸是个桥梁工程师，常年在外地工作，鹿琪琪和鹿妈妈平时并不抽烟，那么香烟盒是从哪里来的呢？

鹿琪琪看了一下院墙，安慰自己说，也许是别人从外面扔进来的香烟盒。但是，石榴树下那个被踩灭的烟蒂又该如何解释？

接下来的一些事情让她怀疑家中闹鬼了，她常常发现家里的东西悄悄地改变了位置。例如，放在窗台上的玩具熊掉在了床下，摊开的书本却合上了，本该在抽屉里的剪刀却放在了床头柜上。卧室里的衣柜也变得异常潮湿，散发出一股腐烂阴冷的气息。鹿琪琪的胸罩上居然有昆虫产卵，密密麻麻排列成三角形状，中间还有一颗圆滚滚的大虫卵。

鹿琪琪说："妈呀，好恶心，洗干净了我也不穿了。"

鹿妈妈说："是不是壁虎的卵啊？买点樟脑球放衣柜里。"

鹿琪琪平时喜欢侧身睡觉，蜷缩着，像一只小猫。

有一次，她醒来后发现床单上有些污渍，仔细想想，自己一向爱整洁，昨晚回来时并没有摔跤，这些污渍是从哪里来的呢？从痕迹上看，似乎是个人形，这使得她产生了一个可怕的想法：在她睡着的时候，有个脏兮兮的人神不知鬼不觉地进入了她房间，还在她身边躺了下来。也许，那个神秘的人整个晚上都睡在她身边，在她醒来之前，又悄悄地离开。

尽管她没有受到任何伤害，但是想到有个陌生人整个晚上躺在身边，仔细端详着自己熟睡的脸，想到这里，她禁不住浑身发抖。

鹿琪琪给男朋友打电话，男朋友叫大志，正在韩国留学，大志在电话里劝她换掉门锁。

换了锁，并且安装了防盗链之后，家中还是会发现有人入室的迹象。无奈之下，鹿琪琪只好报警，然而，警察却无能为力，表示既没有丢东西，现场也没发现可疑迹象，无法立案。

鹿妈妈说："对不起啊，警官，我家琪琪最近不知道怎么了，老是疑神疑鬼的。"

警官说："你最好带孩子去看心理医生。"

鹿琪琪说："我没病，家里确实进来人了，还不止一次，你们怎么就不信呢！"

鹿琪琪的爸爸在外地工作，受了点轻伤，鹿妈妈前去探望。临行之前，叮嘱鹿琪琪不要胡思乱想，不要疑神疑鬼。如果害怕，可以把闺密叫来一起住。闺密陪着鹿琪琪住了两天，没有发生异常情况，随后就离开了。

鹿琪琪独自在家，这天夜里，她隐约听到衣柜中发出诡异的声响，客厅里还传来轻微的脚步声，她立刻坐起来，侧耳倾听，声音却消失了。

她开了灯，去浴室拿了根拖把，瑟瑟发抖地检查屋子，没有发现异常情况。

鹿琪琪松了一口气，为了安慰自己，她喝了几杯红酒，回到卧室迷迷糊糊睡着了。

子夜一点左右的时候，鹿琪琪因口渴醒了，她睁开眼睛，眼前的一幕令她万分惊恐——黑暗之中，有个人侧身躺在她身边，正直勾勾地看着她。

几天后，鹿妈妈回来了，家中一片狼藉，女儿不见了。

鹿妈妈惊慌失措地到处寻找，屋内有很明显的搏斗痕迹，断裂的拖把棍子扔在地板上，客厅的鱼缸被打碎了，一道拖行血迹通向鹿琪琪的卧室。卧室里，被子掉落地上，床单也被掀开了。鹿妈妈哭喊女儿的名字，回头看到衣柜里似乎有个人，她颤巍巍地打开柜门，一具女尸坐在衣柜内，脖子拴着一根手机数据线，吊在衣柜内的横梁上，歪着头，睁着无神的眼睛看着她。

鹿妈妈有心脏病，看到女儿的死状，当即倒地，再也没有醒来。

一案两命，母女双亡，离奇恐怖的案情震惊了这座城市。

白景玉派遣特案组紧急奔赴春城，第一时间赶到了凶杀现场。

春城警方已经对案发现场进行了细致的勘验，正在做外围的走访调查。刑侦支队高大队长向特案组做了汇报，并请示下一步的侦破工作。

梁教授问道："谁报的案？"

高大队长说："邻居，平时常常一起去买菜，见她家门开着，走到屋里看到母女俩死了。"

包斩检查了院门，大铁门锁着，平时只开一扇小门，小门使用的是暗锁。屋门也是暗锁，还安装了防盗链，窗户有护栏，没有破坏和撬动的痕迹，目前无法判定凶手是怎样入室杀人的。

画龙说："凶手要么有钥匙，要么会开锁，否则怎么进来的呢？"

苏眉说："死者的闺密反映，案发前一段时间，死者鹿琪琪多次说家中有人潜入。"

鹿琪琪的人际关系较为简单，23 岁，刚刚大学毕业，平时只和闺密、同学联系，一起逛街、吃饭、购物。她有个男友，大学里相恋 3 年，目前在韩国读书进修。鹿琪琪的头部遭到钝器击打，但这不是致命伤，她死于窒息。凶手将她打晕，用枕头压在她脸上，闷死了她，然后将尸体藏入衣柜。从现场分析来看，杀人动机是谋财害命，屋内一片狼藉，抽屉柜门开着，凶手杀人后翻箱倒柜，寻找财物。经过清点损失，鹿琪琪的妈妈买的 1000 克金条不翼而飞。

由于金价暴跌，很多市民认为这是千载难逢的投资机会，大妈们成为抢购黄金的主力，鹿琪琪的妈妈也是其中的一员，她取出存款，购买了 1000 克金条藏于家中。

很多购买者不愿意把金条存放在银行，而是藏在家里的各个角落。

有记者采访了多位抢购黄金的市民，发现多数人依然采用比较传统的藏金方式。一位婆婆已经 70 多岁了，她将黄金塞到了家里的厕所里，至于是厕所的哪个位置，婆婆无论如何都不说，"总之不可能在马桶里"。一位女士年龄不到 30 岁，刚刚做了妈妈，她的绝招是将黄金储存在宝宝的尿不湿袋子中。此外，还有人将黄金塞在床底、衣柜、抽油烟机与台灯里。

从现场翻动的痕迹来看，鹿琪琪妈妈是将金条藏在了客厅的墙壁里。墙壁有个洞，外面挂着一幅画，金条就藏在后面。此外，还发现了多处可疑的藏金地点，天花板上有一块石膏板是松动的，家庭影院的音箱也有打开和放置物品的痕迹。特案组推断，鹿琪琪妈妈出于安全的考虑，曾将金条多次转移地点。

梁教授说："凶手很有耐心，肯定找了好长时间。"

高大队长说："凶手戴着手套，房间里没有留下指纹。"

包斩说："根据尸检报告，鹿琪琪的死亡时间是子夜 1 点左右，到天亮之前，凶手可能一直在死者家中。"

苏眉说："凶手为什么不逼迫鹿琪琪说出藏金地点呢？"

画龙说："鹿琪琪可能也不知道她妈把金条藏哪儿了，要不就是凶手一下把她弄死了。"

梁教授说:"鹿琪琪报过案,称自己多次发现家中有人进入,如果是真的,看来早就被贼惦记上了。"

特案组对鹿琪琪卧室的衣柜进行了勘察,衣柜是4个一组,底部的木板完好无损,钉子牢固。大家合力移开衣柜,下面铺设的是地板砖,包斩逐一敲击,其中一块地板砖非常可疑,竟然发出空洞的声音。

那块地板砖被轻而易举地撬了起来,大家目瞪口呆,地板砖下出现一个黑乎乎的洞!

第二章
衣柜迷宫

在死者的房间里,警方移开衣柜,掀起一块地板砖,居然发现了一个洞口。

这个神秘的地洞是人力挖掘还是自然形成,有什么怪物居住在这下面的巢穴里吗?

众人面面相觑,不知所措,画龙说道:"都让开。"

遇到危险,画龙总是第一个冲在前面,他要了个手电筒,向洞里照了一下,地洞狭窄,并不太深,洞壁上开凿了一些便于攀爬的凹点。画龙手足并用,下到洞里,在底部又发现了一条横向的地道。画龙猫着腰向前走,地道内阴冷潮湿,散发出一股腐烂的气息。画龙心想,如果这地道是凶手挖的,工程量未免也太大了。后面传来声响,原来包斩和苏眉担心画龙的安危,也从地洞下来了。三人走了不久,前方有个锈迹斑斑的铁栅栏,早已被人破坏,穿过栅栏,就到了地道的尽头。尽头处有一道向下的铁梯子,镶嵌在土层中,同样锈迹斑斑。沿梯而下,终于到了底部,周围漆黑一片,画龙用手电筒四处查看,三个人都惊呆了!

苏眉说:"这是什么地方?"

包斩说:"看上去像是墓地的内部啊,又有点像地铁隧道,或者是矿洞。"

画龙说:"都不是,说出来你们都不相信,如果我没猜错的话,这里是……地下机场。"

天涯社区娱乐八卦论坛有个帖子,标题是《大家818周围有很低调,其实很牛×的人吗?》

鹿琪琪有个同学叫小雯子,小雯子在这帖子里写到了鹿琪琪爸爸的一件事。

鹿爸爸以前在建筑设计院上班,整天骑着一辆破自行车,为人低调,穿着也特别朴素,戴着眼镜,典型的中年知识分子形象。有一年,开发商要强拆他们家的房子,先是来了一群开挖掘机的人,鹿爸爸誓死保卫家园,拦住挖掘机,寸土不让。开发商又叫来了一群开警车的人,打算采取强制措施,拘留鹿爸爸。

一名警察劝说:"老伯,你家这老房子属于违章建筑,早就该拆了。"

鹿爸爸有恃无恐,说:"你有多大的权力,你知道这房子下面是什么吗?"

警察说:"什么?"

鹿爸爸说:"国家机密。"

警察说:"什么国家机密?"

鹿爸爸说:"你警衔太低,没资格知道,《国防法》第五十二条规定:'公民和组织应当遵守保密规定,不得泄露国防方面的国家秘密。'"

开发商以为鹿爸爸故弄玄虚,正要强拆的时候,鹿爸爸打电话叫来了一群开军车的人,全副武装的军人把警察和开发商团团包围。大家都震惊了,这么一个文质彬彬的桥梁工程师,居然还有军方背景。

鹿爸爸有一个秘密身份,兼任着该市人防工程指挥部的技术顾问。

中国的人防工程是军事设施,具有重大战略和战备意义。

因为现在是太平盛世,距离战争较远,城市地面之下的人防工程并不为人所知。一旦战争来临,人防工程必须具备有效抵御包括核武器在内的各种袭击和城市次生灾害。春城的人防工程从抗日战争时期就开始修建,70年代,毛泽东指示"深挖洞，广积粮"，中国的每个城市都积极备战，挖掘了很多防空洞和隧道，从而形成了大面积的地下建筑，那时全国挖洞的轴长度超过万里长城，挖掘的土石方超过了长城的土石方总量！

鹿琪琪家衣柜下面的洞口就是该市人防工程的一个隐蔽通信孔。

画龙、包斩、苏眉三人正站在一个巨大的地底隧道里。

确切地说，他们是站在地下机场的跑道上。

地下机场是人防工程的一部分，主要用来在战争时期隐藏飞机，保存空军反击能力。

画龙当过兵，对人防工程和地下军事设施有些了解。包斩和苏眉听了画龙的解释，感到难以置信，死者鹿琪琪家的衣柜下面居然有一个地下机场。三个人打着手电筒查看了一会儿，这个地下机场因为年久失修，多处坍塌积水，周围连通着几条隧道，隧道又和地道相连，如同迷宫一样。

画龙三人回到地面，对梁教授说明了情况，高大队长召集精兵强将在公安局召开会议。

高大队长拿出一张地图，挂在会议室的墙上，这是春城人防工程平面图，不过是1990年绘制的。近年来，随着城市规划和扩建，人防工程战备和商业相结合，在不破坏整体结构的前提下，充分利用地下空间，人防工程的一部分被改造成了商场、停车场、仓库、旅馆等。

梁教授说："有哪些人可以进入死者鹿琪琪家衣柜下面的人防区域？"

人防办工作人员说："那片区域并没有开发为商用，平时是封闭的，我们会协助警方仔细搜查出入口。"

包斩说："什么人可以出入人防工程呢，这点很重要。"

梁教授说："死者衣柜下面的人防工程是早就存在的，但是并不为人所知，凶手不仅知道这点，还知道鹿琪琪家藏有金条，凶手和死者一家肯定有着某种关系。"

包斩说："谁能解释一下衣柜下面的那个地洞是怎么挖掘的？"

高大队长说："经过请教专业人士，他们认为，死者鹿琪琪家的地洞，是从下往上挖掘的。因为之前就是一个隐蔽的通信孔，所以凶手并没有费多大力气。"

苏眉说："简直匪夷所思，凶手挖了一条地道到死者家里，然后杀人劫财。"

画龙说："挖地道多费劲啊，随便冒充个送快递的人把门骗开就是了。"

包斩说："如果是谋财，那么杀人可能并非本意，凶手最初也许只是想盗窃。"

高大队长说："入室盗窃很容易升级为抢劫，抢劫又很容易引发杀人行为，这样的案例太多了。"

梁教授说："大家分析一下作案过程。"

高大队长说："这个案子有个疑点，衣柜很沉重，需要几个人才可以抬得动，衣柜底部的钉子也是完好的，没有撬开的痕迹，凶手是怎么进入死者家中的呢？从地洞里钻出来的话，上面是个衣柜，凶手还是进不去啊。"

包斩说："很简单，这个任何人都可以做到。"

高大队长说："不破坏衣柜，怎么进入家中呢？"

包斩说："凶手从下面移开地板砖，使用某种工具撬开衣柜底部的木板，进入衣柜之中躲藏起来，伺机作案，我猜测凶手不止一次这样做。鹿妈妈回到家的时候，鹿琪琪已经死了，如果家中的防盗链是挂着的，那么鹿妈妈即使有钥匙，也无法进入屋中。这说明凶手杀了人劫了财，最后大摇大摆地从门里走了出去。临走前，凶手为了掩盖现场，他覆盖好洞口，用钉子重新钉好了衣柜底部的木条，这也是我们看到衣柜没有被破坏但是凶手却可以进入家中的原因。"

苏眉说："我赞同小包的看法，凶手杀人后，钉好衣柜底部的木板，把尸体放进衣柜，还用数据线吊住了死者的脖子。"

画龙说："有的凶手杀人后还给死者盖上被子，或者用泥土遮盖脸部，其实，这都是一种畏罪的表现。"

梁教授强调，破案没有什么诀窍，警察不要去想自己已经做了什么，要想想还能做点什么。随后，梁教授在会议上安排了任务。

高大队长负责对死者的家庭背景以及人际关系展开调查，看是否为熟人作案，确定侦破方向。

苏眉和法医一起去殡仪馆，对尸检报告进行再一次核查，要做到准确无误。现场没有遗留下凶手的指纹，但是通过尸检可以初步判断凶手使用的凶器。

包斩的工作重点是调查春城各大金店银楼，凶手抢到金条后必然会销赃。

画龙联合专业人士对鹿琪琪家下面的人防工程进行细致的勘察，要测绘出最新的地图，巡视每一条隧道和支线，找到凶手进入人防工程的出入口。

地面上车水马龙，喧闹一片，地下的人防工程却人迹罕至，黑暗寂静。

画龙和两名民警以及人防办工作人员展开了搜查，他们打着手电筒，走在潮湿阴冷的隧道里，隧道的高度足以藏匿飞机，但因为年久失修，有些地方已经坍塌，一些支线只能猫着腰前进。这个地下世界布满了垃圾、细菌和小动物，却又四通八达，内在环境的不可控因素，加上生态污染，令人不安，焦虑感提升。

有一段坑道因坍塌而堵塞，画龙等人绕道而行，前方又因为常年积水产生了地陷，形成了一个深坑。大家下到坑里，闻到一股冰冷的腥气，隐隐约约看到有一堆白色的石头，走得近了，那堆"石头"突然动了一下。大家用手电筒照看，不禁毛骨悚然，这个庞然大物是一条白色大蟒蛇！有五六米长，匍匐在那里，昂首吐着芯子。

众人看到大蛇，胆战心惊，一个人撒腿就往回跑，大蛇猛地咬住了他的腿，那人疼得叫喊起来，蛇缩回去，依旧昂起头来。

画龙站在前面，示意大家不要轻举妄动，他扔了块石头，想要吓走大蛇。蛇再次发起攻击，一口咬向画龙的手臂，动作迅猛，画龙来不及躲闪，情急之下将手电筒向前一伸，正好卡在蛇口之中，他随即翻身滚到一边，掏出枪来，向蛇头开了几枪。

大白蛇不动了，大家注意到，它的肚子胀得又粗又大，根本无法爬行。

一名民警说:"吓人啊,好一条大蟒蛇,肯定吞下去了什么大型动物,它吃了一只羊?"

人防办工作人员说:"地下只有老鼠、蟑螂,哪来的大型动物?"

画龙说:"难不成,这蛇吞吃了一个人?"

画龙用刀子把蛇从腹部剖开,手电筒发出惨白的光,只见一个人的身躯从蛇腹内露出来,此人的头部以及上半身已被蟒蛇的胃液溶蚀掉大半。

第三章
巨蟒吃人

蛇肚子里的那个人，从衣着上看是个男人。

他的面目模糊，浑身布满黏液，好像有一万个人向他吐过痰，或者想象把这个人从硫酸池中拖出来的情景。蛇的胃液具有腐蚀性，动物的骨骼都可以消化掉。这个倒霉的人当时还没有死，画龙等人注意到，他的身体上紧缚着尼龙绳，整个人被捆绑成棍状，呈立正姿势，把他从大蛇腹内拖出来的时候，他的脚尖还颤了几下，随即不动了。蛇进食时并不咀嚼，而是整个把猎物吞进肚子里，吞食的过程非常缓慢，此人的头部先是被蛇咬住，他忍受着巨大的恐惧和疼痛，然后被蛇一点点地吞到肚子里。

画龙说："回去叫人来，把医生、法医都叫来，看看能不能救活他，蛇吃了他还没多久。"

人防办工作人员说："问题来了，奇怪的是，谁把他绑起来了，蛇可不会绑人啊。"

一名民警说："很显然，有人把他绑上后扔到了这里，然后被蛇吃了，他身上绑着绳子，跑也跑不了。"

画龙说："估计和我们的案子有关。"

这条白色大蟒蛇被放置在春城公安局大厅门前的水磨石地面上，全局的民警都跑来围观，甚至有当地媒体的记者闻讯而来，一些人议论纷纷，下水道里出现一条大蛇，还吃了一个人，局领导担忧引起社会恐慌，拒绝了媒体的采访报道。

苏眉说："画龙哥哥，你好厉害，这条大蛇都被你打死了？"

画龙说："哈哈，我以前还干死过鲨鱼呢，那次可没用枪。"

包斩说："白色的大蛇，真是罕见。"

梁教授说："这是黄金蟒！"

黄金蟒是缅甸蟒蛇的白化突变种，是一种十分稀少的变异品种，成年体长可达7米，野生黄金蟒非常罕见。这条大蛇因为常年生活在地下，不见阳光，所以身上的黄色条纹消失了，整条大蛇都变异成了白色。大多数黄金蟒在动物园里，有的人也会饲养黄金蟒作为宠物。春城110指挥中心接到过几次报案，有的人饲养的宠物蛇跑了出来，吓坏了市民。老城区还有个初三的女生，早晨如厕，马桶里居然有一条蛇，差点咬中她的屁股。

春城警方猜测，这条蛇最初也是宠物蛇，主人不想饲养了，就将其放生或者冲入马桶，此后就一直生活在下水道里，后来又钻入了地下的人防工程。

蛇腹内的无名尸体被胃液消化得面目全非，缺乏辨认条件，无法发出协查通报。画龙等人在地下巡查，在那个大坑里，距离死者不远的位置，发现了一个精美的盒子，经过鹿琪琪爸爸辨认，这正是他家丢失的金条的包装盒。

案情变得明朗起来，特案组分析，这起挖洞入室杀人案件，动机是为了劫财，凶手至少有两名或两名以上，应为团伙作案。劫得金条之后，因为分赃不均，一名犯罪分子被同伙打晕。尸检结果显示，蛇腹内的死者头骨凹陷性骨折，有遭受钝器打击的痕迹，同伙将他打晕捆绑后抛弃在坑里，后来被蛇吞吃下肚。

凶手具有经常出入人防工程的条件，肯定有一个秘密的出入口，春城警方调集了更多的警力，对地下人防工程进行巡查。

那条大蛇被送进殡仪馆火化，挖洞入室，蟒蛇吃人，骇人传闻在这个城市里闹得沸沸扬扬。

在殡仪馆里，苏眉见到了鹿琪琪的男朋友，他叫大志，长得很像韩国明星。大学读书的时候，他就是很多女孩的男神，爱慕者无数，但是他对鹿琪琪非常痴情专一，令人艳羡不已。大志听闻噩耗，立即回国，在停尸房看到了死去的女友。他像个疯子似的目光痴呆，神情恍惚，难以相信眼前的一幕。多少恩爱缠绵，恍若昨天，如今香消玉殒，肝肠寸断。大志慢慢地走出停尸房，过了许久，外面走廊里传来他号啕大哭的声音。

苏眉上前安慰，请他节哀顺变。

大志靠墙坐在地上，依旧像个小孩子似的大哭不止。

苏眉说："你要配合我们警方，尽快抓到凶手，你仔细想想，你女朋友有没有说过什么可疑的事情，或者案发之前，有没有遇到过什么可疑的人。"

大志说："我现在……心里很乱，实在想不起来，琪琪变得不正常，老是怀疑家里闹鬼，我要是早点回来陪她就好了，都怪我啊。"

苏眉递过去一张纸巾，说："人死不能复生，你也别难过了。"

大志怔怔地说："我觉得她还活着，那个躺着的人不是她，对不对？"

人防工程的巡查工作进展得并不顺利，很多地方积水、坍塌，难以通行，存在安全隐患。以死者鹿琪琪家中的衣柜为中心，周边的地下工程没有找到隐蔽的出入口。上次全面巡查还是1990年，耗时半个月，警方短时间内难以搞清楚凶手究竟是怎样进入地下人防工程的。

就在案情僵持不下的时候，突然有个女孩前来报警，提供了一条令人难以置信的消息——她见到了鹿琪琪。

特案组大吃一惊，亲自接待了这名女孩。

女孩名叫小雯子，她和死者鹿琪琪是高中同学。小雯子很害怕，甚至不敢独自前来报案，而是在父母的陪同下来到了春城公安局。

梁教授说:"你见到了鹿琪琪?她已经死了,你不知道吗,你怎么会见到她?"

小雯子的手一直在颤抖,她说:"千真万确,我见到她了,还和她说话了。"

画龙说:"报假案也是要负法律责任的。"

小雯子说:"警察叔叔,我怎么敢撒谎,这是真的,我……"

苏眉问小雯子的父母:"她平时精神状况怎么样?"

小雯子的妈妈说:"孩子是吓得,没有精神病,回家就和我们说,她见到了死去的女同学。"

小雯子的爸爸说:"真是见鬼了,邪门。"

包斩说:"什么时候的事情?"

小雯子说:"就是昨天!"

梁教授说:"好吧,你在哪里见到的死者?你们都说什么了?"

小雯子在一家婚纱影楼工作,担任前台接待,晚上9点下班,同事们陆陆续续都走了,这时候,门外走进来一个女孩,穿着一件白色卫衣,下身是白色铅笔裤,马丁靴,身材高挑,时尚靓丽。

小雯子正在收拾东西,头也不抬地说道:"下班了,明天再来吧。"

那女孩说:"你们外面橱窗里的那件婚纱挺漂亮的,我想预约一下。"

小雯子说可以,抬头看了一眼那女孩,觉得非常面熟,想了一会儿说道:"你是鹿琪琪?"

那女孩愣了一下,四目相交,笑着说道:"小雯子,原来你在这里上班啊。"

小雯子很开心,她和鹿琪琪是高中同学,几年没见,竟然偶遇。她起身倒了一杯水,随即愣住了,一阵心慌,手颤抖个不停,杯子掉落在地上,发出清脆的响声。

小雯子说:"啊,我想起来了,你不是死了吗?"

说完这句话,小雯子感觉头皮发麻,不寒而栗。

那女孩说:"我?没死啊,瞎说什么呢。"

小雯子说:"琪琪,我听说,你已经死了,你知道吗?"

那女孩说:"开什么玩笑?"

小雯子说:"你的 QQ 空间、微博、人人网、微信,你没去看吗?很多人都给你发了蜡烛,我也发了。"

那女孩说道:"小雯子,你是见鬼喽,你摸摸看,看我是人是鬼。"

小雯子颤抖着说:"琪琪,你别过来。"

小雯子尖叫着跑了出去……就连随身物品都没有带。回到家后,惊魂未定,心悸不已。她将这件事告诉了父母,父母陪同她又回到婚纱影楼,大厅里空荡荡的,没有一个人影,那女孩已经不见了。

这件事太过匪夷所思,令人不敢相信。

小雯子和鹿琪琪是旧日相识,同学几年,有时也会在网上联系,互相给对方的微信自拍照点赞,彼此相熟,小雯子精神正常,认错人的可能性不大。

特案组来到婚纱影楼,调看了店里的监控视频,只有画面,没有声音,看上去气氛诡异。录像显示,小雯子认出鹿琪琪的时候,面露喜色,倒水时想到鹿琪琪已经死了,吓得浑身哆嗦,杯子从手中掉落,小雯子跑掉之后,那女孩随即离开。

临走之前,那女孩抬起头,似乎想着什么事情,面部正对着店里的监控探头,她想了一会儿,莫名其妙地笑起来,露着白森森的牙齿。

第四章
挖洞入室

这个女孩究竟是人是鬼?

已经遇害的人为什么还会突然出现?

如果鹿琪琪没有死,那么这起凶杀案的死者又是谁?

警方开始全面调查"死者复活"的诡异事件,首先证明了一点,那个女孩的身高和体重包括发型都和死者鹿琪琪相差无几。她身上穿的白色卫衣、白色铅笔裤和马丁靴,警方在鹿琪琪的衣柜中也找到了一模一样的。

DNA检测证实了最关键的一点,殡仪馆停尸房的死者是鹿琪琪,确认无误。

难道,这个世界上真的有灵魂存在?

苏眉把视频截图并做清晰放大处理,随后让鹿琪琪的亲友辨认,10个人有8个说出现在婚纱影楼里的女孩是鹿琪琪,剩下两个不敢确定,但是也没有否认。

大志看完照片,没有回答,他的泪水说明了一切。这个失魂落魄的人变得精神恍惚,他并没有感到害怕,而是每天都在小雯子的婚纱店门前徘徊,他内心里坚定不移地认为自己的女友还活着,他希望再次遇到她。

特案组召开了紧急会议,死者的出现使警方感到迷茫,不知所措。

高大队长说:"这个女孩,不管是人是鬼,我们都要找到她。"

苏眉说:"如果是鬼的话,上哪儿找去?我想起一部电影,《人鬼情未了》,鹿琪琪和大志相爱至深,两人本来都要结婚了,鹿琪琪却遇害身亡,阴阳两隔,但情缘未尽,所以……婚纱影楼里又出现了另一个她。"

画龙说:"扯淡,我更觉得是有人冒充死者鹿琪琪。"

苏眉说:"动机呢,为什么要冒充?再说,死者的亲友可不会看走眼,一致认为就是她。"

梁教授为了稳定军心,故作轻松地说:"这个世界上哪有鬼?真有的话,抓住一个还不发财了,最起码也能获诺贝尔奖吧,名利双收的事情,至今未见有人证实,所以大家不要多想。"

包斩说:"不管怎样,鹿琪琪已经死了,我们抓住凶手肯定就真相大白了。"

拨开重重迷雾,这个案子的本质就是一起入室盗窃案件,凶手的目的就是1000克金条,这本是鹿琪琪的妈妈为女儿出嫁准备的嫁妆。梁教授将警力分成三组,一组寻找那个在婚纱影楼出现的神秘女孩;一组负责查明尸源,蛇腹内的死者很可能就是凶手之一;最后一组围绕金条展开细致的调查,哪些人知道死者家中藏有金条以及金条的具体位置,同时具备打洞挖掘的技术条件,这是警方重点调查的对象。

我国发生过很多起挖洞盗窃案件,新闻中常有报道。

北京市丰台区,一名打工仔在自己的出租房里挖地道,潜入隔壁的烟酒商店,盗窃财物,警方在床下发现了秘密的洞口。

成都荷花池中药材批发市场,两名嫌疑人张某和曾某用假身份证租了一间房子。此后半个月,他们放下卷帘门,开始挖地道,地道悄无声息地通过一条马路,直达马路对面的药材库房,盗窃冬虫夏草等名贵药材两百余公斤。

武汉新洲区有一个自助银行，附近有片小树林，较为偏僻，犯罪嫌疑人李某使用铁锹、电工刀、千斤顶、撬杆、防尘口罩、胶皮手套、氧气瓶等作案工具，在小树林内挖掘地道，挖掘的泥土装袋抛弃。他用千斤顶钻出地面，进入自动取款机管理室，用焊割机对取款机进行切割时触发警报，从而被捕。

包斩又去了一趟案发现场，鹿琪琪房间的衣柜已被搬到公安局做技术检验，房间空荡荡的，他掀开地板砖，看着那个洞发呆，随即摇了摇头。包斩来到客厅，取下墙上的一幅画，背后就是藏有金条的墙洞。洞口处墙皮的边缘齐整，里面的红砖也没有被过多破坏，应该是专业施工人员所为。

包斩自言自语说："这个墙洞是谁弄的呢？"

包斩突然想到什么，快步走到院外，靠近马路的院墙上还有附近的电线杆上都贴着一些广告，诸如家政、装修、搬家、疏通下水道之类。包斩将广告上的电话号码全部抄了下来，回到局里之后，把那些电话号码输入电脑，与鹿琪琪以及鹿妈妈的通话记录做对比。

这本是没抱多大希望的举动，包斩却意外发现了一个可疑的电话，号码属于一个专业管道疏通维修服务公司，鹿妈妈曾经拨打过这个电话，通话日期恰好是鹿妈妈购买金条的第二天。

包斩将这一情况汇报给梁教授，梁教授拨通了那个电话号码。

电话里传来一个男人的大嗓门声音："喂，你找谁啊？这里是疏通管道的。"

梁教授说："我家的浴缸不下水，可能是下水道堵了，麻烦你来修一下吧。"

梁教授和对方谈好价格，说了一个小区的名字，然后在小区路口安排了几名民警，打算等对方来了后就将其带至公安局讯问。半小时后，一辆破旧的机动三轮车停在小区门口，车身上写着"通马桶、下水道"的字样，两个穿破旧迷彩服的民工从车上下来了。

民警亮明身份，要求他们去公安局协助警方调查。

两个民工面露惊慌，用眼神商量了一下，其中一个撒腿就跑，一边跑一边喊道："李臭嘴，快点跑啊，那件事谁也别说，跑快点，咱就在上回喝酒的那地方见面。"

另一名叫李臭嘴的民工愣住了，一头雾水，向着同伙逃跑的背影问道："强子，咱的三轮车咋办？还有车上的家伙，都不要了啊？"

强子沿路飞奔，头也不回，李臭嘴想跑，但是被民警拧着胳膊控制住了。

两个疏通下水道的民工，一个叫李臭嘴，一个叫强子。

强子看到民警就跑，说明心中有鬼，极有可能和这起挖洞入室杀人案有关。

几名民警紧追不舍，强子跑得飞快，他拐进一条小巷，那是一条死胡同，民警气喘吁吁地停下脚步，心想，这下你小子跑不掉。民警歇了口气，继续追捕，小巷里只有几户人家，房门紧闭，尽头处有个垃圾桶，民警四处搜寻，然而眼前的这个人竟然凭空消失了。垃圾桶是唯一遮挡视线的地方，大家走过去，垃圾桶后面没有人，地面的一个下水井盖被掀开了。

强子钻进了下水道，民警实在是没有勇气下去搜索，下水口散发着令人作呕的恶臭，里面情况不明，不知道强子有没有携带武器。民警们只好守株待兔，向特案组和高大队长汇报。

高大队长下令搜索下水道，务必抓住犯罪嫌疑人。

几名勇敢的警察和一只警犬组成了一个搜索小队，他们从强子下去的井口进入，下水道里污秽遍地，空间狭小，只能弯腰而行。下水道的墙壁上，有些地方长满了畸形的菌，渗出疮疮似的脓水，城市的排泄物汇聚在这里。搜索小组呼吸着令人作呕的浊臭，这些臭味足以令人窒息。搜索小组的队员感到头晕目眩，他们前行不久，就回到了地面上。

城市的下水道四通八达，难以确认犯罪嫌疑人的具体方位，每一个下水井口，都可能是他钻出来的出口。高大队长调集了众多警力，对周围街道进行严密布控。与此同时，特案组对李臭嘴进行了突击审讯。

李臭嘴相貌憨厚，皮肤黝黑，看上去一副老实巴交的样子。事后调查得知，他在4岁时掉进了村里的粪坑，捞起来后口鼻出血，在医院治疗了半年多身体才逐渐恢复，从此反应迟钝，智商不高，小学三年级就弃学回家。此后，在外流浪过几年，有过盗窃前科，他修理过自行车，做过木工学徒，在火车站装卸煤炭时认识了强子，经过介绍，跟着强子一起干起了疏通下水道的零活儿。此人唯一的爱好就是吃，经常边走边嗑瓜子，或者拿着一只烧鸡腿边走边啃。

梁教授问："姓名？"

李臭嘴说："他们都叫我李臭嘴。"

苏眉说："你怎么叫这名呀？"

李臭嘴说："你闻闻。"他说完后张开嘴巴，哈了一口气，口臭味熏得苏眉捂嘴作呕。

画龙说："哎哟，你也刷刷牙，滚远点，别离我这么近说话。"

李臭嘴嘿嘿地笑了起来。

包斩说："强子是个好人，他跑的时候，还不忘提醒你'谁也别说'，他不让你说什么啊？"

李臭嘴说："就是偷金条的事，强子哥对我是真不错，他不让我说是为我好。"

梁教授说："我看你智商有问题，你肯定记不住你和强子上次喝酒在什么地方，对不对？"

李臭嘴有点气恼，歪着头拧着脖子说道："我可不蠢，上回喝酒是在双桥路'肥姐烧烤'大排档。"

当天晚上，警方在"肥姐烧烤"大排档秘密布置警力，犯罪嫌疑人强子刚一露头，就被抓获。

第五章
平行世界

　　鹿琪琪平时不爱喝水，虽然是个美女，但是有便秘的难言之隐。她拉出的大便又粗又长，每次排便都异常艰难，憋得脸红气粗，拉完后如释重负，感到无比轻松。

　　鹿妈妈对鹿琪琪说："你这小姑娘挺漂亮的，拉的屎怎么那么吓人。"

　　有一次，鹿琪琪家的马桶堵了，一根粗壮的大便堵住了下水孔，用撅子撅也没有效果。她接了几盆水，根本冲不下去，反而要满溢出来，马桶里的水混浊泛黄，她自己看着都感到恶心。无奈之下，她告诉了妈妈，鹿妈妈跑到门口，按照院墙上的广告拨打了电话，来了两个疏通马桶的民工。

　　这两个民工就是强子和李臭嘴。

　　李臭嘴看着马桶说："哎呀，这一桶屎汤子。"

　　鹿琪琪脸红了，有点尴尬，躲到了自己的房间。

　　强子用一根很长的螺旋钢丝，往下水孔捅了几下，很快就修好了。

　　鹿妈妈问道："你们能不能打洞？"

强子问道:"打什么洞?"

鹿妈妈说:"这样,就是掀起一块地板砖,在下面钻个洞。"

强子疑惑地说:"你干吗用啊?"

鹿妈妈说:"我想放点东西,想把房产证、户口本放里面。你们别问了,就说多少钱吧。"

双方谈好了价钱,开始干活,李臭嘴先用橡皮锤子把地板砖敲得松动,然后用扁平铲子铲起一块地板砖,下面铺设的是水泥和沙子混凝土,质地坚硬,他们用电钻钻了一会儿,突然停下了。

李臭嘴说:"这下面是空的,好像有个洞啊。"

强子说:"你家还有个地窖?"

鹿妈妈也感到奇怪,给鹿爸爸打了个电话,鹿爸爸告知,他们家下面有个防空洞,还是抗战时期遗留下来的,建造房子之前就已经存在了。鹿妈妈让工人停下,改在客厅墙壁上打洞。干活期间,强子和李臭嘴听到鹿琪琪和妈妈小声说着什么。

鹿琪琪说:"妈,你买了这么多金条啊。"

鹿妈妈说:"现在金价便宜,以后还能升值,你懂什么呀,你大姨和你舅妈都抢着买了。"

从谈话中得知,鹿妈妈购买了1000克金条,这个洞很可能是放置金条所用。强子和李臭嘴偶然听到这个消息,回去之后,俩人动了贼心。几乎每天都在一起商量怎么把那些金条"拿"过来。鹿琪琪家靠近马路,如果在大白天撬门翻墙,很容易被人发现。晚间,家中有人,他们也很难能神不知鬼不觉地潜入家中。

笨贼自有笨拙的办法,他们想到了一个好主意——挖掘地道行窃。

然而,两个人觉得力不从心,不知道从何处下手。他们又找了一个同伙,此人外号叫耗子,曾经和他们一起干过活,如今的工作是维修地下漏水的管道。因为工作的原因,耗子对这个城市的地下人防工程比较熟悉,他还在老家挖过煤，所以，在挖掘地道的过程中由他来做技术指导。他们掀开一个窨井盖，从下水道里打通了人防工程的入口，通过简陋的定位仪器确认了鹿琪琪家的位置。然后，从地下进行挖掘，小心翼翼地顶起一块地板砖，像鼹鼠似的破土而出。

上面是个衣柜，他们用撬棍顶开衣柜底部的木板，终于大功告成。

接下来，就是选择盗窃的时间。李臭嘴那几天一直暗中盯着鹿琪琪家，鹿妈妈拉着行李箱，看上去要出远门，李臭嘴立即通知了强子和耗子，当天晚间，三个人进入挖掘好的地道之中。

李臭嘴钻到衣柜里，他闻到屋里有一股子酒味，鹿琪琪可能是喝醉了。

三个人决定，趁机下手，他们事先商量好，如果惊醒了鹿琪琪，就拿棍子把她打晕。

李臭嘴从衣柜里出来，蹑手蹑脚走到床边，凑近去看鹿琪琪是否熟睡，鹿琪琪突然睁开了眼睛，大叫着从卧室跑到客厅里，开了灯，想要夺门而逃。三个人吓了一跳，立即扑了上去，强子用撬棍向鹿琪琪脑袋上狠狠地砸了几下，鹿琪琪昏倒在地。强子和李臭嘴曾经给鹿琪琪家疏通过马桶，担心她认出他们，强子命令李臭嘴用枕头捂死了鹿琪琪，移尸到衣柜里。

一共10根金条，三名歹徒在出租房里一边喝酒一边商议怎么分赃。

强子说："我呢，这几天去把金条卖了，换成钱，分成3份，大家没意见吧？"

耗子说："你自己去卖钱，我不放心。"

强子说："你还信不过我啊，我还能跑了吗？"

耗子说："那可说不准，反正从现在开始，我们仨干啥都得绑在一起，谁也不能单独行动。"

强子说："那你想怎么分？"

耗子说："要不是我，这个地道能挖成吗？你们能拿到金子吗？"

李臭嘴说："耗子的功劳可不小，技术员。"

耗子说："就是嘛，我看这样，我要4根金条，你俩每人3根。"

强子说:"你想得美,我要不告诉你这家有金条,你连个屁都没有。"
李臭嘴说:"都别争了,伤了和气,你们俩一人4根,我要2根就够了。"
耗子说:"行,这样也算公平。"
强子说:"我有个好办法。"

强子假装上厕所,从三轮车上拿起撬棍,趁耗子不注意从背后猛地砸向他的脑袋,同时命令李臭嘴一起打他。李臭嘴一向把强子当成大哥,对他的话言听计从。俩人把耗子打得奄奄一息,随后捆绑起来,又费了很大的力气将其拖到地下人防工程的大坑里。他们觉得,把耗子埋在这里,即使烂成泥也不会被人找到。然而,这地方是个蛇坑,他们惊动了一条大蛇,心惊肉跳地躲在旁边。随后,他们眼睁睁地看着那条大蛇将耗子吞了下去。

李臭嘴说:"亲娘哎,不用埋了,被蛇吃了。"
强子说:"10根金条,咱俩每人5根,弄死他,这样就好分了。"

两名凶手落网,交代了整个作案过程。他们劫得金条后惶惶不可终日,并不敢立即将金条出手,而是想等到风头过后再去把金条换成钱,所以,他们依旧干着疏通下水道的工作。

这个案子,从一根大便开始,到一条大蛇结束。
故事唯一不能结束的是——死者还活着。

特案组并没有忘记那个出现在婚纱影楼自称是鹿琪琪的女孩,却始终没有找到她。大志无法接受女友已经死亡的真相,甚至有的办案民警也开始相信鬼魂的存在,她死了,但是她的灵魂还在这个世界上游荡。

也许,还有一个不为人知的平行世界。
一个骰子,掷很多次,肯定可以掷出骰子所有的点数。
一只猴子,如果不停地敲打电脑键盘,只要时间足够长,它最终会敲出一部世界名著。
如果宇宙无限大,按照规律可以推断,我们所在的这个宇宙之外应该还有无数个宇宙,无数个太阳系,无数个地球,所有的事件都会发生无数次。

此刻，在遥远的星球上，也许有个和你一模一样的人，正在做着你正在做的事。

那个神秘的女孩终于再次出现了，大志联系了警方，声称接到了一个陌生号码的短信，对方留下了一个微信账号和密码。登录之后，微信的内容令人感到匪夷所思，毛骨悚然。

苏眉对比了一下，神秘女孩的微信内容和鹿琪琪手机上的微信内容几乎一模一样。

最早的发布日期是三年以前。三年来，这个女孩一直在努力地变成鹿琪琪。最初只是简单地模仿，发布和鹿琪琪同样语气的话，从她们两人的文字来看，完全是平行世界的同一个人。鹿琪琪看什么电视节目，她就看什么电视节目，鹿琪琪和男友去哪里旅行，她就去哪里旅行。后来，她按照鹿琪琪发布的照片进行同样的模仿自拍，无论是衣服、包，甚至拍照的姿势和地点，照片中的各种细节，全部一模一样。

她穿着和鹿琪琪同样的衣服，留着鹿琪琪同样的发型，说着同样的话，去同一个地方。

只是，鹿琪琪和男友在一起，而她是独自一人。

最近一年，她开始整容，割了双眼皮，打过瘦脸针，还去了韩国的一家整容医院。她的脸越来越像鹿琪琪，几乎能以假乱真，如果不仔细分辨她们的照片，看上去完全是同一个人。

鹿琪琪遇害之后，这个女孩发布了几条微信，其中一条似乎可以揭开她的神秘身份。

她写道："为了你，我愿意变成你爱的那个人。"

从这句话上分析，她变成鹿琪琪，很可能是为了大志。

如果用爱情来解释，那么这些难以理解的事情也就变得合情合理。

我们知道，爱情能让理智的人变得疯狂，能让人做出惊天动地匪夷所思的事情。

大志回忆起，三年前，曾经偶然救起过一个落水女孩，女孩对他一见钟情，但是知道他有女朋友之后，就黯然消失了。大志当时留下了自己的电话号码，甚至连她的名字都不记得。这个女孩一直在悄悄地关注着大志，从网络上找到了他的所有蛛丝马迹，包括女友鹿琪琪的微信。她对大志一往情深，非常痴迷，但又无法横刀夺爱，只能通过模仿他的女朋友来获得一种病态的满足。

画龙对大志说："我们可以通过微信找到她绑定的手机号码，进行定位然后找到这个人。"

苏眉说："你现在是觉得可怕，还是有点感动？对你来说，这个女孩很陌生，你甚至不知道她的名字，但是她对你很熟悉，三年来，一直在暗恋你，一直在努力变成你的女朋友。"

包斩说："你要去见她吗？"

大志沉默不语，低头看着手机发呆。

女孩发布的最新一条微信是一张照片，她一个人穿着婚纱，面带微笑。

婚纱照片附带的文字内容是——

我从未拥有你，却感觉已失去你千万次。

第二卷
人彘奇案

> 我不相信我们曾经相遇。
>
> ——帕拉尼克

这起凶杀案和一个公共厕所有关,确切地说,案发地是一个女厕所。

本文作者曾经奔波千里来到这个地方,当时,厕所已经关闭,门被砖头封死,墙上不知道被什么人写下了几个字:里面有鬼。

下面记录的就是关于这个厕所里发生的恐怖案件。

第六章
抛尸厕所

很多人看了恐怖电影和小说后不敢上厕所，其实在厕所里遇到灵异事件的可能性非常渺茫，公共厕所里发生最多的是猥亵、强奸、抢劫案件。

此外，公共厕所也是个经常被抛尸的地方。

有个女生，晚上放学后去小区附近的厕所方便。那是一个老式沟槽式的厕所，砌着数个水泥隔间。女生进门跺了跺脚，昏黄的声控灯亮起，她走进一个隔间，脱裤子蹲下来，灯也熄灭了。女生待在黑暗中，只想快点解决。她隐隐约约听到一声咳嗽，女生问道："谁啊？"声控灯随即亮了。

女生提心吊胆地四下张望，厕所里只有她自己。

女生感觉那声音就在身边，身边却没有人，万籁俱寂之中，凝神细听，这时又传来一声微弱的咳嗽，她低头一看，吓得汗毛直立，厕所沟槽里有一张脸，还睁着眼睛看着她。那张脸上全是秽物，嘴巴微微动着，似乎在努力呼喊着什么。

这时，旁边隔间的门竟然缓缓打开了，门后的挂钩上挂着一捆东西。

女生尖叫，她看到两条胳膊和两条人腿，用铁丝捆在一起，就挂在厕所的门后……

厕所内的受害者是一个男孩，赤身裸体，凶手截去了他的四肢，将他抛弃在厕所的沟槽里，残肢断臂挂在厕所门后。警方和120救护车赶来后，把男孩从沟槽内救起，当时这个男孩还没有死，但奄奄一息，无法说话。警方惊讶地发现，男孩的舌头也被割掉了，口腔内有秽物和血。

男孩含糊不清地说着什么，断臂处露着白森森的骨碴，他还想极力抬起胳膊……最终，因失血过多死在了去医院的救护车上。

警方推断，那个发现受害者的女生几乎与凶手擦肩而过。

女生进入厕所的时候，凶手很可能刚刚离开。

两天后，还是在这个厕所，当时是早晨6点多钟，有个跳广场舞的大妈在厕所隔间里发现了两个编织袋提包。大妈觉得很可疑，她觉出自己打开这个旅行包不妥，于是又叫来一个大妈。两人拉开提包的拉链，里面最先露出来的是头发，随即看到包里赫然有半截裸身死尸，另一个提包里装的是肢体。

当时，附近广场上跳舞的大妈全部跑来围观，有几百人。在警方到达之前，现场已经遭到严重的破坏。其中一个大妈说："这人有点像我儿媳妇，我看看是不是。"

人多胆壮，彪悍的大妈们把尸身从包里拖了出来。

大家捂着嘴巴看着，半截尸身鲜血模糊，面目难辨。

淄州市公安局DNA实验室对厕所里发现的两名受害者进行了DNA鉴定，结果显示，两名死者是母子关系，经过骨龄检测，妈妈大约40岁，儿子12岁。

儿子的四肢被截掉，舌头被割了下来。

妈妈也被截断了四肢割下了舌头，另外，她的眼睛也被挖掉了，耳洞内灌入了热油。

母子遇害，凶手将其抛于公共厕所，残忍恐怖的案情顿时震惊了这座城市。

案件造成了非常恶劣的社会影响，城市形象受损，民心不安，淄州市警方向公安部紧急汇报，请求特案组予以协助。在奔赴淄州市的车上，特案组翻阅了一下案卷。

包斩说："三天内，两起案件，凶手的作案手法在升级。"

苏眉说："好恐怖，希望不要发生第三起案件了。"

梁教授说："凶手将受害者做成了人彘。"

画龙问："梁叔，啥是人彘？"

彘（zhì），豕也，即猪。人彘是历史上的一种酷刑，就是把四肢剁掉，挖出眼睛，用铜注入耳朵，使其失聪，用喑药灌进喉咙割去舌头，破坏声带，使其不能言语，最后扔到厕所里。有的还要割去鼻子，剃光毛发，放在厕所里任其像猪一样痛苦死去。《史记·吕太后本纪第九》记载："太后遂断戚夫人手足，去眼，煇耳，饮喑药，使居厕中，命曰'人彘'。"

苏眉说："这个吕太后是因为失宠吃醋才把戚夫人做成人彘的吧！"

包斩说："淄州市警方认为，凶手可能是个女人，两名受害者都是被抛弃在女厕。"

梁教授说："也可能是凶手故意这么做，误导警方。"

画龙说："最毒妇人心，女人心狠手辣时不亚于恶魔，我这么说，小眉你不介意吧？"

苏眉握着拳头说："哼哼，我介意，我太介意了，你可别惹我，要不我就把你的胳膊打折，腿掰断，眼戳瞎，舌头割下来，扔厕所里。"

画龙猛地握住苏眉的手腕，稍微一用力，苏眉疼得直求饶。画龙松开手，说道："小样儿，反了你的鸡圈猪圈鸭子圈了啊，还敢威胁我。"

苏眉说："好疼哦，梁叔，小包，他欺负我。"

包斩说："画龙大哥你开玩笑不知道轻重啊，你看，小眉的手腕都红了。"

画龙说："好吧好吧，我道歉，尽管我也不知道我哪儿错了，哈哈。"

特案组到达淄州后，市委、市政府的领导主持会议，市公安局各部门负责人到会参加。

法医第一个发言，尸检结果显示，两名死者均是在活着的时候被凶手截肢。凶手虽然刻意将其制作成人彘，但是从创口判断，凶手不具备外科手术功底。第二次发现的女尸被割舌、挖眼、耳朵里灌入热油，手段更加残忍……这也符合史书上记载的人彘特点。目前，DNA检测结果显示，两名死者是母子，还不知道死者的身份。

梁教授打断法医的话，问道："凶手使用的什么工具？"

法医说："初步分析，凶手使用的可能是普通的砂轮切割机，因为从被截断骨头的断面上，很容易看出切割的痕迹，断面整齐，符合直线切割的特点，还沾有铝合金碎屑。一般工厂车间、铝合金制品店、门窗作坊，都使用这种电动切割机。"

刑侦支队的负责人说，凶手留下的唯一有价值的线索就是装尸体的包，我们对这两个包都做了详细的调查。包是新的，产地在义乌，市内的服装市场、鞋帽批发中心以及小超市摊位都出售这种包。价格在10元左右，便宜实用，在车站常常看到携带这种编织袋提包的农民和打工者。

包斩说："案发现场的情况怎么样？"

交巡警支队的队长说："现场附近没有监控探头，厕所周边有6个破旧小区，人流量非常大。凶手抛尸应该有交通工具，我们排查可疑车辆的工作没什么进展，因为那里有个广场，锻炼身体的群众中骑电动三轮车的非常多，这种电动三轮车一般都有车篷，接送学生时遮风挡雨。"

画龙说："不排除是厕所附近或是熟悉周边环境的人作案。"

苏眉说："两名死者都赤身裸体，凶手抛尸前脱掉了他们的衣服。这样做也许是为了方便使用切割机截肢，免得衣服缠住砂轮，也可能是凶手担心警方从衣服上发现什么。"

公安局局长说："那个男孩被扔到了便池里，身上沾有屎尿，我们打算洗干净他，拍下母子二人的肖像照，张贴寻尸启事，尽快找到尸源。"

梁教授说："先别清洗尸身，仔细地做微量物检验，也许能发现点蛛丝马迹。"

画龙说道："死者身上没有搏斗伤，这很显然是熟人作案，凶手应该与死者认识。"

包斩说："当务之急是搞清楚死者的身份。"

市委领导说："我赞同特案组的意见，我们会召集更多警力，从省公安厅邀请专家，从各区县调兵遣将，全力攻破此案！"

第二天，案情有了新的发现。省厅的一位微量物证分析专家前来协助，专家使用光谱分析仪对尸体表面进行检测，尽管男孩的面部沾有排泄物，口腔内也有屎尿和血，专家还是发现了细微的红色痕迹，经过分析，其中含有铅元素、油脂、石蜡和香精——这些都是口红的材料。

死者少妇涂有口红。

死者男孩的嘴唇上以及妈妈的胸部都发现了口红的痕印。

专家问道："这说明什么呢？"

梁教授说："男孩12岁，早过了吃奶的年龄，凶手在杀害这对母子之前曾经逼迫他们做出一些不伦之事！"

第七章
切割肢体

这对被害的母子，手和脚有被麻绳捆绑的痕迹。

结合肢体切口的位置以及物证的分析结果，可以想象到当时的恐怖场景。

凶手控制住妈妈，捆绑成大字，逼迫儿子行不伦之事。按照凶手的要求，孩子亲吻了妈妈，口红沾染到自己的嘴唇上，随后又亲吻了妈妈的胸部。可能因为孩子年龄尚小，以及巨大的恐惧心理，导致无法勃起，法医没有检查到妈妈有遭受性侵犯的迹象。

当时，这对母子都是赤裸的。

警方判断，凶手首先对孩子实施了惨无人道的酷刑，故意让妈妈眼睁睁看着这一切。在一个封闭隔音的房间里，凶手调整切割机的位置，通上电源，切割肢体。那种切割机我们有时会在街边见到，例如，某个制造铝合金护窗栏的店铺，切割时的噪声和四溅的火花，都会吸引路人的视线。切割一条大腿用不了多少时间，喷溅的血液染红了砂轮，人体骨骼因为剧烈摩擦而发出焦煳的味道。或许值得庆幸的是，被害者会因为巨大的难以承受的疼痛而昏迷过去。

淄州市警方找来一幅地图挂在墙上，包斩用圆规以案发现场为中心画了一个圆。

包斩说："以抛尸现场为中心，第一杀人现场应在20公里之内。"

画龙说："准确地说应该是10公里之内，但我们考虑到凶手有交通工具，所以扩大了范围。"

局长说："这个范围内的人数可不少，足有十几万人。"

梁教授说："我们的警力分成两个工作组，一组负责排查区域内所有使用切割机的单位，做详细的登记；另一组查找市内失踪人口名单，向兄弟县市也发出协查通报，走访案发现场附近的小区，尽快查明尸源。"

苏眉说："凶手熟悉抛尸现场周边的环境，我们也需要这样一个最熟悉案发现场的警察。"

一位领导说："我推荐二宝，二宝是巡警，每天都在那一带巡逻，跳广场舞的大妈几乎都认识他。"

梁教授说："二宝在哪儿呢？"

这时，领导的手机响了，电话是二宝打来的。

领导的表情有点惊愕，随即哭笑不得地问道："什么，你又卡到护栏里了？"

二宝可以说是全中国最笨的警察，关于他的糗事趣闻，同事们都能说出几件。他也常常自爆自夸，每天都在微博发布自己的糗事，聚集了很多粉丝。他的微博名叫捕快二宝，在此列举几件二宝的光辉事迹：

二宝戴墨镜，开着摩托车护送一个骑童车的小朋友回家。

二宝巡逻累了，叼根烟，在路边脱了鞋休息，臭味熏跑了路边卖糖葫芦的大叔。

二宝抓贼，却被贼打了，一群小偷追打狼狈逃窜的二宝。

特案组赶到的时候，二宝的头卡在路边的护栏中间，正撅着屁股打电话求援，这是他第二次卡在护栏里了。几天前，二宝坐在路边用手机浏览微博，头抵在护栏中间，不知不觉地就将脑袋伸到了护栏里，他费了很大劲，在路人的帮助下最终成功脱险。几天后，二宝巡逻时又路过此地。他看着护栏想，头能钻过去的地方，怎么就拔不出来呢？这不科学啊！

二宝自言自语说："我还就不信了……"

结果，二宝再次被卡住了。他上下挪动脑袋不断地调整位置，脸上欲哭无泪，心中百感交集，可以想象到他的姿势是多么滑稽。此时，已经有路人围观，二宝进退两难，犹豫着是使劲挤过去，还是小心翼翼地缩回来。

一个群众说："这位同志，要不帮你报警吧。"

另一个群众说："报什么警呀，你没看到这个人就穿着警服吗？"

二宝觉得非常丢人，群众越来越多，万般无奈之下他拨通了领导的电话求援。

特案组对二宝的办案能力以及智商都产生了怀疑，但是二宝信心满满地表示，作为一个脑袋被夹过两次的人，绝不吹牛，这周围都是他的地盘，搞清楚死者身份不费吹灰之力。

苏眉说："二宝，你要不要去医院啊，脑袋没事吧？"

二宝说："轻伤不下火线。"

画龙说："哈哈，二宝，你下次还会把脑袋伸进去吗？"

二宝说："谢谢你啊哥，要不是你掰弯护栏，我现在还卡着呢。"

包斩说："咱们的走访工作什么时候开始？"

二宝说："晚上。"

华灯初上，广场上响起了舞曲，《最炫民族风》震耳欲聋，一些跳广场舞的大妈聚集而来，有序地排成方队，在音乐的伴奏下翩翩起舞。广场上目测有数百人，四个音响分布在广场东南西北四个区域，播放着各种舞曲，有跳交谊舞的，有跳秧歌的，还有打太极拳的。

二宝随着音乐，踩着秧歌步，扭腰提臀招手，弹出一个假想中的泥丸。

二宝说:"我每天都在这一带巡逻,我都会跳舞了。"

苏眉说:"这音乐声也太大了,不扰民吗?"

二宝说:"附近的居民有的用弹弓射,有的往广场上扔大便,甚至还有牵着藏獒驱散群众的,但是跳舞的大妈们很彪悍,坚守阵地,绝不离开。"

广场上跳舞的大妈来自周边的几个居民区,二宝选择在这里进行排查工作很有效率。特案组和二宝拿着死者母子的照片让大妈们辨认,很快就搞清楚了死者母子的身份。排查刚刚开始不久,一个大妈凝神细看,吓得把照片扔到地上说:"这是我家对门邻居,哎哟,死的是这娘儿俩啊!"

案情进入新的阶段,经过调查,死者妇人名叫林六月,儿子叫庄铁鱼,这对母子就住在附近的一个小区里。林六月在市劳动局上班,工作轻松,但是清水衙门,工资不多,她的丈夫叫庄秦,开着一家高档白酒专卖店,出售五粮液和茅台。案发已经五天了,但是林六月的丈夫庄秦居然毫不知情,店里的售货员说庄秦去省城出差了,参加一个酒水经销商的会议。

一个亲戚打电话问道:"你在哪儿呢?"

庄秦说:"我在省城呢,这边有个会。"

亲戚说:"你快点回来吧,你媳妇还有你孩子,让人害了!"

庄秦听到噩耗,急忙乘坐动车从省城赶回淄州,在公安局民警的陪同下前往殡仪馆辨认尸体,看到妻子和儿子的那一刻,他浑身发软,一屁股坐在了地上。妻子和孩子都盖着白色布单,只露出头部,这是为了避免家属看到死者的惨状而精神崩溃。

夫妻本该恩爱情深,然而,一旦妻子遇害,丈夫就会被列为第一犯罪嫌疑人。

如果庄秦就是凶手,那么与警方的第一次正面接触至关重要。特案组四人亲自讯问庄秦，梁教授和包斩担任主审，苏眉做笔录，画龙负责警卫。讯问室里很安静，一架摄像机放在墙角记录下了整个过程。

庄秦是个胖子，一脸横肉，看上去很凶狠，此刻正沉浸在悲伤之中，坐在椅子上，盯着一个地方发呆。

梁教授说："事情已经发生了，还请你节哀顺变，帮助我们警方抓住凶手。"

包斩说："你出差这几天，家里出事了都不知道，也没往家里打电话？"

庄秦说："我以前出差也是这样，顶多出去一个星期，还打什么电话。再说，我和我媳妇吵架了，我懒得理她，没想到，唉……你说害我孩子干啥，心疼死我了。"

梁教授说："我们也做过一些调查，邻居证实，你和妻子常常吵架，这次吵架是为什么？"

庄秦说："还不是因为一些鸡毛蒜皮的小事，我和媳妇其实没什么感情，她疑心重，老吵架，老是怀疑我在外面有人，每次出差都觉得我是出去会情人。"

包斩说："那你外面有情人吗？这个必须如实回答，你知道问题的严重性。"

庄秦说："没有，不过，我……找过小姐。住的宾馆床头柜上有保健按摩的电话，还有往门缝里扔卡片的。"

梁教授说："你妻子林六月有情人吗？"

庄秦说："我不知道，我们分居好几年了，她跟孩子住，我在店里住。"

小铁鱼12岁，一出生就跟着妈妈睡，也是从那时开始，夫妻俩一直分居。庄秦的酒水专卖店是两层，楼下是门市，楼上有个卧室。平时，庄秦住在店里，回到家的时候，夫妻俩也不睡在一起，庄秦回忆，上次和林六月做爱是三年前。

特案组召集警力，部署工作任务。

苏眉和网警负责查找庄秦和林六月的通话记录，联系所有最近通话的人，挨个做详细的笔录。林六月的QQ、微信、微博以及所有网络活动信息，也要全部调查清楚。

包斩联系银行，需要找到庄秦和林六月一年内的支出和收入金额，看看有无异常，重点查找债务关系和经济纠纷。

画龙和淄州市公安局技术人员负责搜查庄秦夫妇的家以及专卖店，还有林六月的办公室。梁教授特意强调，你们要用筛子给我筛一遍，筛出线索来。

二宝说："我呢？我负责干什么？"

梁教授说："二宝，你有个艰巨的任务，你和几名民警一块儿去省城，庄秦出差的这几天，住过的宾馆，接触过的人，调取关于他的监控视频。总之，他这几天的行踪，全部落实清楚。"

侦破工作随即紧张有序地展开，很快，各方面都有了新的进展。二宝在省城传来消息，案发期间，庄秦确实在省城参加一个酒水经销商的会议，这点从宾馆的监控视频以及会议主办方都得到了证实。庄秦没有作案时间，抛尸的时候，他正在省城和几位经销商一起聚餐。

案情有了转折，警方查到，庄秦和林六月都有情人。

庄秦喜欢打麻将，此人非常好色，无论是牌桌上的中年妇女，还是店里卖酒的小姑娘，都和他发生过关系。庄秦有时还会和朋友一起出入色情场所，从高档的桑拿中心，到街边的发廊，都有他的身影。

林六月也有个秘密情人，名叫张庆金，35岁，是本市一所中学的语文教师。

林六月的工作比较轻松，每天有大量时间坐在电脑前，她和张庆金是在网上相识的，两人已经保持了两年多的婚外恋关系，光是QQ聊天记录就有1000多页。

聊天记录的最后一句话，林六月对张庆金说：

"我梦见自己死了,有个人抱着我,我看不清他的脸,我的身体很轻,浑身血淋淋的,我的胳膊和腿都不见了,只有半截身子的我依偎在那个人怀中,他却把我扔到了一间厕所里……那个人,是你吗?"

第八章
奇葩女人

特案组将侦破方向定性为情杀，庄秦夫妇和别人没有经济纠纷，但是夫妇俩均有情人，庄秦还不止一个。因爱生恨的凶杀案例可谓数不胜数，中山市"2·5"凶杀案，犯罪嫌疑人张某因为妻子不是处女，用菜刀将其杀害，至今在逃；沈阳"12·15"杀人案，歌厅女子刘某追随有妇之夫8年，因被抛弃，伙同姐妹杀害情人幼子。青岛"5·1"爆炸案，男子林某在前女友的婚礼上引爆自制的土炸弹，死伤数人。

庄秦和林六月的情人被列为重点调查对象。

林六月的秘密情人张庆金下落不明，警方多次登门，均不在家。经过多方打听，得知此人前几天去了老家办理离婚手续，警方在电话里对他进行了传唤，并派出几名民警紧急赶赴他的户籍所在地，然而再次扑空，张庆金神秘消失，手机也关机了。

从照片上看，张庆金戴着眼镜，是个文质彬彬的儒雅男人，有书卷气息，怎么也难以和变态凶手联系到一起。此人具有重大的作案嫌疑，淄州警方在张庆金的住址附近以及可能出现的落脚点都设置了监视小组，24小时蹲守，一旦发现他的行踪就立刻拘捕。

　　侦破工作全面展开，汇总而来的信息让大家对死者林六月有了初步的了解。

　　无论是同事，还是亲友邻居，都认为林六月是一个奇葩的女人。

　　林六月年过四十，风韵犹存，给人一种贤妻良母的印象。这个女人非常自恋，总觉得强奸犯躲在暗处对她虎视眈眈，包里带着防狼喷雾器，虽然这玩意儿一次也没用过。她从不放弃任何照镜子的机会，无论是路边商店的玻璃，还是汽车的车窗，甚至一个水洼，都要去照一下，看一下自己的倩影。每天早晨对着镜子顾影自怜，孤芳自赏，她静静地看着镜子中的自己，觉得自己好美。她唯一一次化妆，被镜子中的自己吓到了，从那以后，她时常对同事说，女人就该素颜，清水出芙蓉，浓妆艳抹的都是"鸡"！

　　林六月从骨子里鄙视农民，瞧不起民工，她有点洁癖，遇到乞丐，会掩鼻快步走过。周末的时候她会抄写佛经，买一条草鱼或者一只花蛤去公园的湖里放生。有同事约她一起去跳广场舞，她会淡淡地说："不好意思啊，我要去练瑜伽。"她觉得跳广场舞是一件没有品位的事情！

　　林六月有个香港的朋友，叫作宝玲，宝玲的老公是个富豪。五一和国庆期间，林六月会消失几天，对同事说："我去香港和闺密一起看赛马，吹吹海风，这次还会在酒会上见到华仔呢。"她的一条披肩，自称是香港买来的，花了不少港币，但同事在市内的服装商场见到了一模一样的披肩。她有时会在办公室里给宝玲打电话，旁若无人地和闺密聊一些明星的趣闻，称呼陈奕迅为小迅，称彭于晏为晏晏，她似乎和韩国明星李敏镐很熟悉，每次和闺密在电话里说起李敏镐，都会故作害羞。经过查证，她的闺密宝玲是不存在的，是她虚构出的一个人。

　　林六月很宠爱孩子，常常吹嘘小铁鱼琴棋书画无所不精，其实这孩子很笨，学习成绩全班倒数。有同事开玩笑说要定个娃娃亲，林六月瞪大眼睛回答："那怎么行，我家小铁鱼长大了是注定要当大领导的人，不过我想让孩子进军演艺圈，毕竟我认识那么多明星……"

大家对林六月的死感到极度震惊，对于她有个秘密情人也觉得非常意外。她非常鄙视婚外恋，却有个秘密情人。

庄秦有两个情人，一个是牌友齐阿姨，另一个是他店里的售货员小明。

小明是个单纯的农村女孩，身材娇小，脸上有雀斑，扎着麻花辫子。案发当天，小明一直在店里上班，店里的监控视频也证明了这点。面对警方的盘问，小明有些惊慌失措，死不承认自己和庄秦有染。经过多次工作，小明才坦言，自己到店里上班的第一天，就被老板庄秦给睡了，此后一直保持着不正当的关系。

苏眉说："你为什么不离开他？你在这店里上班快一年了。"

小明低下头说："老板说过要娶我的。"

包斩问道："你会不会使用切割机？"

小明摇摇头说："我不会啊。"

包斩说："可你以前在工地上做过钢筋工。"

小明说："我是扎钢筋笼的，又不是切钢筋。"

苏眉说："你和林六月关系怎么样？"

小明说："老板娘啊，我很怕她，她一直怀疑我和老板的关系。有一次，她到店里来打我，抓我头发，还挠我脸，说我是狐狸精。"

包斩说："你当时怎么做的？"

小明说："我让她拿出证据来，她拿不出，气呼呼地走了。要是当场抓住我和老板好，打我也认了，没证据就打我，我可不服。"

二宝作为广场舞大妈之友，负责去走访齐阿姨。

广场上很吵，音箱里传来的舞曲震耳欲聋，二宝和齐阿姨说话都得大喊对方才能听见。

二宝大声问道："你和庄秦怎么认识的？发生过几次关系？"

齐阿姨随着音乐做着泼水的动作，一字一顿地说："数，不，清！"

二宝大声说："太吵了，咱们要不换个地方，在这附近找个地方坐会儿？"

齐阿姨提高音调说:"还花那冤枉钱干吗,走,去我家,就在这附近。"

齐阿姨离异,孩子住校,平时一个人生活。她有两个爱好,就是跳舞和打麻将。回家的路上,她和二宝说自己和庄秦是打牌认识的,庄秦在牌桌下面用脚磨蹭她的脚,勾引她,她就上钩了。

二宝说:"大妈,您真开放。"

齐阿姨说:"我们是——按照你们年轻人的话来说——炮友关系。"

楼道里很黑,堆放着一些杂物,齐阿姨一下子闪了腰,二宝搀扶着她回到家。

二宝想让齐阿姨坐下来休息,但是齐阿姨家是木质的中式椅,有点硬,二宝就把齐阿姨扶到了床上。

齐阿姨侧躺着,拍了拍床,说道:"二宝,你坐一会儿。"

二宝殷勤地倒了杯水,放在床头柜上。

齐阿姨说:"你做警察很辛苦吧,经常不能陪女朋友。"

二宝说:"是啊,阿姨,不过我还没女朋友。"

齐阿姨的语气有点意味深长,说道:"噢,年纪也不小了吧,怎么也不找个女朋友?"

二宝说:"阿姨,没合适的,相亲过好多次了,大多数都是人家看不上我。"

齐阿姨说:"你这小伙儿也挺俊的,不用着急的。"

齐阿姨想去拿点药,要求二宝扶她起来。二宝揽住齐阿姨的脖子,齐阿姨显得弱不禁风,也抱住了二宝,这个姿势很暧昧,二宝想了想,又把齐阿姨放下了,有点不好意思地说道:"药在哪儿,我去拿。"

齐阿姨指了指床头柜抽屉,二宝拉开抽屉,一阵翻找,只找到一根戴着避孕套的黄瓜。

齐阿姨很尴尬,万分羞涩,她捂着脸说:"羞死我了,你别动这个,放下。"

二宝看着黄瓜说:"这个套啊,是用来保鲜的吧。"

齐阿姨满眼的哀怨,说道:"你好坏。"

二宝扔掉黄瓜，说："对不起，阿姨，我不知道。"
齐阿姨说："去给我拿膏药，在外屋电视柜上。"

二宝去客厅，齐阿姨先脱了运动裤，又把秋裤从袜子里拽出来，脱得只剩下内裤，她想了想，又把大红内裤脱到屁股沟的位置，露着半个白花花的屁股。二宝拿药回来，看到这一幕，目瞪口呆，齐阿姨趴在床上说："你把膏药给我贴上。"

二宝的手有点哆嗦，张口结舌，贴上膏药后，齐阿姨又要求他给她按摩下腰。

齐阿姨说："唉，你知道我的情况，我一个人这么久了，嗯，不要笑话阿姨……往下按。"

二宝说："我该走了。"

齐阿姨说："往下按摩，对，按按屁股那里。"

二宝说："这……这不好吧。"

齐阿姨说："我的腰，你都摸了，有什么不好的，你的家伙有黄瓜大吗？"

二宝转身想走，刚才还弱不禁风的齐阿姨一下子翻过身，力气很大，把二宝拽倒在床，猛地抓住二宝的裤裆，脸色有点惊讶，随即媚眼如丝，说道："装什么呢，都硬了。"

二宝使劲挣扎，说道："阿姨，不要，不要这样。"

齐阿姨不停地亲着二宝，说道："这小嫩肉，我们也做炮友吧。"

二宝的脸上全是口红印，他使出全身力气挣扎开来。穿着红裤衩露着股沟的齐阿姨试图拖住二宝，两人在客厅里撕扯了一会儿，最终二宝夺门而逃……

这件事情，二宝没有告诉任何人，也没有发微博。身为警察，差点被一个中年阿姨强奸了，他觉得这是人生中的奇耻大辱，但是走访调查工作又不能中止，第二天，二宝硬着头皮再次与齐阿姨见面。齐阿姨若无其事，好像什么也没发生，她面无表情地跳着舞，做着泼水的动作。经过调查，齐阿姨与庄秦只是互相利用，发泄生理需求，她也不具备作案时间。

唯一的犯罪嫌疑人只剩下林六月的情人张庆金，此人下落不明。

几天后，市区的一个出租屋发生火灾，消防员和街坊邻居很快把火扑灭，在出租屋里发现了一具吊着的尸体，死者正是张庆金。特案组在该出租屋的储藏室里找到了一台切割机，锯片上还有明显的血迹。

张庆金死得很坚决，纵火后立即上吊，从现场来看，这个犯罪嫌疑人是畏罪自杀了。

苏眉说："这个出租屋应该是张庆金和林六月约会同居的地方，房东说租了半年多了。"

画龙说："张庆金离了婚，想和林六月结婚，但是林六月迟迟不离婚，所以他把林六月和小铁鱼都杀了，自己畏罪自杀，这婚外恋玩得过头了。"

梁教授说："事情没这么简单，我直觉上认为，真凶还没落网，也许是想嫁祸给张庆金。"

包斩屏住呼吸，用镊子从地上小心翼翼地夹起一截蚊香，他仔细端详着说道："这个自杀现场是伪造的。"

第九章
蚊香烧尸

一个小学生，怎样在家里烧掉他厌恶的学校宿舍？

一个下岗工人，如何在外地点燃厂房仓库的货物？

形形色色的犯罪中，放火和杀人是常常被相提并论的严重犯罪行为。有些自以为高明的犯罪分子会采取遥控点火或延时点火的方式，尽管大火会毁灭掉一些作案证据，但是他们低估了警方的侦查能力往往就会弄巧成拙。

张庆金吊在卧室房顶的挂钩上，这挂钩是为吊扇预留的。

张庆金垂着的身体下面是一张床，燃烧后面目全非，他下半身被烧焦呈黑色焦炭状，外套被烤得缩成一团，像树瘤似的附在身上，面部皮肤炸裂，外焦里嫩，如同饭馆里的烤羊肉。

很多自杀者，担心自己不死，往往会选择多种自杀方式同时进行。

例如，先喝农药再上吊，服用大量安眠药再跳楼。

警方在张庆金出租屋的储藏室里发现了作案工具——切割机。这直接指向了他就是凶手。张庆金杀死林六月和她的儿子小铁鱼，自己畏罪自杀，先纵火后上吊，从表面上看这个人死意坚决，此案真相大白，应该到此结束。

然而，这一把火烧出了很多疑点。

火灾现场千差万别，调查过程中最重要的就是火灾现场勘查，由于火灾形式不同，形成痕迹物证的原物品的物理、化学性质不同，所以起火原因也是多种多样的。首先要结合现场勘查确定起火点，起火中心的任何残留物体都至关重要。圆桌、茶几等小支撑面的家具在火焰的作用下，由于先烧的一面失重，它们会和一般家具倾倒方向相反。木质家具的灰烬垂直堆落于原位置，虽不能指明火势蔓延的方向，但是可以证明火势发展的程度以及与起火点的距离，从而根据蔓延痕迹判明起火部位。

包斩在床边发现了一堆燃烧物，结合现场，确认此处就是起火点。将燃烧物分开一个剖面，仔细观察残留物每层的燃烧情况，辨别每层物质的种类，也就搞清了起火原因。

燃烧物中有残留的蚊香、被烧得变形弯曲的蚊香支架、火柴梗、报纸的灰烬，将这些东西联系起来，就可以分析出火灾是怎样发生的。

凶手点燃一盘蚊香放置在支架上，又把几根火柴放在蚊香上，然后将一团报纸放在上面。蚊香引燃火柴，火柴烧着报纸，旁边的床单也随即着火，火灾发生。

蚊香能烧几个小时，可以给凶手制造不在现场的证明条件。

火灾发生的时候，凶手远在现场之外，故意使警方误认为凶手没有作案时间。

经过走访，蚊香和火柴都是张庆金从附近的小卖部买来的，法医的验尸报告中也没有发现死者张庆金的气管和肺部有烟尘，说明火灾发生的时候他就已经死了。

凶手具备高智商犯罪的特点，杀人后在短时间内就地取材伪造了一个自杀现场。

虽然线索众多，但是案情仍陷入了僵局，警方一筹莫展。

特案组召开了紧急会议，在会议上，大家肯定了侦破方向，两起人彘案件均是熟人所为。案发时，林六月带着孩子，并且还化了妆，涂抹了口红，她要去见的是一个很亲密的人。

一位领导说："案情为什么没有进展？现在都不知道凶手是几个人，是男的还是女的。"

苏眉说："我倾向于多名女性作案，现在多了一个犯罪嫌疑人，案子还是有进展的。"

领导问道："哪一个？"

苏眉说："张庆金的妻子，好好的一个家庭因为婚外恋而破碎，张庆金的妻子也许对林六月怀恨在心，打击报复。"

包斩说："我认为凶手为男性，一人作案。"

画龙说："我同意包子的意见，几名受害人都没有明显的搏斗伤痕，凶手应该是身体强壮的成年男性，具有高智商和过硬的身体素质。"

二宝站起来说："我要检讨，我隐瞒了一件重要的事情。"

领导问道："什么事情，你坐下说。"

二宝依旧站着说道："那天，齐阿姨非礼了我，我回家后把脸上的口红印洗掉了，我突然想起，林六月和小铁鱼的尸体上都有口红印，这会不会有什么联系？"

画龙说："你这样说的话，齐阿姨的嫌疑还不能完全排除，你再去让她非礼一次，我们把口红成分对比一下。"

二宝面露难色，犹犹豫豫地说道："我……好吧！"

领导说："别开玩笑了，我们现在应该怎么做？"

梁教授说："我有一个好办法！"

领导说："什么办法？"

梁教授说："我们前期的工作肯定有疏漏之处，以至于没有发现重要的线索，想要寻求突破，锁定真凶，我们就按照最笨的方式，把那些枯燥烦琐的工作再做一遍！"

梁教授重新分配任务，要求大家各负其责，必须做到全面深入。

二宝对齐阿姨再次走访，彻底查清此人是否具有作案嫌疑。

苏眉对张庆金的妻子以及直系亲属做重点调查。

画龙从侧面了解庄秦的情人小明的社会关系，除了庄秦外，是否还有别的男人。

包斩去省城，对庄秦在案发时间内的行踪做一个全面的记录，包括密切往来的人员，凡是接触过的人都列出名单，目前还不能排除买凶杀人的可能。

张庆金的妻子也是一名教师，夫妇俩在同一所中学任教。

离婚后，她独自回到家里，一个人关上门，家里一片狼藉，抽屉被拉开了，柜子也开着，厨房里的饭菜散出一股馊味，她靠墙坐在地上，坐在黑暗中，心中一片悲凉。

苏眉和两名民警敲门而入，民警要将张庆金的妻子带回派出所，但是苏眉制止了。

苏眉看到了放在墙边的一副拐杖，张庆金的妻子是个残疾人，她因患病导致右下肢瘫痪，这也直接排除了她的作案嫌疑。

民警含蓄地说明来意，表示张庆金出事了，住所发生了火灾。

张庆金的妻子颤巍巍地站起来，问道："他在哪个医院？我去看他。"

苏眉说："对不起……你丈夫，已经去世了。"

张庆金的妻子精神恍惚，晕倒在地。

两个家庭支离破碎，三个人遇害，真凶却依旧逍遥法外，躲藏在重重迷雾之后。

梁教授认为庄秦的嫌疑最大，所以他派出了得力干将包斩。包斩感到压力很大，到省城后，两天两夜都没有合眼，先后走访了庄秦接触过的每一个人，调查了庄秦去过的每一个地方，取得了庄秦在经销会上的合影以及入住宾馆的监控画面。他经过反复对比分析，有了一个惊人的发现。在返回的动车上，包斩沉沉睡去，与此同时，画龙带人拘捕了庄秦。

这次审讯不同于以往的警方传唤，梁教授精通犯罪心理学，知道嫌疑人的心理素质非常好，所以设置了一间特殊的审讯室。

审讯室与外界隔音，墙上有一面透视镜子。大部分嫌疑人被戴上手铐就已经很紧张，镜子更加深了其不安的情绪，嫌疑人不知道镜子后面是谁，担心镜子后可能站着被害者或目击证人，在这种想法的驱使下，警方会对嫌疑人的心理产生很大的震慑作用。

这间审讯室是封闭性质的，没有阳光，犯罪嫌疑人和警察隔着一道冰冷的铁栅栏，这样显得警察更有威严。灯光照在嫌疑人的脸上，什么表情都逃不过警察的眼睛，这更加重了恐惧畏缩的氛围。换作任何人，也不愿意在这种地方待太长时间。

审讯正式开始，梁教授也穿上了警服，目不转睛地盯着庄秦。

庄秦不安地说："我要找律师，凭什么抓我？"

梁教授说："当然可以，找个律师在法庭上为你辩护，这是你的权利。"

画龙猛地一拍桌子，指着庄秦喊道："明知故问，抓你，你知道为什么把你抓这里来。"

庄秦说："我不知道，你们别给我下套。"

梁教授说："张庆金，你认识吧？就是和你妻子婚外恋的那个男人，他死了。"

庄秦说："这和我有什么关系？"

梁教授说："当然和你有关系，你知道他死了，是不是？"

庄秦说："听说是烧死的。"

梁教授说："起火的时候，你在哪儿？"

庄秦说："我哪知道什么时候起火的，我一直和几个亲戚在家里，给老婆料理后事。"

画龙说："你倒是推得挺干净，我看，不揍你一顿你是不会说实话的。"

庄秦说："你们还搞刑讯逼供啊？"

梁教授说："我们会对你很客气的，放心吧，你在省城参加经销会，你老婆被害了，表面上看，你没有作案时间，不过我们发现了几个小问题，请你如实回答。"

庄秦说："可以让我的律师回答吗？"

梁教授看着庄秦，沉默了一会儿，说道："不回答，就是心虚，你想隐瞒什么？"

庄秦说："好，那你问吧。"

梁教授说："你平时抽20元一包的玉溪香烟，在省城为什么抽5元一包的红河？"

庄秦回答："我省钱还不行吗？这是什么问题？！"

梁教授说："你很少吃大蒜，也不能吃辣，因为你有胃溃疡，但是在省城的一家饭馆，你点了一盘麻辣鸡丁，一份蒜香茄子，这是为什么？"

庄秦有点恼羞成怒，说道："我吃什么都是我的自由，你们管得也太多了吧。"

画龙说："接着装，你还真是挺能装的。"

庄秦将头扭向一边，说道："你们要是没什么证据，最长可以把我扣留48小时。"

梁教授说："你知道谁在镜子后面吗？"

第十章
围城之鬼

这个世界上有鬼吗?
答案是有,就在自己家里。

对于那些关系冷漠的夫妻来说,鬼,就是你的妻子,或者你的丈夫。
下面这句话只有某些结婚多年的人才能理解:
每天晚上,你都和你的鬼睡在一起,你们同床异梦,视而不见,但能感觉到对方的存在。

所有的爱情故事都定格在最幸福的一瞬间,结局之后的故事却很少有人说起。

张庆金和妻子第一次见面是在学校的晚会上,为了庆祝教师节,学校举办了一场晚会,新来任职的老师几乎都参加了。张庆金唱了一首歌——《最远的你是我最近的爱》,一曲唱罢,舞会开始。那晚的灯光是橘黄色的,就连丝绒窗帘的边缘也被染成了金色。一个女人坐在无人注意的角落里,他向她走过去,伸出手,说道:"可以请你跳支舞吗?"

她畏畏缩缩地站起来,说:"我不太会啊。"

张庆金怎么也没想到,这个女人会成为自己的妻子。

第二天,他写了一首诗,折成纸鹤送给她,她回复了一段。

> 男:我伸出手,招来了夜晚的迷茫。
> 这对我来说是一个简单动作。
> 我使她旋转,厚重与轻盈交错。
> 从起点到起点,
> 香水在空中留下香味,
> 慢慢地放松再迅速地接近。

> 女:我握住手,打开了裙裾的翅膀。
> 这对我来说是一个复杂动作。
> 他使我缠绕,柔韧与坚强融合。
> 从轮回到轮回,
> 身体在地上留下身影,
> 短暂的分离再轻轻地抱紧。

赠诗之后,他们结婚了。两个教师收入微薄,最初过着寒酸窘迫的生活。他们在寒假和暑假里摆过地摊,遇到熟人会感到不好意思。他总是爱买盗版书,因为盗版书很便宜。她很喜欢橱窗里的一双高跟鞋,但是价格让她望而却步,她每次路过鞋店只是静静地看一眼。勤俭持家,积少成多,生活慢慢好转,孩子出生了,他们过着幸福而琐碎的生活。

时光像是老式的磁带机,快进的时候总是夹着一些杂音。

孩子6岁那年,张庆金给妻子买了一双高跟鞋,妻子却再也穿不上了。妻子患上了股骨头坏死,这种病也被称为不死癌症。初期只是感到大腿疼痛难忍，后来去医院检查，骨头已经呈蜂窝状。她从此成为残疾人，走路需要拄拐。

在夜里，在床上，她对他说："对不起，我败坏家里的钱了。"

他握紧妻子的手，说道："就算瘫痪了，我也不会不管你的。"

张庆金最终却食言了，他和妻子的话越来越少，尽管态度温和，但还是让妻子感觉到细微的变化。他下班后唯一的消遣活动就是上网聊天，他和网上的陌生人有着更多的话题。妻子艰难无比地走到他身后，为他端上一杯茶，或者递上一块西瓜，他会立即关上聊天窗口，表现得很厌烦。手机设置了密码，调成静音。有时候，半夜里，张庆金还会收到短信；有时候，妻子会发现他衬衣上有淡淡的口红印。

终于有一天，他对她说："我们离婚吧，坦白地说，我爱上了别的女人。"

这些话一字一句如同尖刀扎进妻子心里最柔软最怕痛的地方，妻子呆坐着，一动不动，像是雕塑，她出奇地安静，其实心里已经沧海桑田。

有一种爱，叫放手。

离婚那天，下着雨，她没有带伞，他就那样抛下了她，留她一个人在民政局。

临走的时候，他们什么也没有说。

她突然想起，离婚的这个地方也是他们办理结婚登记的地方。

外面的雨越下越大，走廊里坐满了办理结婚和离婚手续的人，她精神恍惚，感到很累，不知道为何敲响了一间房间的门，里面的工作人员都有点惊讶地看着她。

她说道："你好……我能在这里哭一会儿吗？"

没有人能消逝得无影无踪，就算这个人离去了，但仍旧活在另一个人的记忆里，出现在两堵老墙的中间，闪烁在波光粼粼的湖面，总有些支离破碎的东西溅起在尘埃里，越行越远，越远越清晰。正如只有自己知道，屋里的老家具重新生根发芽，柜角开出梨花，椅背结了榆钱，就连每天进进出出的门也垂下了柳叶。

我们在前面提到过，民警走访时含蓄地表示张庆金出事了。妻子以为只是火灾，还想着去医院照顾他。这个离婚后还想在病床前伺候前夫的女人，也许诠释了"妻子"这个词包含的全部意义。

林六月的爸爸是个贪官，所以她从小过着养尊处优的生活。

她在少女时代看过几本言情小说，后来没事就喜欢颓废，抱着胳膊站在窗前莫名其妙地忧伤，这种忧伤和树叶落了、花儿谢了有很大的关系。就像现在的女孩崇拜韩国明星一样，她也迷恋过小虎队和香港四大天王，房间贴着海报，抽屉里堆着旧磁带。她常常去香港看演唱会，索求到的签名都觉得神圣无比。后来随着年龄的增长，小资女孩变成了中年阿姨。某一天，她突然觉得，那些明星也不过是普通人，便秘时也是一脸的狰狞。

25岁之前，她一直不食人间烟火，她的胃只消化奶油、沙拉、日本料理、意大利通心粉，她不吃猪耳朵、羊蹄、油条、煎饼馃子，甚至连烧鸡也不吃。

林六月的心中总是充满诗情画意：坐火车，窗外一定能看到麦田和白桦林；在酒吧喝着朗姆酒的时候，墙上挂着的肯定是毕加索的画。

她不懂画，但每次去香港看演唱会时都会去一家画廊，店主是个年轻而落魄的画家，戴金丝眼镜，眼神忧郁，牛仔裤上有永远洗不净的油画颜料，这是她的初恋，他们相爱了3年。

那几年，爸爸为她在事业单位找了一份工作，随后因为经济问题被审查而服药自杀。

林六月不喜欢这份工作，她根本就不想上班，只想穿着白裙子背着吉他浪迹天涯。

她很认真地对同事说："做个流浪歌手，不是很好吗？"

同事都比她年龄大，从现实的角度问道："那你吃什么喝什么呀？"

同事甲说："你来我家，我家树上有香椿芽，我给你炒鸡蛋吃。"

同事乙说："再香的香水也干不过韭菜合子。"

同事丙说："百货大楼搞活动呢，什么东西都削价，便宜死了，卫生巾才卖五块钱一包。"

同事丁唱："我爱你，塞北的雪……"

林六月觉得同事粗鄙不堪，俗不可耐，她遗憾自己为什么不在跨国企业工作，做一个白领也比做公务员强得多。她想到了结婚，嫁给那个画家，定居香港。然而，异地恋大多无疾而终，她和画家男友最后一次见面是在一个污水横流的小巷子里，她觉得，分手应该在汽笛声声的码头，或者飘雪的车站。

画家男友说："我要去美国发展，也许那里的人更欣赏我的画，你不用等我了。"

林六月说："我等你，你会成为世界著名的画家的，就像凡·高，我要去看你的画展。"

画家男友的皮靴踩着脏水，头也不回，大踏步地走了。

林六月向男友的背影喊道："加油，我要你的名字像群星一样闪耀！"

那段时间，林六月发现自己怀孕了，出于一种执迷不悟的爱，她决定生下这个孩子。

她这么做，多少也受到一本书的影响，书叫作《一个陌生女人的来信》，讲述的是一个刻骨铭心的爱情故事。一个男子在41岁生日当天收到一封没有署名和地址的信，这封信来自一个临死的女人。故事始自18年前，女人初遇男子，一见倾心，几夜缠绵后，男子远走他乡，女人怀孕了，悄悄生下孩子。她付出了一生的痴情，直到临死前才写信告白。

林六月这样想，多年以后，她带着孩子出现在纽约艺术区的某间画廊里，心爱的男人穿过鼓掌的人群，穿过时空，握住她的手。想到这里，她被自己感动得快要哭了……

然而，她不得不回到现实中来，一个未婚女人养活一个来历不明的孩子是多么艰难。她几经思索，决定在肚子没有隆起之前尽快结婚。爸爸自杀后，家庭经济状况一落千丈，同事帮忙张罗相亲，问林六月想找个什么样的男人。

林六月说："有钱的。"

同事说："你啊，终于想开了。"

林六月和庄秦闪电结婚，他们相亲的第二次见面，林六月就主动勾引庄秦上了床。过了不到一个月，林六月将一个干净的卫生巾扔到庄秦面前，冷冰冰地说："我这个月没来，可能怀孕了，你要负责。"

结婚当天，亲友要闹洞房，庄秦笑着拦住众人说："别闹，我媳妇有喜了。"

亲友说："这是双喜临门啊，你又当新郎官，又当爹。"

林六月埋下了一枚定时炸弹，庄秦直到十多年后，才偶然得知儿子不是自己的亲生骨肉。在一次体检时，庄秦看到孩子的血型是 A 型，他和林六月却都是 O 型。医生说，父母都是 O 型血，不可能生出 A 型血的孩子。庄秦带小铁鱼去省城医院悄悄地做了 DNA 鉴定证实了这点。得知真相后，他不露声色，心里却已经动了杀机，林六月的婚外恋以及离婚事件，更加速了她的毁灭。

庄秦之所以杀妻灭子，是因为孩子不是他的孩子，妻子也即将不是他的妻子。

中国式离婚可以称得上第三次世界大战。十几年来，妻子每次吵架时都会提到离婚俩字，他们把家里的东西全部砸碎了。这一次，林六月出轨了，她再次爱上了一个男人，她孤注一掷，为了爱情奋不顾身。打破两个家庭，只为了重新组合成一个。

庄秦说："离婚，可以，孩子归你，钱归我，你净身出户。"

林六月说："你这样就没意思了，我们已经没有感情了，何苦呢？好聚好散。"

庄秦说："我也没死拽着你啊，你走啊。"

林六月说："我要一半的钱，这是财产分割协议书，你起码给我们的孩子留一笔抚养费吧？"

林六月觉得自己说得合情合理，她把两份打印好的协议书从包里拿出来，又拿出一支笔放在桌上。庄秦冷笑着把协议书撕烂，他扭过头，心里想道："现在还骗我，说我们的孩子，我他妈的戴着绿帽子，替别人抚养孩子十几年了，我不找你要抚养费就算不错了，这个婊子！"

因为财产分割出现分歧，离婚不成，林六月想到了私奔，她悄悄去银行预约取款，想要把家里的钱全部取出来，然后带着孩子与张庆金一起远走他乡。

这也为她带来了杀身之祸。

银行打电话询问庄秦，庄秦才知道林六月预约取款的事情，他没有去质问妻子，也没有吵闹，而是往窗外恶狠狠地吐了一口痰，心想："你不仁，别怪我不义。"

他恨妻子隐瞒了他十几年，恨妻子不仅出轨还想要携款私奔，他恨妻子让他一无所有。

杀人前夕，他突然觉得自己非常可怜，自己才是受害者。

其实，他无刀可横，无爱可夺。

庄秦为杀人做了精心的策划，他租了个地下室，谎称要做成酒窖。切割机是从旧货市场买来的，他还买了一辆二手摩托车作为抛尸工具。为了制造不在现场的证明，使警方认为他没有作案时间，他费尽了心机。

半年前，一个朋友告诉庄秦，劳务市场有个装修工人和他长得很像。

后来，他在劳务市场见到这个装修工人，吃了一惊，两个人无论是年龄、身高、体重，还是说话的语气，都像是同一个人。这个人成为此案的关键，警方因此被迷惑，将庄秦排除在嫌疑人名单之外。

案发期间，在省城参加酒品经销会的不是庄秦，而是一个替身。

庄秦和装修工人有过这样一段对话：

庄秦："咱俩长得很像，你冒充我去参加一个经销会。"

装修工人说："为啥啊？"

庄秦说："我给你钱，我一天给你1000元，经销会4到5天。"

装修工人说："钱是不少，要是被人看出来呢？"

庄秦说："你换上我的衣服，一会儿我们去理发店，做个一样的发型，你再拿上我的身份证。"

装修工人说："这不犯法吧？我冒充你。"

庄秦说："实话和你说吧，这是我的难言之隐，你别有顾虑，其实，唉，我怀疑我媳妇外边有人，所以，我趁这几天偷偷调查一下，她知道我出差，肯定和那人约会，这次，我就是想逮住他们。"

装修工人意味深长地说："哦，这样的话，你得加钱，4天，给我5000块，我就帮你。"

经销会上并没有熟人，都是来自全国各地的经销商，主办方也难辨真假。包斩却从生活习惯上发现了破绽，装修工人入住期间，为了省钱，使用宾馆房间的座机给家里打过电话。包斩也是因此顺藤摸瓜找到了装修工人。

一切真相大白。

庄秦之所以逼迫母子乱伦，将林六月和小铁鱼制作成人彘，除了仇恨之外，他是这样想的：越是残忍，警察越不会怀疑到他，警察也是人，会觉得朝夕相处的两口子怎么可能下得去狠手。人彘案案发后，他先是使用防狼喷雾剂制服张庆金，随后将其勒死，然后用蚊香点火的方法，伪造自杀现场。他将切割机放置到张庆金的住处，嫁祸于他，故意迷惑警方，想要让警方以为张庆金就是真凶，畏罪自杀。

他抛尸在厕所，目的是让群众尽快发现尸体，毕竟那个装修工人在省城冒充庄秦，只有几天时间。

庄秦问林六月："你后悔了吗？"

林六月闭上眼睛，答道："不后悔。"

切割机响起，鲜血四溅……

对于婚姻，有个女演员说过：

"原本只想要一个拥抱，不小心多了一个吻，然后你发现需要一张床，一套房，一个证……离婚的时候才想起：'你原本只想要一个拥抱。'"

第三卷
清醒一梦

> 许多岁月已经逝去，但在我的睡眠中发生的一切，我什么也没有记住。
> ——切斯瓦夫·米沃什

2012年10月29日，蓉城市公安局接到群众报警，府南河中发现一具男性尸体，死亡时间为一星期左右，年龄约20岁，尸长165厘米，体形中等，身穿白色长袖针织衫，蓝色牛仔裤，双足着红黑色破旧帆布鞋。

经过法医勘验，警方惊讶地发现，男尸身上共有伤口54处，均系刀具捅扎造成。

蓉城市警方在报纸上刊登了寻尸启事，并且向周边县市的公安机关发出协查通报。这具无名尸体暂时存放在公安局法医鉴定中心的冷柜里，停尸房位于公安局地下室，无人看守。

几天后，法医发现停尸房的锁被人撬开了，他立即向领导汇报。

领导说："咱们公安局半夜里竟然进小偷了？"

法医说："是啊，真是胆大包天，小偷跑到停尸房来了。"

领导说："丢了什么东西，偷走了尸体？"

法医说："丢了一部照相机，还多了一点东西。"

领导说："奇怪，多了什么？"

法医说："咱们存放的尸体上多了一处伤口。"

第十一章
特警队长

这起案子异常古怪，无名男子被人杀死，身中54刀，然后被抛尸河中，蓉城警方向社会征集线索破案的时候，居然有人在夜里潜入公安局，撬开停尸房的门锁，偷走了一部照相机，并且向尸体又扎了一刀。

如果此人是为盗窃而来，为什么不去财务室，而是进入停尸房向一个死人行凶？

警方搞不明白，这出于一种什么样的犯罪动机。

公安机关也时常发生盗窃案，有些窃贼除了胆大之外，更是觉得这些地方防范疏松，警方麻痹大意，更容易得手。山东有个大盗，专门偷窃公安机关的财物，短短半年时间，十几个派出所被盗。河南有个小偷，盗窃的摩托车被警方缴获，他没有惊慌逃窜，而是在夜里跑到公安局将那辆摩托车又偷了出来。

蓉城市公安局政法委王书记曾经是白景玉的下属，他向公安部请求特案组协助侦破此案。特案组立即奔赴蓉城，到达后召开全体会议，蓉城市公安局各部门负责人都到会参加。

画龙一向心直口快，心无城府，会议刚刚开始，他就和公安局特警大队发生了争执。

画龙说："哈哈，你们公安局被盗了，不知道你们打110报警了没有？"

王书记有点尴尬，说道："我们已经加强了防范，抽调民警在门口站岗，公安局的监控系统也加强了，目前已经做到没有死角和盲点。"

画龙说："幸好是丢了一部相机，如果小偷跑到你们公安局偷走了枪，你们还有何颜面？"

梁教授咳嗽几声，示意画龙低调，不要这么张扬。

包斩转移话题，问道："找到凶器了没有？"

王书记说："我们在发现尸体的河道里进行了打捞，没有找到凶器，死者穿的牛仔裤口袋是翻开的，除了水流作用的原因之外，很有可能是凶手拽出了衣兜，拿走了死者的钱包、手机以及其他能证明身份的东西。到目前为止，还没有发现任何线索。"

苏眉说："死者胃里都有什么食物？"

法医说道："只有尚未消化的白菜和米饭。"

梁教授说："看来此人的生活水平不高。我注意到，照片上的死者头发整齐，应该做进一步的鉴定，用显微镜观察一下他的头发，确认死者是不是刚刚理过发。"

王书记说："这个，我们还真忽略了……"

包斩说："尸体上原有54处刀伤，小偷跑到公安局又扎了一刀，使用的是否为同一把凶器？"

法医说："这个……最新的鉴定报告很快就会出来。"

画龙说："真是一帮窝囊废，这次捅的是死人，下次就该来公安局捅活人了。"

一名女警猛地拍了一下桌子，指着画龙说道："我一直忍着火呢，你这浑蛋给我闭嘴！"

王书记厉声喝道:"小胡,不得放肆,特案组是远道而来的客人,是我请求老领导让他们帮我们破案的。"

画龙问道:"这女的是谁啊,不在家看孩子,跑这儿捣什么乱。"

女警瞪着画龙说:"你有种的话,开完会到训练馆来找我。"

画龙说:"干吗,你要和我约会啊?"

女警冷冷地说道:"我要教训教训你,免得你目中无人。"

王书记制止了争吵,简单介绍了一下,这名女子非同寻常,她是女子特警队队长,名叫胡远晴。蓉城市公安局的女子特警队可谓战功赫赫,享誉全国警界。女子特警队成立短短5年以来,该市共发生绑架、劫持人质案件十几起。特警队在处置过程中,有3起案件是狙击手一枪毙敌,其余都是女子特警生擒劫匪,没有一名人质伤亡,解救行动全部获得成功。

胡远晴身为女子特警队队长,屡建战功,资历非凡。

2011年9月,九龙桥发生一起劫持案件,胡远晴装扮成路过的孕妇,徒手反劫持成功。

2011年12月,胡远晴单人驾车,抓捕逃跑的公安部A级逃犯毛利波。

2012年4月,胡远晴率领女子特警队抓获涉黑诈骗团伙成员,缴获一批枪支弹药。

会议不欢而散,胡远晴将画龙约到训练馆,一些民警预感到会有一场好戏上演,纷纷前来围观,梁教授、苏眉、包斩三人担心画龙安危,也来到了训练馆。

胡远晴说:"你叫画龙,听说你做过武警教官,敢不敢和我切磋一下?"

画龙说:"哈哈,我可从来不打女人。"

胡远晴说:"大叔,你是不是老了?"

画龙说:"激将也没用,和女的打架,我丢不起这人。"

胡远晴说:"那我就打你,你满场乱跑的时候更丢人。"

画龙说:"好吧,我不用拳头,只用脚,陪你练练。"

包斩说:"如果真的要打,就戴上拳套和护具吧,别伤了和气。"

胡远晴活动了一下手腕说:"我打坏人,不用戴拳套。"

苏眉说:"画龙哥哥要懂得怜香惜玉啊!"

胡远晴说:"不用把我当女人,局里的同事也从来不把我当女人。"

几名女子特警队队员纷纷喊加油,为队长助威,一名女特警喊道:"队长,你可真是条汉子。"

胡远晴说:"少拍马屁,看我怎么教训坏人。"

梁教授说:"切磋武艺可以,但是要点到为止,倒地就算输。"

比武开始,两个人抱拳行礼。

胡远晴穿着一身迷彩警服,英姿飒爽。风从窗口吹进来,她将短发别到耳后,这个女性化的动作很难和她脸上的冷峻以及犀利的目光联系起来。在这个训练馆里,即使是午夜时分,她也独自默默训练,不知道流下了多少汗水,才练就了一身非凡的功夫。

画龙格斗经验丰富,心想,既然自己承诺不用双手,那么必须一招制胜,所以他上来就抢先使出了最擅长的垫步侧踹。胡远晴本可以躲过,但是这名女子想试试画龙的力量有多么强大,所以硬生生挡了一下。力量巨大,胡远晴踉跄后退,要不是身后有一个沙袋,她就已经倒地了。

胡远晴开始还击,瞬间使出三招连环击,力量充沛,攻击迅猛。

第一招是泰拳中的踢击,踢向画龙裆部。这也是泰拳的基本功,训练方法非常独特,踢树干就是其中最著名的一项,泰拳王亚披勒每天踢树干2000次。第二招使用巴西柔术中的反关节技巧,试图锁住画龙喉部。两招过后,随即变招,采用凤眼拳击向画龙的眼睛。凤眼拳是中国传统功夫,手握成拳,以拇指扣在食指指甲上,食指第二骨节向前突出,拇指与食指扣成凤眼状,主要用来击打人体柔弱的部位,穿透性强。据说,闻名天下的洪熙官就是被一个少女用凤眼拳偷袭致死的,可见凤眼拳的厉害。

一连三招,踢裆、锁喉、封眼,每一招都凶狠毒辣,犀利无比。

画龙连退三步,避开要害,最后一招,实在毫无办法。危急之中,他只得用手掌挡住胡远晴的凤眼拳，如果被她击中眼睛，接下来就要在医院中度过半个月的时光了。

画龙跳到一边说："我输了。"

胡远晴说："继续打，倒地才算输。"

胡远晴再次发动一轮进攻，画龙有些轻敌了，觉得对方是女人，没什么了不起的功夫，现在看到这个女人打起来简直不要命，心里有些吃惊。胡远晴主要学习的是泰拳中的暹罗土拳，这种拳法在古代用于行刺以及战场上的徒手杀人，全身任何部位，可用则用，头撞、口咬、拳打、脚踢、蹬踹、扫绊、肘击、膝顶、肩抵、臂撞、推搡、抓捏、压打、摔跤等，可谓无所不用，无所不能。画龙一记直拳打空，冷不防被胡远晴侧身一拳击中腋窝，半个身子发酸，胳膊都抬不起来。胡远晴占据优势，拦腰抱住画龙，想要使出一招过肩摔。画龙的身体已经在空中，眼看着就要被胡远晴摔倒在地，形势危急之中，他以肘击向胡远晴头部。胡远晴知道这招的厉害，如果被击中，肯定当场昏迷。她本来可以蹲身躲避，但是这样必须把画龙放下来，错失良机，这个女人好胜心异常强烈，宁肯受伤也要让画龙倒地认输。画龙于心不忍，将这致命一击硬生生地收住……结果被胡远晴摔倒在地。

女特警们纷纷鼓掌，大声叫好。

胡远晴骑在画龙身上，瞪着画龙说："为什么让我？我可不领情。"

画龙猛地一个翻身，将胡远晴压在身下，说道："说真的，我真不舍得打女人，哈哈。"

两个人站起来，胡远晴依旧看着画龙，只是目光中多了一些柔情。

胡远晴说："你有女朋友吗？"

画龙说："没有啊。"

胡远晴说："你现在有了。"

女队员开始起哄，有的人大笑起来。

苏眉说："喂，你别不要脸，你这是霸王硬上弓啊，逼着人家打架，还想做人家的女朋友？"

胡远晴说:"这是我和画龙的事,和你有关系吗?"

苏眉说:"怎么,难道你还想打我?"

胡远晴叉腰说:"老子也是从来不欺负女人,只打男人。"

最新的验尸报告出来了,结果显示,小偷使用的刀具与尸体上造成54处刀伤的凶器一致。这说明,盗窃行为只是顺手牵羊,此人冒着极大的风险潜入公安局,作案动机有些匪夷所思——此人对尸体行凶,对已经死去的人再刺上一刀。

第十二章
强迫症者

　　凶手和死者有什么深仇大恨呢？将人乱刀捅死之后，还跑到公安局停尸房再补一刀。

　　55处伤口都是同一把刀造成的，55刀有什么特殊含义？

　　特案组请教了一位心理学专家，专家称，关键的应该是第54刀，这个对凶手来说至关重要，所以甘冒风险又补一刀，凶手可能患有严重的强迫症，确切地说是强迫症中的"数字恐惧症"。

　　这听起来有点荒谬，有的人会对某个数字感到特别恐惧。

　　一个女孩遇到了诡异事件。她总是梦到自己在午夜12点走过院子，站在门口，胡同里有个黑影看着她。有一天，女孩决定去胡同里看看，她半夜12点走出家门，胡同里没有人，只有冷风吹过，她站在那个人站的位置，回头一看，禁不住头皮发麻，有个人站在院门口正看着她，然后关上了门。

　　从此以后，女孩对12这个数字留下了心理阴影，以致影响了生活，后来发展到只要遇到和 12 有关的东西，她就有一种不祥的预感，内心极度不安，精神紧张，唯恐有什么灾难来临。

一名 37 岁的英国男子名叫盖里斯·斯莱特，患有一种罕见的"数字恐惧症"，他一听到数字 2 和 4 就害怕得要命，有时甚至连话也讲不出来。尽管接受专家治疗后状况有所改善，但盖里斯仍然不敢在下午 2 点或 4 点和别人见面约会，仍然不敢看英国 BBC2 台和第 4 台的电视，仍然不敢购买价格标签上带 2 或 4 的货品。

专家说："其实，每个人都有数字恐惧症，只是程度不同罢了。"

画龙说："我怎么没有？"

胡远晴说："我就没有害怕过什么。"

专家说："很多人都对 4 特别忌讳，国外的电梯没有 13 层，司机选择车牌号码的时候会避免 120。人都有趋吉避凶的心理，就连我们国家举办的奥运会开幕式还选择在 8 月 8 日开幕。"

包斩说："我对 7 比较敏感，我在警校成绩最差的时候是全班第 7 名，这个数字对我来说印象深刻。"

苏眉说："小包，你可真是学霸，第 7 名都不满足。"

专家说："数字就是人生的密码，我们的存款是一排数字，我们的年龄、心爱的人的生日、家人的电话号码，所有重要的东西都是一串数字。"

梁教授说："凶手特别忌讳 54，觉得这个数字与'我死'谐音，所以跑到公安局又刺一刀？"

专家说："我只提供心理咨询，破案是你们警察的事，我不敢妄下结论。"

梁教授说："你的病人中有没有患有这种心理疾病的，我需要你提供一份名单。"

专家说："有个病人接受过我的心理辅导，他就患有数字 4 恐惧症，他炒鸡蛋的时候，从来不放 4 个鸡蛋。别人找他 4 块钱，他会再买点东西。关电脑时，如果显示器右下角的时间和 4 有关，例如，05:14、15:54，他就会紧张、恐惧。他只能眼睁睁地等着时间流逝，看着晦气的数字消失后，才会关掉电脑。数字恐惧症已经严重影响到了他的生活。"

梁教授说："这个病人现在在哪里？"

专家说："他现在应该在精神病院里。"

验尸报告显示，死者刚刚理过发，这条线索引起了特案组的高度重视。

特案组要求蓉城警方调集众多警力，对全市所有的发廊和美容美发店进行走访。死者留的是寸头，几乎所有理发店都会剪这种发型，所以摸排难度不小。每个参与办案的人都负责一片区域，画龙和胡远晴一组，包斩和苏眉一组，对案发地点附近的发廊做重点调查。

尸体是在府南河发现的，河的两岸各有一排发廊，在夜晚亮着暧昧的红色灯光。

画龙走进一家发廊，门里坐着个穿丝袜的中年熟妇，用东北话问道："大兄弟，打炮不？"

画龙拿出死者照片，说："不打，你见过这个人吗？"

中年熟妇看了一眼照片说："你做个大保健，要不就打个飞机，我才告诉你。"

胡远晴走进来，说道："用不着你给他打飞机，我们是警察，你老老实实回答。"

中年熟妇撇嘴说："没见过。"

包斩和苏眉也遇到了同样的尴尬，那些发廊根本不理发，而是一些色情场所。

调查到第三天的时候，案情有了突破性的进展，蓉城市西郊的一个理发店的师傅认出了死者。这个理发店位于西郊老街，两扇破旧的玻璃门上写着"剃头""刮脸"字样，路边栽种着一些高大的梧桐树，理发店的毛巾和旁边洗车铺的拖把都挂在树枝上。

根据理发店师傅的描述，死者很可能患有精神病。

当时，理发店师傅蹲在门前修理电动车，看到一个年轻人把街上的井盖掀了起来，抬头喊了一句："我在做梦。"然后就跳了进去。过了一会儿，从下水井里爬出来，他自己觉得有些莫名其妙，径直走过来，对理发店师傅说："你能看见我吗？"

理发店师傅愣住了，说："能看见啊。"

年轻人自言自语说："奇怪，我在做梦啊，在梦里，我是会隐身的。"

理发店师傅说："你没病吧？"

年轻人说："我理发，我醒了后看看自己的头发就知道怎么回事了。"

理发的时候，这个年轻人坐在椅子上睡着了，他系着理发围布，打着鼾，似乎好久没睡觉了。醒了后，他伸了个懒腰，问了一个奇怪的问题。

年轻人说："大爷，如果你可以控制自己的梦，想做什么梦就做什么梦，你想梦到什么？"

理发店师傅摇摇头说："没想过。"

年轻人说："好吧，换一个简单的问题，大爷，如果你可以隐身，你会做什么？"

这个问题在网上也可以看到，大家的回答五花八门，女生的答案往往和心爱的人有关，男生的答案很邪恶，大多是选择悄悄地去银行拿钱，或者和美女做爱。

理发店师傅的回答是："小伙子，你要是没带钱的话，就算了。"

年轻人笑了，说道："大爷，你觉得我是神经病啊，不用怕，我是正常人。我只是比正常人多了一项技能，我可以控制自己的梦，想做什么梦就做什么梦。刚才我睡了多长时间，5分钟还是10分钟？其实我在梦里过了1年，我先是隐身上了飞机，劫持了这飞机，飞机上那些漂亮的空姐都成了我的女奴，那些乘客是我的劳力。我有一座城堡，在一个岛上，我是这座岛的主人。这一年，我去全世界抢了不少美女，春节晚会看过吧，我只要看一眼电视机，就能把电视里那主持人抢过来，还有日本的学生妹，韩国的女明星什么的，都是我的。别觉得我没钱，笑话，我把钻石、玛瑙都铺在我的游泳池里，我城堡地面的砖都是黄金做的。"

理发店师傅解开围布，抖了几下，说道："理完了，10 块钱。"

理发店师傅对这个年轻人印象深刻，所以对警方描述的时候，基本还原了当时的情况。警方分析认为，这个年轻人很可能是个精神病患者，分不清自己是醒着还是在梦里。然而警方跑遍了市内的精神病院，依然没有搞清楚他的真实身份。

特案组在精神病院里见到了那名"数字恐惧症"患者，该患者一直在住院接受治疗，他听完案情之后，说道："这个肯定不是我这种病人干的，如果是我，根本就不会去捅第 4 刀。"

精神病院的会议室里，一名姓郝的医生接待了包斩、画龙、苏眉、胡远晴四人。外面天气阴沉，会议室的电子钟发出滴答滴答的声响，令人昏昏欲睡。郝医生看了一眼死者的照片，表示自己从来没有见过这个人。

包斩说："你们这里有没有一种精神病患者，总是分不清现实和梦境。"

苏眉说："这种病人认为，梦是可以控制的，真是太神奇了。"

郝医生说："日有所思，夜有所梦，梦确实可以控制，但控制不好的话，就会走火入魔，精神错乱。"

画龙说："我好久没做过梦了。"

胡远晴对画龙说："我昨晚梦见你了，梦见我们……"

画龙说："什么？"

胡远晴说："梦见我们接吻了。"

画龙没有说话，咳了两声，气氛有点尴尬。

郝医生看着包斩，眼神中透着一丝诡异，他说："你在梦里可以为所欲为，做什么都可以。"

包斩说："哦，的确是这么回事。"

郝医生说："我们现在就是在梦里。"

包斩疑惑地说："怎么确定我们现在是在梦里，这和真的一样。"

郝医生指着窗口说："这里是三楼，你跳下去试试。"

包斩说:"开什么玩笑,我可不敢跳楼。"

郝医生指了指苏眉,说道:"你可以亲吻这位女士。"

大家识趣地走了出去,会议室里只剩下苏眉笑吟吟地看着包斩,然后闭上了眼睛,眉毛弯弯,吐气如兰。包斩鼓足勇气,吞吞吐吐地说:"小眉,我好喜欢你……我不敢,我……可以吗?"苏眉的脸红了,樱唇欲启,如同玫瑰花瓣,娇艳动人。

包斩将苏眉拥入怀中,就在即将吻到她的时候,梦醒了。

包斩抬起头,郝医生依旧在讲解控梦的理论,画龙、胡远晴、苏眉3人都有点惊愕地看着他。包斩因为工作太累了,居然在会议室里睡了一会儿。

# 第十三章 控梦大师

精神病院郝医生给警方介绍了一个人，这个人简直就是控梦界的大师，经历非常传奇，街头巷尾都有关于他的传闻。此人名叫方士，以前经营一家茶叶店，生意非常兴隆，他又租下店后的一个院落，开了一家茶馆。喜欢喝茶和打麻将是蓉城人的生活特点，院里树荫下摆着竹靠椅和小方桌，喝茶的"三件头"是盖碗、紫铜壶和老虎灶。

一时间，高朋满座，常有文人雅士往来。

方士有时会表演茶艺，正襟危坐，先点燃一炷檀香，气氛变得优雅古朴。他用开水烫过茶具，再用茶匙将乌龙茶轻轻拨入紫铜壶中，洗茶之后，以三起三落的手法向紫铜壶中注水至满，再用沸水遍浇壶身，最后分杯品茗，客人尽兴而归。

有一天，公安机关和工商部门联合查封了他的茶叶店，群众举报说他的茶叶有毒。

经过化验，他的茶叶里面掺杂着安眠药粉末。

方士在接受审讯时对警方称，这些茶叶并不公开销售，而是只卖给内部学员。

审讯民警问道:"喝茶是提神的,你在茶叶里放安眠药是什么意思?"

方士回答:"为了让学员们达到深度睡眠,更好地练习清醒梦。"

审讯民警问道:"清醒梦是什么?什么学员?他们学习什么?"

方士回答:"学习做梦!"

清醒梦是存在的,这个概念最早在1968年由哲学家Celia Green在他的《清醒梦》一书中提出。此后,一些心理学专家也多次发表过这方面的研究论文。科学家发现,当人们进入深度睡眠的时候,闭着眼睛,眼球也会快速转动。进一步的研究发现,眼球的转动其实和人们在梦境中的意识或者和梦里看到的内容有关。

清醒梦又称为清明梦,在梦中可以保持清醒,并且知道自己正在做梦。可以在梦中拥有清醒时的思考和记忆能力,少数人甚至可以使自己梦境中的感觉真实得跟现实世界并无二样。大师级的人士可以控制自己的梦境,想做什么梦就做什么梦。

方士从茶道中领悟到了冥想,从冥想中学到了清醒梦的诀窍,然后与人分享。

他在茶室中放了个写字板,上面写着一些别人看不懂的话。

例如:第一课,飞行;第二课,隐身;第三课,时间停止。

一些好奇的客人成了他的学员,学习怎样在梦中飞行、隐身以及让时间停止。他讲的话高深莫测,学员大多一知半解,很少有学员能够完全听懂。

他说:"有些人具有天赋,比其他人更容易拥有清醒梦。催眠是引导出清醒状态的妙极方法,可以先学习如何催眠自己。你在梦中知道自己在做梦之后,才能够控梦和造梦。你可以构建一座大厦,可以制造一个城市,或者一个世界,你创造的梦也是有边境的,永远不要去边境之外的地方,那也许是别人的梦境。"

警方查封了方士的茶叶店,他一蹶不振,进了精神病院,老婆和孩子回了安溪老家，医生的诊断结果是他一切正常，他从精神病院出来后，竟然沦落街头，成了一个流浪汉。

特案组找到他的时候，这个曾经表演茶艺的儒雅男人正在街边用一个铝制饭盒热些残羹剩饭。这期间常常有人慕名而来，向他请教怎样做清醒梦。一些人送钱送礼，据说还有女人主动献身，巡夜的民警曾经看到他和一个妇女在街边的窝棚里野合。

那是一个有月亮的晚上，一个卖芹菜的妇女吹散了他胯间的骚气。她是自愿献身的，只为寻求做梦的秘方。她的丈夫几年前不辞而别，人间蒸发，莫名其妙地失踪了。

卖芹菜的妇女说："我想他，我在家想得直打滚，我想见他一面，哪怕是在梦里，求你了。"

方士想要拒绝，但是卖芹菜的妇女已经脱下了他的裤子。他说："唉，我就当做了个噩梦。"

方士的妻子回了老家，但他并不缺少性生活。有段时间，他觉得自己吃得太咸了，会影响性功能，所以他在捡来的那个小铁锅里炒菜的时候，每次都少放一点盐。这个流浪汉住在菜市场废弃的鲤鱼池子里，池子上搭着泡沫板，压着几块砖。临睡之前，他会戴上一个安全套，安全套并不是捡来的，而是买来的。这个流浪汉每晚都和一位明星美女约会，各种强暴，各种蹂躏。怎么做到强奸明星美女还不犯法？答案是在梦里。

画龙、包斩、苏眉三人冒充电视台记者，提出了采访的要求。

方士婉言拒绝，他说清醒梦是大众理解不了的新生事物，不想多讲。

画龙指着包斩说："我这位兄弟还是单身，也想跟你学习一下做梦，你能让他做个春梦吗？"

方士说："这有何难，你们不采访的话，我倒是愿意和你们聊聊。"

苏眉好奇地问道："你说你每天都和明星美女约会，你见过这美女啊？"

方士说："我可以凭空幻想出一个美女，也可以把生活中的美女的样子复制到梦中。"

苏眉心想，也许是这位女明星出席某个产品代言活动的时候，这个流浪汉出现在围观的人群里，或者从张贴的广告上看到的她。

画龙说："你在梦里干什么，谁也管不着，你戴个安全套……你这么大岁数还梦遗啊？"

方士说："是啊，洗裤头怪麻烦的。"

方士说自己能够创造三层梦境，正常人活在现实世界，做梦的时候在第一层梦境。方士的第一层梦境是现代。在梦里，他无所不能，隐身飞行都是小伎俩，他为所欲为，可以犯罪，但永远不被抓获。他已经打通了第二层梦境，也就是梦里的梦，在这个梦中梦里，他是古代的帝王，后宫三千，整个天下都是他的。

苏眉说："你的第三层梦境是什么呢？"

方士说："我是上帝，是如来佛祖，这个我还做不到。"

画龙说："可是你现在是个流浪汉。"

方士说："谁也不会在乎自己在梦里是个流浪汉，对不对？"

包斩说："现实世界成了你的梦，梦就是你的现实世界。"

画龙三人坦白身份，拿出死者的照片让他辨认。方士看着照片说，这个青年人名叫萧净，河南驻马店人，曾经跪在他面前一整夜，想要拜他为师。他说的每一句话，萧净都会用纸笔记录下来，态度极其虔诚。萧净很有天赋，能够轻松自如地控制一些简单的梦，但是他急功近利，欲速则不达。梦是可以控制的，但是控制不好的话，就会走火入魔。

方士无法提供更多的信息，苏眉将死者的名字输入电脑，河南驻马店叫萧净的人非常多，苏眉用识图软件逐一对比，最终找到了此人。

警方通知家人前来认领尸体，经过多方走访，特案组了解到死者萧净来蓉城打工半年多了，没有挣到钱，但是常常西装革履，冒充成功人士，一些亲友也证实萧净曾经邀请他们来蓉城发展事业，种种迹象显示萧净很可能加入了传销组织。

案情有了重大突破，特案组召开紧急会议。

梁教授说："近年来，因传销导致的刑事案件数量呈上升趋势，萧净的被害应该与传销有关。"

胡远晴说："这还不简单，把那些搞传销的都抓起来，挨个审讯。"

王书记说："蓉城的传销窝点众多，都很隐秘，很难一网打尽。那么多搞传销的，即使都抓起来，想要找到杀死萧净的凶手，也如同大海捞针。"

苏眉说："根据死者电话的通信记录可以找到他所在的传销窝点，顺藤摸瓜找到犯罪嫌疑人或者知情人。"

画龙说："那些人都被洗脑了，组织严密，经常变换居住地点，他们对警察什么都不会说。"

包斩说："我们可以打入传销组织内部，取得他们的信任，卧底侦查。"

特案组制订了卧底侦查的作战方针，包斩心理素质比较好，由他打头阵潜入死者所在的传销窝点，暗中收集线索，再以发展下线的名义，邀请两名民警加入，最后实施抓捕。

蓉城警方为包斩提供了新的身份证明，包斩假扮成一名无业的刑满释放人员，对这个新身份的家庭概况、父母姓名和生日，以及爱好和生活习惯，身体有什么疾病，住在什么地方，曾经住在什么地方，以前用的电话号码，现在用的电话号码，这些他都背得滚瓜烂熟。

包斩换了个劳改犯的发型，穿上旧衣服，一切装备就绪，他拨通了警方提供的一名传销小头目的电话。在电话里，包斩自称通过狱友的介绍，特来加入这项新兴的连锁销售行业。蓉城警方之前打击处理过一批传销人员，所以传销小头目并没有产生怀疑，但仍旧对他进行了一番盘问。包斩已经做过准备，甚至能够流利地背出监规，很快就取得了对方的信任，双方约好了见面地点。

临行之前，梁教授叮嘱包斩注意安全，死者身中55刀，凶手可能不止一人，也许是群体作案。

第十四章
卧底侦查

传销是一场噩梦。

传销人员每天的生活是这样的：捡菜叶，做广播体操，散步，坐在塑料板凳上听课，两手举过头顶鼓掌，吃饭前喊口号，睡地铺，吹牛，给亲朋好友打电话，骗他们一起过来捡菜叶，做广播体操，鼓掌，吹牛……他们认为如此重复下去就能发财。

在北海，警察捣毁传销窝点时，那些人面带微笑，一脸的迷幻，甚至向摄像机摆出胜利的手势，即使说明真相，他们也不愿意离开。

在来宾，两名参与传销的女孩，每天的生活费居然只有一块钱，她们却自信满满，一个对另一个说，咱俩以后，谁要是开百万以下的车，那是丢大家的脸，要把车给砸了。

在合肥，很多传销人员在网吧发展下线，一排抠脚大汉坐在电脑前，QQ头像都是美女，他们叼着烟，露出猥琐的笑容，在QQ上打出一行暧昧的字："偶素（我是）萌妹纸（字）啦，哥哥来找我玩。"

传销的第一步往往是限制人身自由和非法拘禁，然后3天密集洗脑，7天上线交钱。

一个星期后，包斩已经打入传销组织内部，成了一名传销人员。他给梁教授打了个电话："爸，我现在和朋友在搞一个阳光工程的房地产的项目，这个项目很不错，我考察过了……"

梁教授说："浪子回头金不换，好好干吧，爸爸支持你，有什么难处你就说。"

包斩说："您的身体怎么样了？这个项目需要一些资金，还有，我想让表哥来帮我，因为项目刚刚启动，缺乏人手，我想让表哥也入个股，有钱一块儿赚。"

梁教授说："咱家没钱啊，我治病都花光了，你又不是不知道，不过，爸爸借钱也得帮你，你给你表哥打电话吧，问问他同意不，你在外面要照顾好自己。"

挂了电话，包斩表示，表哥是保安队长，手下有十几个人，都可以发展为下线。周围那些传销人员一片欢呼，他们提前制订好了计划，非常周密，就连从火车站到传销窝点的路线和时间都考虑在内，甚至穿什么衣服跑几步上前握手等等细节都做了精心策划。

画龙冒充包斩的表哥，胡远晴扮演表嫂，俩人跟着包斩和两名穿西装的传销人员一路前行，走过一条破败的街道，穿过迷宫似的小巷，最终来到他们所在的出租屋。

他们将传销窝点称为"家"，十几个人住在城乡接合部的两室一厅的房子里。

画龙和胡远晴一进门，屋里的年轻男女排成两行，很是热情地做出邀请的手势，每个人都面带微笑。夹道欢迎后，大家开始吃饭，先是端上来一盆米饭，然后是一盆白菜，清汤寡水，上面连点油星都看不到。没有桌椅，地上铺着泡沫拼板，大家席地而坐，有人抢着给画龙和胡远晴盛饭。这时一个人喊道："主任，吃饭啦。"然后，其他人也一起有节奏地大喊，从里面屋子里缓缓走出一个中年女人，包斩介绍说这是苗主任。

苗主任和画龙、胡远晴握手，寒暄过后，她大手一挥，说："吃饭。"虽是个简单的动作，但有一种气吞山河的气势。所有人都端起碗来，齐声喊道："大米饭，大米饭，吃了赚百万！"

包斩也跟着喊，口号响亮，画龙扑哧一声笑了，对包斩说："表弟，你没病吧？"

包斩说："表哥，吃得苦中苦，方为人上人。"

画龙看着水煮白菜，嘟囔一句："俺们农村老家的猪吃得都比这好。"

胡远晴推了一下画龙，劝道："老公，我们客随主便好了啊，别那么挑剔。"

吃完饭，大家开始玩游戏，都是幼儿园小朋友玩的幼稚游戏，例如猜拳、成语接龙、猜谜语。一个看上去很漂亮的女孩输了，按照规定要表演节目，她左手揪住自己的右耳朵，右手揪住左耳朵，一边撅着屁股转圈一边喊道："我是神经病，我是神经病……"

大家开心地笑起来，其实这也是洗脑的步骤之一。

传销人员认为，只有放弃自尊、不要脸才会获得成功。

很多人纳闷，十几个男男女女挤在狭小的空间里，有没有谈恋爱的？有没有偷尝禁果的？有没有传销头目仗势强奸或者诱奸的？

其实，传销组织内部禁止谈恋爱，感情会影响事业。更何况，传销是亲戚骗亲戚，朋友骗朋友，同居者多有血缘关系。只有少数窝点，居住的都是天南海北的陌生人，他们的出租屋的阳台上，十几件晾晒的衣服中有两件鲜艳的胸罩和几条女式内裤，令人遐想联翩。有传言说，这样的传销窝点往往非常淫乱，他们有时为了释放压力会做出惊人的举动，例如裸体上课，或者在夜里把灯熄灭，一个人高声喊道："在黑暗里，我们就是不要脸，不要脸的人才可以发大财！"接下来的几十分钟里，一场肉搏群战开始，刺激的声音此起彼伏。

包斩打入传销组织内部之后，侦查工作进展得并不顺利。十几个人在两室一厅的房子里生活，包斩的一言一行都有人盯着，他又不能贸然打听死者萧净的事情，只能利用晚上去厕所的有限时间寻找案发现场。包斩的手机是警方特制的，表面上看是一部廉价的山寨手机，具备接听电话和收发短信的功能，其实这部手机是一个小型的血迹勘验仪器，能够发出紫外线光。然而，这个传销窝点没有发现大量血迹，说明此处不是第一现场，萧净并不是在这里遇害的。

经过暗中商议，包斩、画龙、胡远晴三人决定放弃寻找案发现场，将侦查工作放在其他传销窝点，重点寻找死者萧净的上线和下线名单以及认识死者的人。

画龙和胡远晴上了几堂课，也交钱加入，传销组织就放松了对他们的控制和看管。

苗主任问："你们以后有钱了，打算怎么花？你和你老公谁管钱呢？"

胡远晴说："当然是我管钱，男人有钱就学坏，不过，我老公就算没钱我也会跟他一辈子。"

包斩说："表嫂，别说消极的话，我们干这个事业怎么可能会没钱呢。"

画龙说："等我有了钱，我天天吃烤鸭、红烧肉，还有大肥螃蟹，再也不吃水煮白菜了。"

传销人员每天下午都会"串寝"，串寝就是三三两两结队去其他传销窝点做客，学习成功经验，交流心得体会。有时候，还会把要邀约人的资料给所有人员商量探讨，希望找一个好的办法来吸引被邀约者加入传销，说白了就是大家一起商量怎么骗人入伙。

串寝时，开场白一般是自我介绍。

画龙说："各位老板，各位精英，各位新老朋友，大家好，我叫画龙，来自……"

包斩说："领导下午好，辛苦了，我现住在苗主任领导的寝室，我代表我寝全体业务员向领导及网下精英问好，我们希望能学习到领导的经验及闪光点……"

胡远晴说:"我介绍一下邀约人的情况,大家帮我分析一下,能不能邀请他加入到我们这个伟大的行业,这个人是我的同学,名字叫萧净……"

画龙三人注意观察,传销人员听到萧净这个名字时并没有异常反应。他们在与传销人员接触时不断地旁敲侧击,察言观色,却始终没有打听到和死者有关的线索。

只有一次,一个龅牙妹好奇地问道:"这个萧净是男的女的啊?"

胡远晴回答:"是女的。"

龅牙妹意味深长地说:"哦,我说呢!"

包斩问道:"怎么,你也认识一个叫萧净的人?"

龅牙妹摆手说:"不认识。"

卧底侦查工作僵持不下,画龙每天吃水煮白菜睡地铺有些不耐烦了,就在三人快要坚持不下去的时候,他们得知了一条重要的消息。每到月末,该传销体系中业务组长级别的人都会举行表彰会议。会场在一栋两层的小楼,因为画龙三人都没有达到组长级别,所以一直没有暗访的机会。画龙承诺会在近期发展十几名下线人员,苗主任同意带画龙三人前去学习交流。

会场气氛极其热烈,用疯狂来形容毫不为过,几名业绩优秀的组长身穿西装,胸戴大红花,一名经理级别的人向他们发放奖金,现场掌声如雷,每个人都面带如梦似幻的笑容。

一名传销人员上前拍照,画龙和胡远晴顿时觉得毛骨悚然,他们认出那人手中的相机就是蓉城市公安局法医鉴定中心丢失的那部相机。

包斩在卫生间里也发现了大量血迹,尽管做过清理,但在勘验仪器下依旧清晰可辨。

现场的人数有 50 多,死者萧净身中 50 多刀,这种巧合使人产生了一个可怕的想法,难道这些疯狂的人就是杀人凶手?

画龙对包斩悄声说:"赶紧去报警,多喊一些人来。"

然而，警察还没到来之前，表彰会议已经结束，一些传销人员准备离开，画龙和胡远晴急忙守住门口。画龙喊道："谁也不许走。"

　　苗主任说："你一个小小业务员，你疯了啊？"

　　画龙说："他妈的，老子是警察。"

　　传销人员一阵骚乱，有人想要跳窗逃走，但是窗户有栅栏，更多的人向画龙和胡远晴冲了过来。

　　胡远晴看了画龙一眼，握拳说道："上次比武，我们没分出胜负，这次，我们比赛看谁打倒的人多。"

　　画龙说："要是我赢了呢？"

　　胡远晴说："你赢了，我就嫁给你，你输了，就得娶我。"

第十五章 痴人说梦

画龙和胡远晴本可以全身而退,但为了赢得时间,不让犯罪嫌疑人逃走,他们选择了坚守阵地。两个人势单力薄,但毫不畏惧。他们把门反锁,背靠背站在一起。传销人员气势汹汹,抄起手边的东西将他们包围。

胡远晴一招横扫踢,两名传销人员踉跄后退。

画龙双拳击出,左脚后蹬,同时击退三名嫌疑人。

一阵眼花缭乱的拳打脚踢,传销人员纷纷倒地。有人将一个塑料凳子砸在画龙头上,画龙怒喝一声,一脚将那人踢飞。画龙打得兴起,没有注意到,混乱之中,胡远晴被人偷袭……与此同时,外面传来了警笛声,包斩带领武警大队赶到了现场。

画龙抱着胡远晴,对破门而入的警察大喊道:"快叫救护车!"

胡远晴的背后插着一把水果刀,刀柄处还悬着一串钥匙,她脸色煞白,皱着眉说道:"大叔,我是不是快死了,我有句话想对你说……要不,可能来不及了。"

画龙说:"傻孩子,你会没事的。"

胡远晴说："你知道吗？你是我的初恋。"

窗外长着一棵桂花树，叶子飘落下来，有些过去的事情，正好被覆盖。

萧净的家在河南驻马店，父母开着个香油坊，两口油锅连接着电机整日在门前晃来晃去。他不愿意卖香油，所以出门打工，在火车站广场上，他坐在一张报纸上，倚着一根路灯杆，开往蓉城的火车还未到达，只有看不见的时光一趟趟地过站。

萧净初中毕业，什么都不会，后来只学会了做梦。

萧净很有做梦的天赋，因为他特别爱睡觉。小时候，他帮父母守摊儿，看着晃动的油锅，坐着就睡着了。初中时，老师在上面讲课，他打了个很响的哈欠被罚站，他背靠着墙站着也能睡着。他在蓉城的鞋厂打工，流水线工作，喧闹的车间里他倒头就睡，工头叫也叫不醒。

后来，他被鞋厂开除了，工友拉拢他加入了传销组织。

洗脑进行得非常顺利，传销讲师侃侃而谈，从改革开放讲到东盟经济合作以及 WTO，各种词汇显得非常专业，例如，资本运作、操盘手、拉菲尔定律、现代商业的负氧离子等等。萧净听得津津有味，却没注意到讲师戴着一枚掉色的"金戒指"。

讲师说："你现在已经把这 380 万放在了兜里，只是这个钱你得两年后才能花。"

萧净说："好，我加入，这个事业我做定了。"

在传销窝点里，人人都讨厌他，他太穷了。最艰难的时候，他每天的生活费是一块钱，一块钱能干什么呢，买不到一斤大米，买不到一瓶可乐。为了解决温饱问题，传销主任不得不贴补他。那些线下的人员过得都很艰苦，吃陈年的大米，去市场上捡别人不要的菜叶。

他打电话邀约亲戚加入，尽管口才有所提高，但是没有骗到一个亲戚。

亲戚甲说："不中不中，忒远了，俺不去。"

亲戚乙说："干啥事业，你整天迷迷瞪瞪的，滚蛋吧。"

亲戚丙说："你四姨说你干传销哩，你个鳖孙，别给我打电话了。"

亲戚丁说："这一崩子，你真不瓤，你都说普通话啦，你咋恁厉害哩，该我的200块钱啥时候还？"

萧净在路边看人打麻将，听人聊起控梦大师方士的传闻。他第一次接触到清醒梦，感到非常神奇。他在控梦大师面前跪了一整夜，表明自己虔诚的态度，渴求方士收他为徒。

方士说："人的一生，至少有三分之一的时间是在睡觉，如果能把这段时间充分利用起来，也是一件很好的事情。"

萧净说："是啊，要不白瞎了，师父，我再给你磕3个头，你就收下我吧。"

方士终于被感动了，收他为徒。师父说的每一句话，他都在本子上记录下来，回到传销窝点后细细琢磨。如果当天晚上没有做梦，他便觉得浪费了一整夜的时间。渐渐地，他掌握了清醒梦的诀窍，并且痴迷其中。

他有一个梦想，率领海陆空三军打赢第三次世界大战——在梦里。

然而，这个梦太过于宏大，简直就是史诗般的巨幅画卷，他只得到了一些梦的碎片。

例如，纽约在燃烧，东京已毁灭，有人在莫斯科的冷风中埋头骑车。他趾高气昂，站在坦克上面检阅部队。他从香烟盒里拿出打火机，用手抖出一支烟来点燃。

例如，一列满载文艺女兵的火车从他的胸膛中呼啸而出，接着是轮滑少女的身影掠过，地面流水潺潺，每个女人都有一条河流。

例如，月亮就是悬在天上的一块大石头，他派遣雁群拖着绳子绕月而飞，捆绑月亮之后，他手握绳子将月亮狠狠摔在地上，摔在欧亚大陆之间，起码有十几个国家瞬间灭亡。

在传销窝点，没有床，地面铺着泡沫拼板，上面还有着卡通图案。他躺在很多人睡过的被子下面，做过治国之梦，做过庄周之梦，做过巫山之梦。他越来越喜欢睡觉，就像慵懒的熊，躲在漆黑的洞穴里呼呼大睡，不用去管外面的凄风冷雨。

我们的痛苦不在于一无所有，而是得到之后的失去。

萧净在梦里拥有的东西越多，醒来之后也就越发失落。他首先对传销感到了失望，认清了这就是一个梦，如同肥皂泡一样，看上去绚烂多彩，但是一戳就破。

萧净和传销组织的矛盾起源于他做了一件不该做的事——要求领导公示财产！

在传销组织的表彰大会上，萧净负责布置会场，干些杂活，一位经理级的传销领导声称自己赚到了380万，下面的传销人员都相信他赚到了钱，因为他开着车，戴着金戒指，穿着名牌西装。

萧净却突然跑上台，质问道："你说你成功赚到了380万，离这里不远就有个自动取款机，你把你的卡插进去，如果卡上有380万，我就信。"

大家鸦雀无声，场面很尴尬。

萧净又说道："我们这个行业是违法的，你却说我们这个行业是国家支持的，因为我们把利润的45%给了国家，你把这个缴税证明给我看一下，我就相信。"

传销领导上前给了萧净一记响亮的耳光，怒斥他滚下去。

萧净不依不饶，说道："你敢不敢公示财产？"

领导和传销领导的区别是一个有钱一个没钱，共同点是都不敢公示财产。

各国官员如何公示财产呢？美国：任何公民都可查阅官员的财产信息。法国：上任卸任都要提交财产报告。乌克兰：离职10年后仍须提交财产报告。巴西：任何公民可调阅财产报告。土耳其：瞒报财产可判5年监禁。韩国：财产公示包括三代直系亲属。

说来神奇的是，萧净是在自己的梦中了解到世界上大多数国家都实行了官员财产申报制度。他醒来后，马上应用到了现实生活里。

萧净和传销组织发生了冲突，领导给了他一耳光，他抄起会场的一个玻璃奖杯向领导脑袋上狠狠地砸了一下，领导当场晕倒。随后，愤怒的传销人员对他进行围殴，导致萧净当场死亡。接下来的案情有点离奇，萧净被传销人员殴打致死之后，大家冷静下来，商议出一条匪夷所思的计策。

苗主任用手探了一下萧净的鼻息，萧净已经停止了呼吸。

苗主任问道："在座的都打了吗？都动手了吗？有谁没打？"

没有人回答，另一位主任说："既然这样，这个人，就是我们大伙儿打死的。"

一个组长指着一名女孩说："她刚才没打。"

女孩说："我上了，真上了。"

苗主任说："那你再捅一刀，我们每人都捅一刀，这样，也就没人会说出去，我们的罪都是一样的，谁也不轻，谁也不重。"

萧净的尸体被拖到卫生间，为了公平起见，传销人员轮流去卫生间对着尸体再捅一刀，54个人，每人一刀。然而，大家忽略了那位晕倒的传销领导，抛尸河中后，才想了起来。

鄂西系列持枪抢劫案，一名无辜的路人被杀，动机很简单，该犯罪团伙为了考验一名新加入的小混混，故意让他去杀人。大家都有命案，犯罪时才会齐心协力。

黔东南系列超市盗窃案，案犯是几名技校学生，分赃时，他们发生了矛盾，一名学生拒绝分赃，打算洗手不干，结果其他案犯以死威胁，逼迫他收下赃物。审讯时，主犯说："逮住了都是一样的罪，谁也别想判轻点。"

萧净被围殴致死，54个人每人一刀，有一个人没捅，后来被迫追到公安局补了一刀。

他们有过这样一段对话：

传销领导说："人都死了，我再去捅一刀干吗呀？"

苗主任说："你只打了他一耳光，然后你就被他砸晕了，我们可是为了你把他打死的啊。"

传销领导说："我应该谢谢你们吗？你们也太不冷静了啊。"

苗主任说："其实，我也只打了他一拳，他死了后，又捅了他一刀。"

另一位主任说："我就踢了一脚，还是踢的他的屁股，我不是也捅了一刀吗？"

苗主任说："你再去捅一刀，我们就一样了。"

传销领导说："好吧……"

他们拨打寻尸启事上的电话，向警方谎称要辨认尸体，从而得知尸体位于蓉城市公安局的停尸房以及停尸房的具体位置。很多传销人员都出入过蓉城公安局，了解一些内部情况。在传销人员的帮助下，那位领导轻而易举地翻墙入内，撬门进入停尸房，向尸体再捅一刀。

顺手牵羊偷走相机是为了证明自己确实捅了萧净一刀。

那位领导用相机拍下萧净的脸，然后将刀子插进他的腮帮子，拍照后拔出刀子……

那是一把折叠刀，刀身细长，挂在钥匙链上，最后，插进了胡远晴的后背。

胡远晴被紧急送进医院，当天夜里抢救无效，宣告死亡，年仅24岁。

追悼会上，天下起大雨，千余名民警和群众前来悼念送行，其中有些是胡远晴父亲的老同事。胡远晴的父亲也是一名警察，小时候，别的女孩玩芭比娃娃、收集动漫卡片，胡远晴的父亲教她双节棍、蹲马步、打长拳。五年级的时候，班里的坏男生欺负胡远晴，她哭着跑回家，父亲却关上了门，对她说，哭是一件很丢脸的事，打赢那男孩再回家。初中时，胡远晴开始叛逆，离家出走，她给父亲打电话，父亲说，知道了。语气非常平淡，就好像离家出走是一件稀松平常的事。高中时，父亲死了，在一次配合省公安厅的缉毒行动中，胡远晴的父亲为了保护其他民警壮烈牺牲。后来，胡远晴也成了一名警察……

特案组向胡远晴的遗像深深地鞠躬，哀乐声声，音容宛在，画龙强忍的泪水落了下来。

浮生若梦，山河拱手，也许，死亡就是一场不会醒来的梦。

我们每个人都心怀梦想，对一些人来说，现实生活总是那么残忍，逼迫他们一再退让，然后将梦想遗忘在心底。我们无法在理想、爱情、婚姻中保持完全的清醒，有时候明知道那是一个梦，却不愿醒来。

控梦大师方士还在鲤鱼池子里酣睡，这个流浪汉的嘴角带着微笑。距离菜市场不远处的网吧里，一群孩子玩着角色扮演类的网络游戏。东边的广场上，几个老人在唱歌，歌声嘹亮，唱的是一首广场舞流行歌曲："你是我的小呀小苹果儿，就像天边最美的云朵，春天又来到了花开满山坡，种下希望就会收获……"

第四卷
恋童癖者

雪崩时，没有一片雪花觉得自己有责任。
——伏尔泰

最短的恐怖小说，只有一句话：

我张开嘴巴，让你看清楚眼前的这些行尸走肉！

第十六章
鱼目混珠

隆冬时节，水库结了一层薄冰，草叶挂着白霜，红彤彤的太阳升起后，那些冰霜就消融了。

覆水县橡胶厂的赵科长喜欢钓鱼，每逢周末都去县城南郊的水库垂钓。这天中午，赵科长钓到一条鲤鱼、数条小草鱼。回家后，他邀儿子和儿媳前来吃鱼。赵科长有一套独特的烹饪方法，先是把草鱼煎成焦黄色，然后把葱、姜、蒜、辣椒、豆瓣酱、老抽、白糖、大茴香全部倒入锅中，加水慢炖，再将玉米面团拍成饼，贴在锅壁上，面团的下半部要浸入鱼汤之中。最后，架上箅子，鲤鱼装盘里清蒸。

同一口锅，下面是草鱼炖锅饼，上面是清蒸鲤鱼，浓郁的香味混合在一起，味道极其鲜美。

吃饭的时候，一家人谈笑风生，电视机上播放着午间新闻，副县长正在讲话，手里拿着的讲稿居然是一张日历纸。

儿子说："为这样勤俭节约的领导叫一声好！"

赵科长说："作秀啊，你知道领导主席台上的矿泉水多少钱一瓶吗？"
儿子说："矿泉水能有多贵？顶多 10 块钱一瓶吧！"
赵科长说："一瓶 35 块钱。"

因为时间紧张，赵科长忘记处理鱼鳃。儿媳妇喜欢吃鱼头，她用筷子从鱼嘴中夹起一个圆形的东西，让大家分辨是什么。时间仿佛停止了，大家的动作都突然停下，赵科长举杯不动，面如死灰，儿子脸上的笑容凝固了……儿媳妇是医生，她看到筷子上夹着的分明是一个人的眼球。

2012 年 12 月 23 日，覆水县一居民在家中吃鱼时发现鱼口内有人的眼球，随即报警。经过调查，这条鱼是从南关水库钓到的，覆水县刑警大队随后在水库中进行拉网式作业，先后打捞出数块人体组织以及包裹尸块的红色被罩，一起惊天动地的碎尸案就此浮出水面。

案发后，省市领导极为重视，请求公安部派遣特案组予以协助侦破。

特案组来到覆水县，受到了最高规格的接待，县长出城 20 里亲自迎接。进入县城后，系着红领巾的小学生夹道欢迎，行少先队礼，县委书记和九个副县长在县委大楼前等待。下车后，握手寒暄，一名助理上前介绍："这位是牛书记……章县长……吴县长……黄县长……"

画龙说："我们是来办案的，不是来视察的。"

苏眉对包斩轻声嘀咕："怎么这么多副县长。"

包斩说："是啊，覆水县还是国家级贫困县。"

两人的声音虽小，但是大家都听到了，场面有点尴尬，县长助理笑着说："我们这还是少的，邻县有 13 个副县长呢。"

梁教授说："这么多县长，我也记不住，哪位是分管公安工作的？"

章县长兼县公安局党委书记、局长，他上前敬礼道："欢迎特案组莅临我县指导工作！"

欢迎午宴设在该市风景区的一处豪华顶级会所内，亭台楼阁，清静幽雅。

会馆只对政府机关开放，门口设有岗哨，特案组碍于情面，不好批评，只谎称吃过饭了，用了些糕点和水果便匆忙离开。

覆水县刑警大队在水库打捞出一些人体组织，经过拼接发现是两条人腿，还有一个包裹尸块和衣物的红色鲁锦被罩，根据骨龄和衣物来判断，死者是一名10岁左右的小女孩。

当务之急是尽快找到小女孩的上半截尸身，覆水县警方借来两套潜水设备，梁教授令画龙和包斩参与搜寻。两人穿上潜水设备，乘木船划至水库中心，苏眉和一名女警负责摄像，在船上等待。画龙和包斩一翻身，从船上落入水中，腰部的铅块使他们迅速下降，缓缓沉入水底。画龙打手势示意包斩调整浮力装置，免得踩在水底扬起泥沙，两个人手持探灯，在水底缓缓游动，四处搜寻。

苏眉和女警在船上闲聊，苏眉说："我在海边见过栈桥，你们这水库还建了个栈桥，有什么用啊？"

女警说："公开说，这是老书记的政绩，利民工程呗！私下里说的话，你别告诉别人啊。"

苏眉说："我也只是好奇。"

女警说："这个和风水有关，咱也不懂，反正这水库，这栈桥，就是龙取水的意思。我爸以前是老书记的下属，老书记的办公室都是用金线测量过的，按九宫八卦来安放桌椅沙发，办公室地板砖下面还埋着一道符，风水大师说他有副省长的命，只缺一座桥。"

苏眉说："那老书记现在升为副省长了吗？"

女警说："进去了，贪污腐败判了个无期。"

画龙和包斩潜水而行，水底遍布各种杂物，光线模糊，犹如一个古代的坟场，令人感到阴森压抑。水底黑漆漆的，探灯也只能照射到前方不远处，尸体就在周围照不到的地方，两个人壮着胆子细心搜寻。前行几十米，包斩突然感觉不对头，有一种异样恐怖的感觉，前方出现一片模糊的红色东西，看上去非常巨大。走得近了，眼前的一幕令人魂飞魄散。

一个人正在水中向他们缓缓地逼近，确切地说，那是一具尸体，只有上半截，少了两条腿。尸身因在水中浸泡多日已不成人形，肤色煞白，面部肿胀，从长发上可以看出这是一个女孩。嘴唇上的肉已经被鱼啄食，露着白森森的牙齿，好像要咬什么东西，一只眼睛也不见了，眼窝处形成一个窟窿，这正是他们要搜寻的死者。

那个红色的东西是一张床单，系在小女孩腋下，床单的两端在水中缓缓舒展，犹如一只红色蝴蝶，她的长发向上漂着，手臂下垂，尸身周围还有一些鱼游来游去，不断地啄食。

画龙和包斩各拉住女尸的一只手，向上而游，哗啦一声，浮出水面。

梁教授做出部署，接下来的刑侦工作就是确定尸源，查明死者身份。

包斩和法医一起进行尸检，提取死者的指纹。尸检显示，女孩遭受过性侵犯，阴部撕裂受损。案件初步定性为奸杀，凶手有恋童癖倾向。

由于尸体在水中长时间浸泡，导致尸体手指僵硬、发白、起皱，指腹发生皱缩，形成脊沟无法捺印的指纹特征。

法医说："不行就放弃吧，提取到指纹也没什么用，要知道，指纹库中都是有犯罪前科的人，这小女孩才多大，警方的指纹库中不可能有她的指纹。"

包斩说："万一有呢？"

水中尸体的指纹确实不太好提取，包斩查询了一些学术论文，最终采取了盐水加温浸泡注射法。传统的直接捺印、银粉刷显胶带粘取、剥落套指捺印等方法，都或多或少存在提取不全、指纹特征变形明显的缺点。将生理盐水注入指腹，能使人体组织放松、软化，有效恢复细胞的结构，同时在指腹的不同部位注入盐水，压力增加使指腹饱满，便于捺取指纹。

取得死者指纹之后，苏眉用它和警方的指纹库进行对比，这本是大海捞针，无心插柳之举，没想到竟然意外地找到了相吻合的指纹。

死者只有12岁，姓唐，家人都叫她糖宝儿，在县实验小学上五年级。

糖宝儿唯一的爱好是上网，装扮QQ空间，她发布的最后一条说说是：

"好想去西藏，好想来一次说走就走的旅行。"糖宝儿有个弟弟，父母重男轻女，平时对糖宝儿缺乏关心，这个小女孩一星期前失踪，家人没有报警是以为孩子离家出走了。

糖宝儿的父母都是县自来水厂的职工，家中并无电脑，糖宝儿也没有手机，她平时上网都是在县城区的几家黑网吧。这些网吧大多偷偷设立在居民楼里，没有营业执照，为了赚钱也接纳未成年人。其中一家黑网吧发生过火灾，警方当时把网吧内所有的人都带到派出所调查，录取口供采集指纹，其中恰好就有死者糖宝儿的指纹。

特案组和覆水县警方分析后得出结论，案件初步定性为奸杀，凶手有恋童癖倾向。

恋童癖是一种性变态，有三种类型：

一、固定型。这类患者对成年男女不感兴趣，只愿与儿童交往，只有在与儿童交往时才觉得舒心。他们猎取的对象一般都是很熟悉的，如邻居家、朋友乃至亲戚的孩子。首先是与这些孩子玩耍，给予钱财，获得孩子的信赖，进而才发生性接触，一般停留在猥亵的程度。

二、回归型。他们表面上看起来与常人无异，有过正常的异性恋史，甚至已结婚成家。但是，当家庭、学习、工作等方面出现压力或遇到重大精神刺激后，便回归到不成熟的性表达方式。猎取的对象都是不熟悉的儿童，其行为带有冲动性，有的人还伴有酗酒的现象。

三、攻击型。这类性变态由于各种原因而存在攻击心理，想借助折磨儿童而发泄出来。他们往往手段残忍、险恶，甚至强迫儿童满足他们的下流要求。这类患者与施虐狂很相似，通过不正常的性行为来发泄畸形的心理。在犯罪的过程中，往往会动作粗暴，做出攻击行为，从而造成受害者的死亡。

糖宝儿遇到的就是攻击型恋童癖者，这个变态可能藏身在某个角落，糖宝儿回家的时候，或者出门独自游玩的时候，凶手将其强行或拐骗带至第一作案现场，奸杀之后，肢解抛尸。

苏眉查阅了糖宝儿QQ空间里的日志，其中一条引起了她的注意。

糖宝儿写道："今天，我又看见了那个人，他穿着一身黑衣服，藏在楼道里偷偷地看我。"

第十七章 指奸恶魔

恋童癖者和一般色狼是有区别的,色狼往往随机选择目标,恋童癖者长期关注受害人。

糖宝儿QQ空间里的那个黑衣男人会不会就是凶手呢?那句说说中的"又"字,说明此人不止一次暗中监视过糖宝儿。

水库碎尸案发生后,仅仅过了3天,县城区防疫站家属院发生一起猥亵少女案件,根据受害人描述,作案者穿一身黑衣,这引起了特案组的高度重视。

受害人只有10岁,警方安抚了这个受惊的小女孩,情绪稳定后,她讲述了事件的经过。

傍晚时分,小女孩从家属院走出来,独自去街上的商店买辣条。辣条是全国学校门口小超市销量第一的零食,5毛钱一袋,很多孩子都爱吃。回来时,天已经黑了。家属院里长着很高的杨树，空地上还种着一些蔬菜，小女孩路过一个偏僻的楼道，有个穿一身黑衣服的男人从楼道里快步走过来，猛地拽住她的衣服，把她拽到黑漆漆的楼道里。

黑衣男人说："你把手举起来，我给你量量衣服。"

小女孩不解其意，乖乖地举起手来，黑衣男人从后面抱住她，一阵乱摸。

小女孩也意识到这样做不好，怯怯地说："我姥姥要是知道了，会打我。"

黑衣男人停下来，嘿嘿笑了，随即把小女孩抱起来。

胡子扎疼了小女孩，她哭了起来。

黑衣男人说："别哭，再哭我杀你全家，我知道你家在哪儿"。

小女孩说："我给你吃辣条，好不好？你让我走，我还得回家看电视呢。"

这时，楼道里传来脚步声，有人下楼，黑衣男人侧耳倾听，随即恶狠狠地将女孩摔倒在地，女孩身上多处摔伤，门牙也磕掉了。那男人拉上裤子拉链，慌忙逃走。空洞漆黑的楼道里只剩下无助的小女孩，女孩忍着疼，整理了下衣服，把凌乱的头发挽到耳后。回到家后，小女孩惊魂未定，就连喜欢的辣条都没吃，晚上也没吃饭，早早就睡觉了。第二天，父母发现女孩的门牙掉了，询问事由，小女孩就讲了这事，愤怒的家人随即报警。

小女孩年龄尚小，无法准确描述出这名男子的体貌特征，只是大概地说，此人比她爸爸的年龄要大，有点胖，个子不高，皮肤很黑，他的胡子有点鱼腥味。

包斩问道："那人的胡子是什么样的？"

小女孩说："就是有胡子啊。"

苏眉从手机里找到几种胡子的造型，让小女孩辨认，小女孩指了指络腮胡子的图片。

画龙说："孩子，我们会帮你抓到坏人的，你不要怕。"

包斩细心地问道:"那人还对你做过什么事情吗?"

小女孩面露惊恐,眼光呆滞,摇了摇头,却下意识地用手挡住腹部。经过大家耐心劝说,小女孩透露出一个细节,那个男人在猥亵过程中,曾经把手伸进女孩的裤子里,抠破了她的下身,还舔了下沾血的手指,说了句"甜丝丝的"。父母为孩子将来的名节着想,对警方隐瞒了此事。

特案组调集警力对家属院以及周边的居民区进行了走访,寻找目击者,排查是否还有其他受害人。很多强奸猥亵案件,受害人出于种种担心,认为遭到性侵犯是一件难以启齿的事情,所以大都选择忍辱负重,不会报案,甚至不敢告诉家人。这为警方的排查工作带来了难度,梁教授分析认为,此人在公共场所做出种种变态的猥亵行为,肯定不是第一次作案,很可能有犯罪前科。经过核查当地公安机关的案底资料,一名嫌疑人进入警方视线。

此人姓张,外号脏胡子,因在小学公厕猥亵一名未成年女孩而入狱,刑满后再次犯案,屡教不改,居然对自己不到10岁的外甥女暗下毒手,幸好强奸未遂,因此再次入狱,去年刚刚刑满释放。他的个头不高,又黑又胖,留着络腮胡子,光棍一个,平日里贩鱼为生,非常符合犯罪嫌疑人的特征。

特案组决定传唤脏胡子到公安局,然后让那小女孩进行辨认。在居委会主任的带领下,画龙、包斩、苏眉三人和两名警察找到了脏胡子的家。

院门紧闭,敲门不应,不知道家中是否有人。一名警察翻墙进去,打开院门,众人悄悄地走到屋前,从窗口向里偷窥。屋里停着一辆摩托车,后座上绑着贩鱼的铁皮槽子,墙角有电鱼用的竹竿和鱼篓。

屋里的电视机开着,声音很大,正在播放少儿电视剧《巴啦啦小魔仙》,一个男人背对着窗口坐在小马扎上看电视,他上身穿着黑色中山装,下身的裤腰带是解开的,他竟然在对着少儿电视剧自慰。

画龙等人把脏胡子带至公安局讯问，此人被公安机关处理过两次，有较强的反审讯经验。

画龙说："你这算是三进宫了吧，知道我们为什么找你吧？"

脏胡子说："我知道，电鱼是违法的，我以后不电鱼了。"

包斩说："别装糊涂，我们不会因为电鱼这样的小事找你的。"

画龙说："你电鱼，我们光不管，就问你还干了什么犯法的事。"

脏胡子说："你说的是诈金花？我玩得不大，不算赌博。"

苏眉骂道："你这个变态，都多大年纪了还看少儿电视剧，还一边看一边……"

脏胡子说："我没媳妇，这又不犯法。"

包斩说："你都去哪儿电鱼，去过南关水库吗？"

脏胡子说："我最近没去水库，都是去河里逮鳝鱼。"

画龙说："那你去过防疫站家属院吧？"

脏胡子说："没有，这个绝对没有。"

审讯室外面，梁教授对那名被猥亵的小女孩说："你仔细看看，是不是这个人？"

小女孩看了一眼，点了点头，她认出脏胡子正是那天在楼道里对她进行侵犯的坏人。

脏胡子起初百般抵赖，声称小女孩看错了人，自己没有猥亵行为，审讯多次后，脏胡子才承认了自己猥亵小女孩的犯罪事实，但是他对奸杀糖宝儿一案拒不承认。警方也在外围进行了调查，糖宝儿失踪当天，脏胡子和狐朋狗友一直在家聚赌，玩了一个通宵，并不具备作案时间，特案组初步排除了他的作案嫌疑。

几天后，脏胡子竟然主动提出要和特案组谈一谈，他想戴罪立功，争取宽大处理，声称自己只要看看案卷资料就可以帮忙找到真凶。

画龙说："扯淡，咱们可不需要他帮忙破案，一个罪犯竟然把自己当成福尔摩斯了。"

苏眉说:"我觉得可以让他试试,只是那些案卷资料给他看是否合适呢?"

梁教授说:"凶手是一个恋童癖者,什么样的人最了解恋童癖者呢?"

包斩说:"另一个恋童癖者!"

梁教授说:"我想起了一部电影,《沉默的羔羊》。"

《沉默的羔羊》是一部经典的惊悚凶杀类电影,讲述的是一个城市接连发生命案,凶手专剥女性的皮,警方一筹莫展,决定去监狱里请教食人魔汉尼拔博士,以此获取凶手的心理行为资料来帮助破案。

特案组和覆水县警方研究了一下,决定接受脏胡子的帮助,也许他能打开案件突破口。

脏胡子首先看了一下糖宝儿的照片,他的眼神直勾勾的,情不自禁地咽了下口水。

照片上的糖宝儿穿着牛仔背带短裤,上身是一件白色的卡通 T 恤,裸露着细长白嫩的双腿,扎着双马尾辫,留着齐刘海,脸像洋娃娃一样可爱,小嘴边还带着俏皮的微笑。

脏胡子想要用手触摸照片,画龙敲敲桌子说:"只许看,不许动"。

一名警察帮忙将案卷资料的复印件摊开放在桌上,脏胡子问道:"怎么弄死的?"

苏眉说:"看不懂尸检报告?上面不写着吗,这女孩被人下药了,药量过多导致死亡。"

脏胡子说:"吃药了啊,可惜了。"他摇头叹气,似乎在为糖宝儿的死亡感到惋惜。

脏胡子说:"要是我,绝对不会给她吃药,跟死狗似的有什么意思?"

包斩说:"那你会怎么样?"

脏胡子说:"我会看着这女娃的脸,她越疼,我就越高兴。"

苏眉说:"你这个变态,我好想打你。"

脏胡子唉声叹气，不忍心再看尸体照片，他对包裹尸体的床单、被罩以及一条用于捆扎的布带产生了兴趣，梁教授示意给他一支烟。脏胡子抽着烟，盯着照片，仔细思索着什么，突然他的手抖了一下，一截很长的烟灰掉了下来。

第十八章 变态心理

脏胡子对凶手进行了简单的描述：这个男人40岁以上，家庭幸福，有车有房，经济收入可观，没有犯罪前科，他和死者小女孩并不认识，杀人并非故意，而是意外。

脏胡子的推理和分析不是站在警方的角度，而是从凶手的立场去思考。这种犯罪行为分析让特案组感到很惊讶，尤其是包斩，在以往的案件中，包斩曾经多次进行犯罪模拟，但是犯罪心理却始终无法把握恰当，毕竟正常人很难理解变态凶手的内心世界。

包斩说："恋童癖者大多是中年男人，所以你说他40多岁，但你怎么知道他没有犯罪前科？"

脏胡子回答："你看他干的这屙血尿脓的事，明明是想玩个小女孩，尝个鲜，却把人家弄死了，根本就是没经验，以前要干过这事，就不会这样笨。这个畜生……"

画龙说："你也是畜生，你有什么资格说别人？"

脏胡子生气地说："你要这样，我就不帮你们了。"

苏眉说："好吧，你怎么知道凶手家庭幸福？你说的这些有什么根据吗？"

脏胡子说："他弄死孩子后，砍啊砍啊，砍掉了腿，砍成几截就是为了方便扔掉尸体，包尸体的那个床单和被罩，看上去很贵，还有那个白色的带子，就是宾馆里的浴袍的腰带，从这点上可以看出，他很有钱，能住得起高档宾馆，扔尸体也需要车，有车有钱，能不家庭幸福吗？"

梁教授说："你认为宾馆是第一杀人现场？"

脏胡子说："没错，你们去宾馆调查一下，有浴袍的宾馆，县城里没几家，还是很容易的。"

梁教授问道："你怎么知道凶手和死者小女孩不认识，难道这起案子不是熟人所为？"

脏胡子说："很简单，亲戚邻居都常常串门，要是熟人干的，他们会认出那床单和被罩，他们会说，哎呦，这被单子不是孩儿他舅家的吗？警车哦啊哦啊开过来，就把人抓住了。"

特案组为了表示感谢，晚饭时间买了酒肉，让脏胡子边吃边说。一瓶白酒很快见底，脏胡子酒后吐真言，对特案组讲起自己的事情，这些话多少能反映出一个变态狂内心的世界。

"一个人，像我这种人，要是喜欢小孩子的话，就会整天想着她，吃不着睡不香，就跟猫爪挠心似的。这是一种爱，你知道不，我过去冒着大雨，穿着雨衣，就等在她放学的路上，就是为了看她一眼，蹦蹦跳跳的，背着小书包，扎着两个小辫，真好。我多想一下子揪住她的小辫子！其实，跟踪她的时候也很刺激，我特别喜欢跟着她，一路上，我能想起很多事。我不喜欢个高的，也不喜欢披肩发，我觉得这不是小孩，太大了不好。就像总在电视上唱歌的那个小女孩，叫啥我忘了，当时多好看，现在长大了我就不喜欢了。我以前撸的时候老想着她，还数数，1、2、3、4、5、6……数到10，顶多到12，我就不往上数了。这些代表着年龄，10岁、11岁、12岁，光是想着这些数字，那感觉就很好，超过12岁的我可不喜欢。一边撸一边重复着说11、12、11、12……唉，有时候，我也想，不能因为一时的快乐就葬送了自己终生的幸福，可我控制不住自己的手。"

特案组采纳了脏胡子的意见，调集警力，对县城里大大小小的宾馆进行走访。这个贫困县的高档宾馆不多，只有两家宾馆提供浴袍，但是这两家宾馆的床单和被罩却和案发现场的不同。经过深入调查，距离县城20公里处有个风景区，景区的山上有个道观，山下有个人工湖，湖心小岛上是农家院度假村，为游客提供食宿。度假村共有6个农家院，因价格不菲，住宿的都是官宦富商。农家院客房里的浴袍以及床单、被罩，和水库中打捞出的物证一模一样，这里很可能就是第一杀人现场。

案情有了突破性进展，然而，接下来的调查却困难重重。

首先，农家院位于人工湖小岛，没有监控设施；其次，客房物品没有丢失的记录。

因是正值旅游淡季，案发期间住宿的客人不多，经过排查，其中一个嫌疑人进入了警方的视线。

此人名叫钟大师，精通周易占卜，颇有传奇色彩，很多人相信他有特异功能，90年代就名闻政商界。他在全国各地都有别墅，案发期间受朋友之邀一直住在农家院度假村，目前仍未离开。特案组见到钟大师的时候，他正在农家院里打太极拳，白衣飘飘，竹篱笆边的一丛黄菊花开得正艳。

特案组亮出身份，说明来意，钟大师笑而不语，将特案组请进屋里。

桌上放着一本书，是钟大师的自传。苏眉随手翻看了一下，惊呆了，书上有钟大师与各界名人的合影照片，其中有影视明星、亚洲富豪。书上介绍，钟大师7岁跟一个道长学艺，隔空取物，隐形遁术，气功治病，改命延寿，精通各种匪夷所思的特异功能。

苏眉指着钟大师与一位外国人的合照给画龙和包斩看。

钟大师说："这位是印尼前总统，身体里长了个毒瘤子，我用意念发功给他取了出来。"

画龙说："别吹牛了，你不是会算卦吗，你能算出我叫什么名字吗？"

钟大师哈哈一笑，说道："画龙先生，我云游四海，暂居小城，今早卜了一卦，卦象上说会有高人造访，果然应验了。"

画龙感到不可思议，此人居然知道他的名字。

包斩心想，这次前来调查，很可能走漏了风声，警方内部有人向钟大师通风报信。

钟大师否认见过死者糖宝儿，客房内的床单、被罩、浴袍腰带也没有丢失记录。糖宝儿失踪当晚，钟大师声称，他在一个朋友家里赴宴。

包斩说："这个朋友是谁？"

钟大师笑了笑说："有些事情，你们还是不知道为好。"

画龙发现门后的垃圾篓里有一个透明的矿泉水瓶子，瓶盖和瓶身上插着两根吸管，这分明是自制的吸毒工具。画龙踢翻垃圾篓，捡起瓶子，说道："你还吸毒啊，你能算出今天会进局子吗？把他抓起来。"

包斩拿出手铐，画龙上前打算控制住钟大师，钟大师反身一掌，打在画龙胸部，软绵绵的没有力气。钟大师说道："你已经受伤了，内伤。"

画龙拧着钟大师的胳膊，钟大师疼得直叫，头上冒汗，包斩给他戴上手铐。

画龙骂骂咧咧地说："妈的，你不是会隐形吗？现在就把你抓进公安局里，看你怎么越狱。"

钟大师上午被抓进公安局，下午却被放了出来，特案组感到难以理解，钟大师居然有如此大的"能量"。晚上的时候，分管公安工作的章县长居然亲自设宴为钟大师压惊。章县长第二天向特案组解释说，钟大师并不吸毒，垃圾篓里的吸毒工具是一个商人朋友留下的，现在人已去了外地，不好处理。

梁教授说："吸毒不属于刑事犯罪，我们也懒得计较，只是这名嫌疑人无法提供案发当晚的不在场证明，我们接下来怎么进行工作呢？"

章县长说："案发当晚，钟大师确实是和一个朋友在一起。"

梁教授说："这个朋友是谁？"

章县长有点为难，考虑再三，说出了一个人的名字。

此人非同小可，是一位省级高官，老家在覆水县。经过调查，糖宝儿失踪当晚，钟大师正在这位省级高官的祖宅里主持一个风水仪式。近年来，迷信风水的官员越来越多，其中不乏有些荒唐之举。这位省级高官在公开场合说话一本正经，谈马列，谈信仰，他背着手，挺着大肚子，对覆水县官员说："天地之间有杆秤，那秤砣是老百姓，我们一定要以人民的利益为重……"私底下他却对风水很痴迷，对钟大师毕恭毕敬。为求擢升，他经一位富商介绍，特地从外地请钟大师来指点迷津。当天晚上，钟大师在这位官员的祖宅里布了一个官运亨通的阵，用来改变风水格局。所谓的布阵，就是在这位高官的祖宅里，用金线测量好九宫方位，放置了一口棺材，棺材里放着生菜，取其升官发财之意。布阵仪式结束后，省级高官托人给了钟大师一笔顾问费。当地县级官员也纷纷慕名而来，祈求升迁上位之法，所以这些天，钟大师一直没有离开覆水县。

　　包斩说："钟大师没有作案时间，我们好不容易有了一个嫌疑人，现在又被排除了。"
　　苏眉说："是啊，那天晚上，他给人家里放棺材呢，你说这些当官的傻不傻啊。"
　　画龙说："他们不迷信这些，信什么呢？现在这些当官的啊……"
　　苏眉说："还有那些影视明星、名人富豪，他们迷信这些图什么呢？"
　　画龙说："精神空虚吧！"
　　梁教授说："即使钟大师不是凶手，但是此案应该和他有关，那个农家小院肯定是杀人分尸现场，只是他的背景很复杂，居然有警方内部人员向他通风报信，我觉得，幕后凶手很快就会浮出水面了。"

第十九章
小院分尸

梁教授推断，钟大师住宿的那个农家小院就是杀人现场，特案组进行了细致的勘验，然而没有发现任何蛛丝马迹。

现场陪同的有两位县长，一位是章县长，另一位是分管旅游的黄县长。

黄县长絮絮叨叨地说，景区正在进行扩建，近年来先归县文化局管，现又划归旅游局管。这个农家院度假村是景区前期建设的一小部分，正在扩大规模，县里投入资金花大力气搞旅游建设，以此带动地方经济，现在出了这起凶杀案，希望警方不要向媒体通报案情进展，案子最好低调处理。

梁教授说："怎么低调处理？"

黄县长说："县委班子近期会召开会议，我们老大觉得，不能因为一起案件影响了旅游项目的开发。你看现在，媒体一报道，对我们县的影响很不好，都没人来这里旅游了，案子最好先压一下。"

苏眉说："你们老大是谁啊？"

黄县长哈哈一笑，解释说："老大就是县委书记嘛。"

很多地方，除了大庭广众下的正式称呼，官员间在私下场合的叫法也各不相同。

县乡一级的官场饭局上，一位乡镇干部起身敬酒，朗声说道："我们老大……"这就是指的县委书记。对县委书记当面叫一声老大，除了几分亲昵，更展现出明确的权力排序。市级干部以上，这种江湖气的"老大"称谓便被透着商业气息的"老板"所取代。称"老大"在县级基层非常普遍。一般称"老板"的，至少是市长、市委书记这个级别的。

钟大师已经收拾好了行李，准备离开覆水县。作为唯一的犯罪嫌疑人，覆水警方并未限制他的人身自由，章县长和黄县长甚至上前握手送行。钟大师表示，省里的一位"老板"请他去给政府大楼看看风水。这位"老板"大名鼎鼎，特案组不好阻拦，只能眼睁睁地看着他离开。

特案组接下来的工作进行得异常艰难，覆水县警方不再配合，他们遵从县委班子的指示，只想把案子暂缓一下，低调处理。

度假村共有6个独立的农家小院，特案组亲自上阵，逐一进行勘验，寻找凶杀现场。

其中一个农家小院引起了特案组的重视，别的农家院都是泥土地面，这一个却在院里铺设了一层青砖。青砖很新，很明显是近日铺设的。

这是在掩盖什么呢？

度假村工作人员解释说，此处地势低洼，下雨时容易造成积水，所以在院里铺了一层砖。

雨季已过，根本谈不上积水问题，这个解释不仅没有让特案组信服，反而更加引起了他们的警觉。

画龙和包斩撬开青砖，小心翼翼地铲掉垫着的土层，露出了原有的小院地面。

杀人分尸必然会在现场留下大量的血液，凶手即使对现场进行过破坏和清理，也不可能完全去除所有细微的血迹。通过专业的勘验仪器，画龙和包斩找到了一些喷溅血点，然后进行了提取。

然而，度假村工作人员提供的登记资料却显示，案发期间，这个小院并没有人住宿。客房内的床单和被罩也没有丢失。工作人员无法解释院里的血迹从何而来。

覆水县警方对陈旧血迹的鉴定并不具备条件，小院内发现的血液样本第二天被送往市公安局刑事科学技术实验室。特案组焦急地等待着鉴定结果，如果不出现意外的话，那个农家小院就是第一凶杀现场。

陈旧血迹的 DNA 鉴定过程较为复杂，首先要经过浸泡消化，使得 DNA 从载体上脱落到溶剂，再把 DNA 从细胞中释放出来，然后利用磁性树脂进行吸附，成为分析模板。

几天后，鉴定结果出来了。

梁教授在电话里问道："对上了吗？小院里的血迹是不是死者的？"

市局实验室负责人回答："那根本就不是人血。"

梁教授问道："那是什么血？"

市局实验室负责人回答："鸡血！"

梁教授说："你们是不是搞错了？"

市局实验室负责人回复："不会搞错的，确确实实是鸡血。"

鉴定结果令人感到意外，特案组百思不得其解，那个农家院在案发期间并未有人入住，如果是黄鼠狼等动物在农家院吃鸡时遗留下的血迹，现场为什么没有发现鸡毛呢？如果是死者糖宝儿的血液，那么市局权威鉴定部门的结果又怎么解释？

梁教授说："农家院就是凶杀现场，这个是不会错的。"

画龙说："你老人家不要太武断了，钻进死胡同出不来。"

梁教授说："好吧，我们换个角度来分析一下，如果农家院不是凶杀现场，会有什么可能？"

画龙说："也许是有人盗窃了农家院的床单和被罩，用来包裹尸体，然后扔到水库。"

苏眉说:"小偷一般是偷值钱的东西,偷床单和被罩干吗呀?"

包斩说:"被盗的话,度假村管理部门肯定会有丢失记录,住宾馆,丢条毛巾都有记录的。"

梁教授说:"种种迹象表明,幕后有人搞鬼。"

画龙说:"你有怀疑的对象吗?我们可以暗中调查一下。"

梁教授说:"接下来,我们需要做两件事,就可以真相大白了。"

画龙说:"什么事?"

梁教授说:"你能翻过那农家院的围墙吗?"

画龙说:"小菜一碟,翻墙做什么?你让我做小偷啊?"

梁教授说:"没错,你就做个小偷,不要通知覆水县警方,你悄悄地再去一趟农家院,提取院里地面的血液样本,然后我们交给省公安厅做第二次鉴定。"

画龙说:"好吧,身为警察,第一次做小偷也挺刺激呢。"

苏眉说:"画龙哥哥,注意安全,不要让人抓住你,会挨打的。"

画龙说:"谁他妈敢,我不打人就不错了。"

一个小时后,画龙回来了。

苏眉说:"这么快,偷到手没?"

画龙气急败坏地说:"没有,那院里撒了一层厚厚的漂白粉!"

梁教授说:"欲盖弥彰,还挺专业呢。"

包斩说:"漂白粉可以破坏DNA,这个幕后凶手不简单,还懂得刑侦领域的知识。"

苏眉说:"谁下令铺的漂白粉呢?凶手的身份应该是度假村上级部门的领导。"

梁教授说:"到了这里,推理也就很简单了,凶手至少有两名,一个是县级领导,一个是警方内部人员,勾结作案。"

画龙说:"你怀疑那个分管旅游的黄县长?"

包斩说:"我们目前没有证据啊。"

苏眉说："梁叔，你说只需要做两件事，就可以搞清楚真相，另一件是什么呢？"

梁教授说："很简单，小眉，你也做一次小偷吧。"

苏眉说："啊，我可不会翻墙啊，让我偷什么呀？"

梁教授说："其实是做个黑客，入侵覆水县公安局的监控系统。"

梁教授怀疑，此案有警方内部人员勾结作案，农家小院发现的血迹很可能被人调了包，有人利用工作上的便利，偷换了DNA样本，将人血悄悄地换成了鸡血。苏眉立即展开工作，通过她所擅长的计算机技术，不费吹灰之力就进入了覆水县公安局的监控系统。通过录像可以看到，有一个人曾在夜间出入存放血液样本的物证室，形迹可疑。此人是一名民警，姓陈，担任覆水县公安局治安大队副队长。

经过进一步了解，陈队长是黄县长的外甥，他能进公安机关工作，并得到提升，其实全靠身为县长的舅舅徇私舞弊，暗中帮忙。陈队长负责查处县里的重大治安案件，死者糖宝儿常去的黑网吧曾经发生过火灾，当时也是陈队长负责处理这起事故的。

近年来，官员强奸幼女的案件频频发生，新闻报道中屡见不鲜。

案情到了这里变得清晰明了，黄县长很可能有此变态嗜好，委托外甥陈队长帮忙物色幼女，陈队长因一起网吧火灾事故接触到死者糖宝儿，设计迷奸时下药过多，导致糖宝儿死亡，然后分尸抛于水库，清理现场，调换物证，企图逃避警方打击。

县长奸杀幼女，非同小可，此案又涉及警方内部人员，特案组不敢轻举妄动。

特案组向白景玉做了秘密汇报，白景玉立即向覆水县上级人民检察院进行通报，经过与人大和纪委协商，决定先以审查经济问题为由对黄县长双规，然后移交司法机关调查处理。为了防止打草惊蛇，由市公安局以加强业务培训为理由，把陈队长调到外县进行控制，对他涉嫌的刑事犯罪展开调查。

双规指的是——要求有关人员在规定的时间、地点就案件所涉及的问题做出说明。

黄县长似乎并不担心个人腐败问题，双规期间，他如实供述了几起贪污、挪用公款的事实，数额不大，他对即将面临的处罚也是坦然接受的态度。同时，他的亲属动用各种关系，试图将他"捞"出来。

特案组替换了纪委人员，对黄县长进行了突击审讯。

梁教授说："你贪污受贿，我们不关心，你现在是一起奸杀幼女案的犯罪嫌疑人。"

黄县长一改常态，脸色苍白，浑身哆嗦，说不出话来。

包斩拿出糖宝儿的照片，问道："你见过这个女孩吗？"

黄县长看了一眼，摇了摇头。

梁教授说："别不承认了，我们在你的保险柜里发现了你写的日记。"

黄县长说："那不是我写的。"

梁教授拿出一份文件放在桌上，说道："这是笔迹鉴定结果，你还抵赖什么呢？"

黄县长说："我什么都不知道。"

画龙站起来说："这个畜生，谁也别拦着我！"

苏眉说："你想干吗？"

画龙活动了一下手腕，说道："我还没打过县长呢。"

第二十章
县长日记

　　菜市场，两个慈祥和蔼的老太太卖豆芽，因为生意竞争的关系，她们总盼着对方最好快点生病死掉。

　　教室里，衣冠楚楚的男老师站在讲台上，他心中不止一次动过猥亵班里漂亮女生的念头。

　　最好的闺密，即使是两人合影后也把对方PS一下的那种，也会在背后说对方的坏话。

　　黄县长和其他官员一样，长得肥头大耳，有个大肚子。

　　县委会议室，黄县长看着县长隆起的肚子，想象着，如果用一把刺刀捅进县长的肚子，估计会像捅进一块黄油那样容易。黄县长很有想象力，文笔也不错，早年做过秘书，他写日记源于早年的工作笔记，多年来养成了习惯，每个星期都会写几篇日记。

　　网络上频频爆出一些官员的私密日记，一旦出事，日记就会成为罪证。

　　为什么有些官员依然爱写日记呢？

因为他们没有一个可以说真话的地方，例如黄县长，什么心事都不能对人讲，包括自己的老婆孩子，他需要一种宣泄的方式，一种心灵独白，只能在日记中进行倾诉，袒露心扉。黄县长的日记真实地记录了他的现实生活和内心世界，内容"很黄很暴力"，他在日记中是赤裸裸的，没有隐瞒任何坏事，也不给自己增添任何好事，这种真实具有和卢梭的《忏悔录》同样重要的意义。

黄县长的日记摘录如下：

一

华联商场开业，邀请我去参加剪彩仪式，身边站着两个穿红旗袍的礼仪小姐，很漂亮，身材高挑，大腿细长。晚上酒醉回家，和爱人做了一次，好几年没做了，心猿意马，抱着爱人想着礼仪小姐，格外有力。

二

今天是植树节，县委班子一起栽树，装模作样，摄像机拍完，大家也就散了。

想起小时候，和父亲一同在院里栽下梧桐树。那时候，院子里还没有压水井，我要去河里挑水。老父去世时，梧桐树已亭亭如盖，唁电、唁函如雪片，挽联和奠幛挂满树枝。老父如果在世，每年庆寿，起码多收贺礼十几万。

三

去市里开会，小D请吃饭，相谈甚欢，一瓶茅台喝光了。

酒是粮食精，越喝越年轻。

小D是在L市长的酒桌上相识的，是一个有政府背景的建筑商人，结交多年，算是朋友。下午，小D邀请在酒店打牌，我的司机也参与了牌局，手气不错，赢了不少。晚上照例喝酒，回到酒店后，房间里多了一个女孩，明白是小D安排的。女孩上大三，肤白貌美，有着女学生特有的羞涩，很让我喜欢，春宵二度，一夜风流。

回去的时候，我的司机称赞小D人品好，打电话问小D，我和司机一共赢了多少钱，他说忘了。

我微笑不语。

四

小D送我一幅画，说是赝品，价值不高，我没有生气，那幅画一直放着。昨天，有个外地商人，通过我爱人来买画，75万卖给了那商人。

我喜欢小D这样的精明人，送我一幅赝品，再花钱买走，这是送钱的艺术。

五

终于明白小D的目的了，我分管旅游，县里的旅游建设涉及很多工程，他想承揽一些，在我的帮助下，一切都很顺利，他如愿以偿，相信能赚一大笔钱。

招标结束后，小D亲自开车带我去市里娱乐一下。

县城太小，熟人太多，他考虑得很全面。市里新开了一家夜总会，美女如云，小D安排了两个嫩模给我。其中一个，微笑服务，另一个态度冷漠，俨然一个冰美人，我喜欢冰美人高傲冷艳的眼神，干她的时候尤其用力，事后，互相留了电话。

六

上月底，小D出了点事，因拆迁问题，小D的人打伤了几个村民，一个村民的脚筋被挑断了。我让C去处理，C是我的外甥，又在公安局工作，我暗示C要尽快处理这个案子，不是要破案，是要快点了结这个案子，不能影响了工程进度。

C说，把闹事的几个村民全部拘留了，受伤的村民赔了钱。

胳膊拧不过大腿，民斗不过官，自古以来都是这样。

为了表示感谢，小D送了套房子，复式小别墅，他建议我暂时不要告诉爱人。

七
冰美人打来电话，居然忘了她是谁了，她提醒后才想起来，很不好意思。
她叫露露，是个平面模特，电话里求我帮忙找房子住，我这才明白小D的用意，我带露露去了小别墅，她以后就住在这里了，我也随时可以来。
金屋藏娇，小D的手段果然很高。
想想以后就和这个美人过着居家生活，感觉很美好。
我几乎忘记了露露是小D花钱找来的。露露很时尚，听歌说成是听CD，方便面说成泡面，我很喜欢，我以前在乡镇工作，吃了太多方便面了。

八
度假村这边，C推荐Y，Y的老婆叫小沈，在县宣传部工作，一些晚会她都是主持人。
小沈晚间来家送礼，爱人不在，小沈的那点钱，很薄的一个信封，我真瞧不上，推辞不收。我对她本人很感兴趣，体态丰满，一颦一笑都有着成熟少妇特有的魅力。
这几天，小沈常来我办公室，我故意说些暧昧的话挑逗她，她的态度有些犹豫，但是更多的是配合，我很享受这个过程。
今天，终于把小沈拿下，就在办公室的沙发上，我强行干了她，她半推半就，欲语还休。
征服良家少妇的感觉，不是花钱找小姐能比的。
我告诉小沈，她老公会担任度假村的一把手。
不过，这样的良家妇女可不能深入交往，尽快甩掉，免得日后麻烦更多。
隔三岔五，我都去我的另一个家，我自己开车，这事也不能让我的司机知道。露露和我越来越恩爱，我们和夫妻没什么不同，一起吃饭，看电视。有时候我想，如果我老婆死了，我肯定会娶露露。

很怀念古代的封建社会，男人可以三妻四妾。

九

纪委的吴来暗访，县委班子心知肚明。

我这边，应该没事吧，应该没事。

我和爱人商量，还是得把儿子送到国外去读书，这是为将来做打算，凡事留个后手。

我让小D赶走了露露，最近还是低调为好。这些年收的钱、礼品、房子，足够枪毙。

晚间，听说L市长被双规，这可不是好苗头，我算是L的心腹，会不会牵连到我呢？

L市长的女儿难以接受事实，服药自杀未遂，傻孩子啊，自己过的日子，自己不清楚吗？只拿工资是养活不了你的，看看你的车，你的房子。

十

县里的旅游项目，虽然投入了大笔资金，但是根本带动不了地方经济，这个穷县，没有名山大川，没有著名景点，开发后谁来旅游呢，吸引力不够。这是个无底洞，财政拨款砸进去也就是听个响，包括我在内的各级官员能捞点钱，别的什么用也没有。

这是个烂摊子，我得甩掉。

我想再跑跑关系，打点一下，人往高处走，不能当这贫困县城的芝麻小官了。

跑官是为了买官，花钱也得找对路子。

L市长倒了，我得多往地委跑跑，我和W书记的关系还可以更深一些。

十一

今天，三生有幸，结识了一位老师——钟大师。

这些年，仕途不顺，纪委早晚会调查到我头上，有时候提心吊胆。钟大师有通天的本事，省里和中央的领导，还有国外的总统，都曾有求于他，受过他的指点。好不容易找到个单独的机会，晚上在农家院请他吃饭，我向他请教如何才能趋吉避凶，升迁上位。

钟大师说："黄县长啊，你经历过的女人不少，但是没有一个是处女，对不对？"

我想了想，没有说话。爱人嫁我之前谈过一个对象，应该不是处女，洞房之夜没有见红，后来在风月场所结识的女人也不是处女，仔细想想，这辈子就没有和处女发生过关系。

钟大师想了个法子，说是可以保佑我官运亨通。

我问他："怎么通呢？"

钟大师说："破处能改变你的流年运势，见了红，鸿运当头，一通百通，官运亨通。"

十二

我让 C 帮忙找个处女，说的时候，有点难为情。

C 是我的外甥，他能进公安系统，短时间内当了副队长，全是我在帮他。现在我找他帮忙，他自然有求必应，一口应承下来。

C 说，现在的处女不多，只能从未成年中寻找。

我还没有玩过未成年的处女呢，想想就有些激动。

十三

C 来我办公室，说是找到了一个女孩。

女孩只有 12 岁，真有些不忍心。心里的兽性还是蠢蠢欲动，火一般燃烧，压抑不住，12 岁，多么美好的年龄。我担心女孩认出我来，因为毕竟我常常在电视上讲话。

C 说可以搞到一种迷药，就是台湾阔少迷奸女明星用的那种。

这种药服用后，全身瘫软，会反抗，但是无力，会哭泣，但是无声，醒来后，什么都想不起来，没有记忆。

十四
出事了，晚上，下药过多，那女孩死了……
现在，脑海一片空白，心慌得很。

十五
案发了，难道我要跑路了吗？我必须奋力一搏，背水一战。
一切都在我的掌控之中？！

十六
特案组来了，麻烦大了，不过 C 在公安局内部，应该有办法对付。
特案组的 S 真漂亮，她穿着一件西装裤，腿又细又长，腰瘦屁股翘，曲线性感，气质非凡，她是我见过的穿裤子最好看的女人，如果能干她一次感觉肯定很不错。

十七
日记不能再写下去了。
这日记应该烧掉，隐隐约约感觉要出事。

通过黄县长的日记可以看出这个案子的来龙去脉，以及他腐败淫乱的生活。
我们详细地叙述一下此案的经过。
那天下午，糖宝儿模仿港台腔说："爸比，爸比，我要喝奶奶。"
爸爸吼了一嗓子："喝你妈个屁，锅里有面汤。"

糖宝儿闷闷不乐地去了网吧，当天傍晚，网吧发生了火灾，虽未造成人员伤亡，但是网吧成了一片灰烬，隔壁的两户人家也有经济损失。网吧内所有人员都被带到公安局讯问，录取口供采集指纹，起火原因很快查明，糖宝儿上网时踩踏到桌后的电线，造成线路漏电，老化的电线燃烧导致火灾发生。

当时负责处理这起火灾事故的正是黄县长的外甥——县公安局治安大队的陈队长。

糖宝儿说："我没有放火。"

陈队长说："孩子，起火点就在你上网的电脑后面，你在笔录中说你的脚一直踩着桌后的那团电线，这是导致火灾发生的原因，你即使不是故意放火，也得承担责任。"

糖宝儿有些害怕，低头不语，用手指缠着衣角。

陈队长说："你是未成年人，就算你没事，你爸妈作为监护人也得承担赔偿责任，法院可以起诉你爸妈，不赔钱的话，你爸妈就会坐牢。你呢，不仅会被学校开除，还会进少管所。"

糖宝儿说："赔多少钱呀？"

陈队长说："你家连一台电脑都买不起，要不你也不会到那黑网吧上网了。现在，网吧的电脑都被烧了，房子也被烧了，经济损失起码几十万。你家赔得起吗？赔不起，就得进监狱。"

糖宝儿小声哭了起来。

陈队长说："孩子，这事可大可小，我只需要把你的名字划掉，你家就不用赔钱，你爸妈也不用坐牢，你也不用被学校开除了。"

糖宝儿说："叔叔，你把我的名字划掉吧。"

陈队长说："好，不过，你要帮我一个忙，这事你要保密，不能告诉你爸妈。"

第二天傍晚，陈队长和糖宝儿约好了见面的地点，他借来一辆车，用布蒙上车牌，载上糖宝儿去了度假村农家院。陈队长的恐吓起了作用，糖宝儿一直提心吊胆，在车上都不敢说话，一副乖乖听话的样子。

陈队长安抚她说："孩子，我有个朋友，你去陪他一会儿，你的事就算过去了。"

到了农家院，陈队长拿出一瓶饮料给糖宝儿喝，喝完不久，她就晃悠着身体倒下了。

黄县长等待已久，推门而入，陈队长打了个OK的手势，知趣地离开了。黄县长把糖宝儿抱到床上，仔细端详着糖宝儿稚嫩的脸蛋，抬起她软绵绵的小手，亲了亲，心中的兽性大发，扑了上去。巨蛆般的身体压着如花幼女，开苞的鲜血染红了床单。

糖宝儿再也没有醒来，黄县长和陈队长商议了一下，人命关天，此事即使花钱也无法免灾，索性一不做二不休，毁尸灭迹。他们在院里分尸后，用农家院的床单和被罩包裹尸体，用浴袍的腰带简单捆扎了一下，当晚开车扔进水库。黄县长作为度假村的上级领导，入住农家院根本不用办理登记，他亲自拿了新的床单和被罩放进农家院客房，一切都神不知鬼不觉。特案组介入此案后，黄县长和陈队长为了掩盖罪证，在院里铺设青砖，调换血样，后又洒了一层漂白粉破坏DNA。

法网恢恢，疏而不漏。

家人始终无法相信黄县长会干出这种伤天害理、畜生不如的事情。在儿子的眼里，黄县长是个好爸爸，严厉但充满慈爱，一直教育孩子努力学习，将来成为栋梁之材。在爱人的眼里，黄县长是个好老公，事业有成，有男子汉的气概，工作再忙也会顾家。

一个人有很多别人看不到的面具。

一个人其实是很多人，每一个都只存在于每一个生命阶段，就像缓缓流逝的大河的每一米水面，就像河面之上飞行的箭矢留下的每一截倒影。

第五卷
凋零之案

老兵永远不死，只会慢慢凋零。
　　　　　　　　　　——麦克阿瑟

　　死者的两条腿倒挂在竹子上，左腿在路南，右腿在路北，帽子掉在路中间。他的左腿光秃秃的，就像被扯下来的烧鸡腿，还耷拉着一块皮；右腿连接着躯干，头下脚上地倒吊着，滴血的双手垂向地面。风吹过，尸体拉弯了竹子，在空中荡来荡去。

　　两个人看着这一幕，一个人对另一个扛着摄像机的人说："你拍下来了吗？"

第二十一章 手撕鬼子

2012年9月15日晚8点左右,阳平市恒店镇发生了一起离奇古怪的命案。

镇外有一片竹林,案发时,一名大胡子导演和女演员在竹林边玩车震。恒店镇是全国最大的影视拍摄基地,很多电视剧都是在这里拍摄完成的。影视圈的潜规则早已司空见惯,导演把车停在竹林边,因为天热,他就把车的天窗打开了,然后一把抱住了女演员。

女演员挣扎了一下,说:"导演,你要干什么?"

大胡子导演说:"你有一场床戏,是鬼子强奸了你,咱俩现在先演练一下。"

女演员义正词严地说:"住手,别摸我。"

大胡子导演有点尴尬,把女演员放开了。

女演员说:"导演,我们拍的可是抗日剧,是为新中国成立××年献礼的影片,你却要潜规则我,你对得起自己的良心吗?我在戏里被鬼子糟蹋也就罢了,你还要强奸我是咋的啊?"

大胡子导演说:"你现在也要抗日吗？我又不是鬼子。"

女演员说:"我说的是日本的日。"

大胡子导演说:"你要是不听话，接下来的戏就不用演了，我可以改剧本，让你死掉。"

女演员说:"导演，不要啊，我好不容易争取到这个角色，我……好吧，就这一次。"

天色已晚，月亮挂在竹林上空，两个人在车内亲热起来。忽然听到有脚步声传来，女演员停止动作，大胡子导演强压着女演员的头，示意她不要停下。因为有被路人偷窥的可能性，车震更加刺激，令人兴奋。

这时，一阵呼啦啦的声响，就像大风猛地吹过竹林。什么东西被甩了起来，正好穿过车的天窗落在他们面前。借着月光，他们看到的是一具倒立的尸体，头朝下，脚向上，就这么倒立着在车内上下跳动。

这死人的鲜血还是热的，浸湿了衣服，顺着低垂的手向下流淌。

大胡子导演和女演员吓得大叫着从车内跑出来，血淋淋的尸体脚腕处系着绳子，绳子的另一端拴在竹子顶部，因为竹子有弹性，所以倒吊的尸体会上下跳动。

尸体的左腿吊在不远处的另一棵竹子上。

他们本想立即离开，但是人命关天，俩人身上都有滴落的鲜血，如果被误认为凶手可就难以洗刷清白了。大胡子导演保护现场，用摄像机拍下尸体，让女演员去报警。

民警很快赶来，移开车辆，对现场进行勘验。最初大家以为凶手杀了人，又将尸体吊在竹子上，然而阳平市公安局刑事技术处陈处长分析认为，死者是踩中了设置在竹林小径上的绳套陷阱，硬生生地被撕裂成两半。

经过走访和调查，他们第二天就查明了死者的身份。

受害人叫杨小凡，是一名群众演员，20岁，为人和善。因为国内抗战剧充斥荧屏，他一天要演8次日本兵。网友调侃说，恒店一年死7亿鬼子，连起来可绕地球两圈，恒店已经超越台儿庄成为抗战史上击毙鬼子最多的地方，只不过，这些鬼子都是电视剧里的。

在恒店周边的几个村子，很多青年的打工方式就是当群众演员。

当时，杨小凡抄近路回家吃饭，因为还有一场夜景戏没拍完，他也没换衣服，穿着演戏的日本兵军服，挎着一支道具枪，途径竹林的时候踩中了绳套陷阱，竹子巨大的弹性将他扯成了两半。

一位民警说："这会不会是一起意外事件？当地的猎人在林子里下了个套，本来是想套野猪和野鸡的，结果套中了人。"

陈处长说："可是这附近也没有野鸡和野猪啊，现在猎人也不多见了。"

民警说："会不会是套狗的？"

陈处长说："这是一起凶杀案，死者的枪不见了，凶手杀人夺枪。"

民警说："那是一把道具枪啊，尽管看上去和真枪没什么区别。"

陈处长说："立即向上面汇报，特案组应该会对这个案子感兴趣的。"

深夜时分，特案组队员被紧急召唤至会议室，白景玉坐在皮椅上，手里拿着遥控器，投影仪上正播放着一部国产抗日电视剧。白景玉看得津津有味，回头招手示意大家坐下，工作人员端来几杯茶。

白景玉说："你们有多久没看电视剧了？"

包斩说："找我们来，可不是为了看电视剧吧？！"

白景玉简单介绍了一下案情，当地警方准备得非常充分，除了案卷资料外，还送来了几部电视剧，都是死者参与演出过的。

画龙说："老大，这不是浪费时间吗？换个台行不，看这扯淡的玩意儿干啥呢？"

苏眉说："我想看韩剧。"

梁教授打了个哈欠，点燃烟斗，强打精神看下去。

这时，这部抗日剧中突然出现了一幕科幻镜头——有个八路军一拳击穿了鬼子的腹部，双手将鬼子的身体撕裂开来。

大家惊得目瞪口呆，随即爆发出一阵笑声。

白景玉看了一下手腕上的表，说道："机票已经订好，不过是凌晨4点的，你们也别睡觉了，就在这儿看看电视剧，然后出发。"

画龙说："老大，这也太扯淡了，不带这么折磨人的，反正我不看，我去沙发上眯一会儿。"

苏眉说："我去化妆，不会误了航班的。"

包斩说："小眉姐，大半夜的还化妆啊？"

苏眉说："那里是影视城，明星云集，我可不能给咱们特案组丢脸。"

案发地点恒店镇，这里是个时空交错的地方，陶渊明门外的柳树挨着旧上海滩风格的街道，明清宫苑紧邻的是现代化摄影棚。村妇在田间地头常常和明星打招呼，出租车司机有时会和大腕合影。

当地领导见多识广，经常接待国际巨星，对特案组的到来有些怠慢，甚至埋怨公安局陈处长小题大做，不该把特案组请来协助侦破。

一位领导说："不就是死了个群众演员嘛，大不了赔点钱就是了。"

陈处长说："这是个连环案，凶手杀人是为了抢夺枪支，抢了枪之后呢，就该抢银行了。"

领导说："那可是道具枪。"

陈处长说："如果经过改装，能具备真枪的杀伤力。"

特案组来到恒店后立即进行了走访，梁教授向领导承诺会在三天内搞清楚凶手的身份。

画龙了解到，恒店的很多影视剧组为了求得逼真效果，使用的都是发射空弹的道具枪械。这些道具枪来自各个制片厂，大多是经过改装的军用真枪。在射击时，具备真枪的抛壳、发火、振动以及后坐力。如果经过改装，仍可恢复成真枪。

苏眉对几个影视剧组进行了调查，大家对死者杨小凡已经没有任何印象，群众演员演戏时没有台词，很难让人记住。他们和明星一起拍戏，但和明星的待遇天差地别。恒店的群众演员大概有 3500 人，有怀着明星梦的，也有仅仅是为了养家糊口的，统称"恒漂"——漂在恒店的人。他们平时自带小椅子聚集在一起，就像我们在街边看到的揽活儿的民工。

第一个发现尸体的那位大胡子导演接待了苏眉，在剧组的化妆间里，他对苏眉说："其实我是个副导演，这个人演过我拍的戏，都是日本兵，一天死好几次。一天 8 个小时赚 40 块钱，超一个小时加 5 块钱。他把我吓得差点阳痿了……不过也值得了，我平时都是拍抗日剧，结果偶然拍下了他的尸体，这可太震撼了。"

苏眉说："手撕鬼子是你拍的吧，能少拍点这种雷人的电视剧吗？我把早饭、午饭、晚饭全吐了。"

大胡子导演说："其实我特别想拍恐怖片，要不我看到尸体会在第一时间拍下来吗？你知道我们国家的恐怖片为什么很少吗？即使有也是烂片。"

苏眉说："是不是不让拍恐怖片啊？"

大胡子导演说："恐怖片可以拍，但是不能拍得太恐怖。"

苏眉说："好吧，理解。导演啊，你看我能不能客串个角色啊？演个女特务什么的……"

大胡子导演说："你是警察，不是开玩笑吧？不过，你要是想演，晚上来我房间，我给你讲讲戏，看你有没有演戏的天赋。"

现场保护得非常好，竹林的出入口都拉上了黄色警戒线，包斩重新对这里进行了勘查。

竹林小径长着青草，很难留下脚印，包斩像警犬一样趴在地上仔细观察，他的脑海中暗暗描绘出凶手的逃窜路线。他注意到，林中的一小片沙地上有树叶拂过的痕迹，他呆呆地出神，似乎想到了什么，面露惊慌，一向老实忠厚从不说脏话的包斩，竟然自言自语地说："×！"

第二十二章 绳套陷阱

　　林中的那片沙地是最容易暴露行踪的地方，很显然，凶手也意识到了这点。沙地上有树叶拂过的痕迹，仔细辨认可以发现这是竹叶留下的，然而周围的竹子距离痕迹的位置较远，这说明一件很可怕的事情——凶手当时身上绑着竹叶，埋伏在这片竹林里。

　　包斩说："当时，凶手很有可能穿的是白色的衣服。"

　　陈处长说："神了，你怎么知道凶手穿的什么衣服？"

　　如果凶手当时穿的是绿色或者黑色的衣服，那么在夜里也没必要使用树叶进行伪装。凶手的衣服即使在夜里也很醒目，所以他把竹叶绑在了自己身上。包斩因此推理分析，凶手很有可能穿的是白色的衣服。

　　特案组感觉这次遇到了真正的对手，一个懂得伪装和埋伏的凶手。

　　很多刑事案例中，狡猾的凶犯都会伪装自己。例如，轰动一时的黑龙江鹤岗抢劫矿区工资款案，其中一名凶犯戴着假发，男扮女装，以此迷惑警方。张君系列持枪抢劫杀人案，张君和情妇在武汉武广商场开火锅店，长期观察附近的金店，用来掩护抢劫金店的行动。

梁教授说："这个案子有意思，凶手身上绑着竹叶，埋伏在竹林里，用最原始的绳套陷阱杀人，抢走了一把假枪。"

包斩说："凶手明明知道不可能有人背着真枪走在路上，并且死者还穿着日本兵的衣服，当地人一眼就能看出死者是个演员，凶手知道是假枪，还杀人抢夺，这是为什么？"

画龙说："凶手很可能具有将道具枪改装成真枪的能力。"

陈处长说："有这能力干吗不去抢劫哨兵的真枪？我们省内曾经发生了几起抢劫哨兵枪支的案子，不过，哨兵的枪内一般没有子弹，或者两人一组，实行枪弹分离。"

苏眉说："凶手制作陷阱需要时间，如果被任何一个过路人踩中，怎么办？"

陈处长说："我们在现场发现凶手制作了两个绳套陷阱，距离不远。"

包斩说："死者总会踩上一个。"

梁教授说："很不幸，死者同时踩中了两个陷阱。"

根据物体受力原理，用力拉扯人体时，人体最薄弱的组织易撕裂。就像五马分尸，当五匹马拉扯时，两只上肢和头部会先被扯掉，剩下的就是两条腿和躯干了。当一条腿扯掉时，另一条腿就和躯干在一起，无法分离了。

特案组认为，首先得确定两点，才能分析出凶手的身份。

一、是凶手临时起意随机杀人还是一场经过精心策划的谋杀，目的是不是抢夺枪支？

二、这个绳套陷阱是如何制作的？

梁教授布置了任务，他让画龙、包斩、苏眉、陈处长四人在竹林里各制作一个绳套陷阱。

梁教授说："这是你们的作业，必须认真完成，我会打分的。还有，你们不许抄袭，必须靠自己来完成。"

苏眉制作的陷阱是零分，她的力气不足以拉弯一根竹子，也懒得去想别的省力方法。她心里一直想要演戏，客串个角色，所以她索性放弃制作，给大胡子导演打了个电话，然后去了导演所在的酒店房间进行面试。

大胡子导演正和一个年轻的烟火师商议拍摄计划，房间里居然放着一整箱避孕套。

烟火师向苏眉解释说："这些都是拍戏的道具，不要多想啦。"

战争戏中，有人中弹，胸前血如泉涌，这是血包和血包上的爆破装置引发的效果。

血包的材料有两种——塑料袋和避孕套，现在国内和国外最通用的都是避孕套。避孕套薄而有韧性，破了之后内部压力会自动将血挤出来，效果比较真实、震撼。爆破装置也有多种，比较常见的叫药头，比火柴头大一点。通过这两种道具，就可实现中弹流血的真实效果。

苏眉问道："那踩中地雷是怎么拍的？你能帮我制作一个绳套陷阱吗？这是我的工作。"

烟火师有点娘娘腔，他捏着兰花指说："这个……我可不会哦，抱歉，没时间。"

大胡子导演说："谦虚什么，大型爆破他都擅长，更何况做个陷阱。"

烟火师告辞后，大胡子导演问苏眉："你都擅长什么才艺？"

苏眉说："我会外语，唱歌跳舞都行。"

大胡子导演说："我这里正好有个艺伎的角色，你要是会日语的话，可以试一下。"

苏眉说："让我演日本艺伎啊，艺伎就是慰安妇吧。"

大胡子导演说："是啊，我们先试试戏，这个角色有场床戏，不过我这里没有卫生巾。"

抗日剧中有一些床戏，一般是鬼子糟蹋乡下大闺女，或者日本军官强奸艺伎。男演员在演床戏或强奸戏时，都用卫生巾贴着下面，免得因勃起而尴尬。

苏眉穿着黑蓝色职业低胸装，玫瑰色的唇彩显得冷艳娇媚，浅黄色丝巾系在颈间增添了一抹优雅，腿上依然是黑色丝袜，高跟鞋衬托出纤细的脚踝和修长的美腿。临来之前，她还特意洒了香水，这种香水是一个法国的调香师朋友教她配制的。

导演的演技不错，面对气质如兰的苏眉如饿虎般扑了上去，他伸出舌头想要强吻苏眉。

苏眉左躲右闪，有些惊慌，但根据剧情只能装作娇羞地喊了一声"不要呀"，自己扑哧笑了。

大胡子导演停下来，说道："你不能笑场啊，我们再来一遍。"

苏眉说："导演，你不会假戏真做吧？"

导演再次扑了上去，将苏眉压在身下，双手上下游走，试着解开苏眉的衣服，他喘着粗气吼道："小浪蹄子，你来试戏不就是想要我潜规则你吗，还装什么呢！"

苏眉急了，装作顺从，央求导演先戴上避孕套。

大胡子导演站起来，苏眉一脚踢在他的裤裆处，转身就跑。

回到竹林，画龙等人的绳套陷阱已经完成。苏眉担心大家笑她，所以没有把导演非礼她的事情告诉别人。包斩和陈处长制作的陷阱只能捕捉野兔、山鸡等小型动物，画龙的陷阱最完美，毕竟他身为武警教官，受过专业训练。

凶手制作的是略微复杂的平台陷阱，适用于捕捉大型动物，如鹿、熊、野猪等。

绳套陷阱设置在动物的足迹沿线最为合适，具体方法是先制造钩形扳机，可以采用树的天然枝杈，用刀将树木或者竹子底部砍出V字槽口，从而组合成钩形扳机。绳子的上端拴在具有弹性的树上，使之绷紧弯曲，末端连接扳机，活结绳套放置在地上，用青草覆盖伪装，动物踩在上面就会自动触发机关，自身的体重会使得扳机从平衡槽口上脱落，动物的腿被牢牢套住，进而被吊离地面。

梁教授表扬了画龙，对他的作业给予了高度评价。

画龙谦虚地说："凶手其实更高明，凶手制作的陷阱还添加了一个牵引装置，那玩意儿我可不会。凶手能够手动控制，当有人踩在陷阱上的时候，凶手使用牵引装置触发机关，这样能自由选择目标。"

梁教授点点头，思索了一会儿，说道："武警教官都做不出来的陷阱，什么人能做得出？"

包斩说："能够制作这种陷阱的人并不多。"

梁教授说："这个案子，咱们警察可能管不了。"

陈处长说："不是吧，还有警察管不了的案子？"

梁教授说："你应该汇报给当地人民武装部的首长。"

陈处长说："有这么严重吗？"

梁教授说："凶手可能是一个当兵的，起码是野战特种部队的军人。"

陈处长感觉此事非同小可，立即拨通了当地人民武装部刘部长的电话。

刘部长说道："你们有什么证据？"

陈处长说："我们认为，这种陷阱目前只有野战部队的特种兵才会制作，并且这个凶手还懂得使用树叶对自己进行伪装。凶手明知道是道具枪，还杀人抢夺，这也说明他具备改装枪支的能力。所以，我们综合分析，凶手极有可能是个野战特种兵。"

刘部长说："你们有证据，我们才能配合调查，没证据，只靠分析，那怎么行？"

陈处长说："咱们市有逃兵没？或者其他违法乱纪的军人？"

刘部长说："这是军事机密，我这里倒是有咱们市所有现役军人和退伍军人的名单，但是这份名单不能给你看，我也不方便透露，至少得上级批准，希望你理解。"

陈处长说："你帮帮忙，咱们市野战特种部队的军人并不多。"

刘部长说:"现役军人不归你们警察管。"

陈处长说:"那退伍的呢?"

刘部长说:"倒是有一个刚刚退役的特种兵,因为自家的祖坟被政府平了,家里的门市房也被强拆,有点闹情绪,把镇政府领导打了,还拦截火车闹事,不过已经处理完了。"

陈处长说:"那这个人有没有报复社会的倾向?"

刘部长说:"报复社会我看倒未必,小伙子就是想不开,说过一些过激的话。"

陈处长说:"什么话?"

刘部长说:"他说——我在外面当兵报国,家里的祖坟却被平了,家也被拆了,我保家卫国有什么用?"

经过调查,这个退役特种兵并不具备作案时间。案发时,他还在拘留所里。

苏眉说:"我倒是觉得有一个人很可疑。"

第二十三章
愤怒青年

苏眉闲暇时候会看耽美小说，腐女都有着强大的幻想能力。

苏眉注意到那个烟火师，说话发嗲，涂脂抹粉，皮肤保养得非常好，很可能是个同性恋。死者杨小凡长得眉清目秀，演猥琐的日本兵有些可惜。大胡子导演非常好色，也许男女通吃。杨小凡为了上位，很可能会主动献身给导演，但是引起了烟火师的嫉妒……

梁教授打断了苏眉的推测，说道："小眉，你再去调查一下这三个人的关系好了。"

苏眉想起大胡子导演，心里直犯恶心，她说："让画龙去吧，我有点不舒服，肚子疼。"

第二天，画龙问苏眉："什么是419？"

画龙调查时并未发现死者在剧组里有什么异常行为，不过，那个烟火师对画龙非常热情，递烟让茶，还要了电话。半夜的时候，画龙收到烟火师发来的一条短信，上面写着："哥，外面打雷了，我怕，好想枕在你的臂弯里，好想躺在你怀里，我们 419 吧。"

苏眉哈哈大笑，告诉画龙 419 就是一夜情的意思。

画龙起了一身鸡皮疙瘩，犹豫着要不要去揍他一顿。

警方扩大了搜索和走访范围，全面排查可疑人员。附近的村民提供了一条线索，案发的次日清晨，有人将一支枪扔到了山前的池塘里，因为当时刚刚拂晓，目击者并未看清丢枪人的面貌。陈处长带人去村民家中取回枪支，经过核对，正是死者杨小凡丢失的那支道具枪。

道具枪已经损坏，村民称，他捡到的时候就是一支坏枪，枪管都被人砸弯了。

案情有了重大突破，但是这支枪的发现也几乎推翻了特案组此前的结论。

如果凶手杀人是为了抢夺枪支，那么为什么又把枪损坏和丢弃呢？

梁教授说："这个凶手非同寻常，我们不能从正常的角度去揣摩此人的犯罪心理。"

包斩说："凶手极度仇恨日本人。那片竹林附近有个炮楼，是因拍摄影视剧的需要，为了还原真实的战争场面，剧组建了一座炮楼。"

苏眉说："死的可是中国人啊，只是穿了一身日本兵的衣服，人家是演员嘛。"

陈处长说："因为仇恨日本人，就连演日本兵的演员都杀死？"

画龙说："这不是有病吗！"

包斩说："也许凶手觉得这样做是爱国呢！"

案发三天后就是 9 月 18 日，为纪念"九一八事变"，勿忘国耻，恒店镇响起了防空警报。

因为此前日方右翼登陆我国钓鱼岛，日本政府扣押香港保钓人士，引起中国人民的强烈抗议，全国各地在9月18日这天爆发了声势浩大的反日游行。

上午10点左右，恒店解放路出现了一支游行队伍，浩浩荡荡，口号震天。

队伍逐渐地扩大，街道边的围观者热血沸腾，很多人怀着一颗爱国之心加入了游行队伍，一些警察也在现场维持秩序。文学的视角应该如摄像机一样，没有批判和赞扬，只做真实的记录。所以，我们有必要从队伍中走出来，站在旁观者的角度，清醒地看着这一切。

我们不得不说的是，当天的爱国游行最终演变成了暴力民众对商家、私家车的烧抢打砸。

在解放路和长安路的交汇口，几个青年左肩扛着五星红旗，右手拿着砖块、木棍，看见日系车就上前打砸，然后将车掀翻。场面非常混乱，有人喊："那边有一辆日本车！"游行队伍气势汹汹地跑了过去，那车的车速没有放慢，很多人将手里的东西砸到车上，喊着"打死狗汉奸"，车内副驾驶座位上有个少妇，抱着个孩子，大约只有6岁，吓得抱紧妈妈说不出话。

车开出很远，孩子问妈妈："他们为什么打架啊？为什么砸我们的车啊？"

妈妈不知道如何回答，这个小孩的问题，问的也许不是一个人，而是全社会。

游行队伍分成了两股，长安路有一家渔具店，因为店名叫钓鱼岛，也被爱国人士砸了，玻璃碎了一地。店主神色惊慌地躲在店内想要报警，但又放下了手机，因为他看到不远处的日本料理店门口有几个警察在用消防器灭火。

解放路的游行队伍中有人喊了一句口号："给我三千城管，收复钓鱼岛！"人们也一起跟着喊口号，随后大家发现这是句玩笑话，于是都大笑起来。

两支游行队伍在转盘路再次汇总，声势浩大，交通完全瘫痪。也就是在这里，一名日系车车主被暴徒用铁棍袭击，最终颅骨被打穿，并导致暂时失去行走及语言能力。当时车主软绵绵地倒在地上，老婆用卫生纸捂住他的头部，一个劲儿地哭。有位好心人上前帮忙，掀开卫生纸，一股血柱涌了出来。激愤的人群在涌出的鲜血前停滞了一下，随即散去。队伍继续向前，口号震天。

警方向媒体公布了车主遇袭的照片及视频，并对袭击车主的暴徒展开通缉。

这名暴徒名叫陈帅，20岁，在工地上打工。当时，陈帅上班乘坐的公交车被游行队伍堵住，从小爱看抗日片的他立即被队伍的热情感染，他激动地汇入人潮之中，成为打砸抢中的一名"勇士"。当天晚上，他跑回了家，母亲感到很奇怪，因为儿子只有在逢年过节或者麦种麦收时才偶尔回家。

陈帅告诉母亲："我的照片已经被发到网上了，我害怕。"

母亲听得云里雾里，她只知道儿子在反日游行中"和人打了一架"，并不知道具体发生了什么事情。陈帅用手机上网看新闻，喃喃自语说："我是爱国，抵制日货。"

陈帅不断安慰自己，他对母亲说："网上对我一半支持一半反对。"

村支书领着便衣警察找到了陈帅的家，母亲从麦地里奔跑回家的时候，陈帅已经被警方带走。临走时，只带了一个装酒的袋子，里面塞了一件毛衣、一条裤子和一条内裤。

母亲很心疼，问邻居，孩子走的时候有没有说什么。

陈帅当时对警察以及围观的乡亲们说："抓我干什么，我是抗日英雄！"

陈帅故意伤人案在社会上引起了巨大的反响，这一流血事件发生后，报纸电台纷纷报道。

一个市民在街头对记者说：

"如今，有些观点令人难以理解，非常极端。例如，网上说什么买日货花的钱，都有可能变成射向同胞的子弹。义和团还抵制洋货呢，那会儿，家里有盒火柴的都被满门抄斩。我支持理性爱国，我只抵制蠢货。"

有个中学生在电视节目里这样说：

"抵制日货，并不是砸掉自己或者别人的日货，我们应该在自己的各行各业，都比日本做得更好，我们的官员比他们的清廉，我们的街道比他们的干净,我们的桥也比他们的结实,我们的食品更安全,我们的言论更自由,还有我们的年轻人比他们的更有希望,更有未来。"

负责陈帅案件的办案民警向特案组反馈了一条重要的线索,9月18日这天,街上的游行队伍里出现了一个奇怪的人。这是一个老人,白发苍苍,衣衫褴褛,竟然戴着一顶柳条编织成的帽子,身上还绑着竹叶,他突然出现在游行队伍中,大家都感到很诧异,有人觉得他是一个流浪汉,有人认为他是一个疯子。

当时有人说:"看,就连老乞丐都这么爱国,更何况我们年轻人。"

老人走在游行队伍的前列,什么"武器"都没拿,身后是一群手持棍棒和砖头的人。老人神态安详,奋力前进,唯恐落在后面。一名穿校服的学生想搀着他的胳膊,老人摆摆手拒绝了。

梁教授说:"这个老人身上绑着竹叶,符合凶犯特征,这条线索我们必须重视,调查清楚。"

画龙说:"其实我现在却觉得,也许是愤青干的,开日系车的中国人都能被他们打成植物人,杀死一个穿日本兵服装的演员,也没啥可奇怪的。"

苏眉说:"愤青好可怕,我喜欢日本动漫,日本化妆品也不错,这些都要抵制吗?"

画龙说:"那老人可能是个老愤青。"

包斩说:"也许是个老兵。"

特案组多方走访,很快找到了当时的几个目击者,那名穿校服的学生说,老人在游行队伍里并没有呼喊口号,而是用微弱的声音唱着一首歌。根据这名学生的回忆,苏眉找到了老人唱的这首歌曲:

君不见,汉终军,弱冠系虏请长缨,
君不见,班定远,绝域轻骑催战云!
男儿应是重危行,岂让儒冠误此生?
况乃国危若累卵,羽檄争驰无少停!

弃我昔时笔,着我战时衿,
一呼同志逾十万,高唱战歌齐从军。
齐从军,净胡尘,誓扫倭奴不顾身!

第二十四章
卫国军魂

苏眉调取了当天全城各路口的监控录像,制作出这个老人的行走路线图。

老人从烈士陵园附近最先出现,沿街行至解放路,一路上翻了几个垃圾桶,从里面拣东西吃,随后加入了反日游行队伍。

老态龙钟的他有些驼背,走在队伍里极力挺胸昂头,精神矍铄。

恒店警方使用了最笨也是最有效的办法,投入了大量警力,拿着这个老人的照片在烈士陵园附近挨户挨户走访,最终确定了他的身份。

老人名叫何卫国,曾是一名远征军抗日士兵。

他在游行队伍里唱的那首歌,如今已经很少有人会唱了,歌曲最初叫作《知识青年从军歌》,后来成为中国远征军新一军军歌。

1942年,何卫国只有14岁,因家园毁于战火,背井离乡。当年他加入孙立人将军的新一军38师,赴滇缅战场远征抗日。历经曼德勒会战、胡康河谷战役、孟拱河谷战役等几十场大小战役,随后转战印度,四次荣立战功,多次受到嘉奖、表彰。

日寇投降后，国共开战，国民党军溃败，何卫国去了台湾。

战争时期，何卫国的头和腹部受过重伤，头颅里有两块弹片。严重的脑损伤使他患有精神障碍，他这大半辈子的时光都是在台湾的一家精神病院度过的。随着医疗技术的发展，直到晚年，何卫国头颅中的弹片才被取出来，经过一段时间的治疗，他康复出院。

医护人员问他："你还有什么愿望吗？"

老人回答："回家！"

何卫国的一生饱受精神疾病的折磨，这个老人没有结婚，无儿无女，只在大陆有个弟弟。但是唯一的亲人已于90年代去世，经过台湾"退辅会"核准，以及荣民之家的从中斡旋，经过一番烦琐的手续，老人终于回到大陆定居。

村口有一株老槐树，槐树后的那间土房子就是他的家，如今早已不在了。在外地工作的侄子给老人找了一份工作，看守烈士陵园。

这个孤独的老人回到大陆后，一直担任看守陵园的工作。烈士陵园后面有一片墓地，无名无姓，无碑无冢，这片没有任何标志的墓园埋葬的是台湾老兵的骨灰，这墓地乃是私人管理，不是国家设立，属于当地的一个慈善机构。

他驼着背，清扫落叶，一整天都不说话。

无名墓地里，长眠着他的战友。

有一年的清明节，学生们陆陆续续前来扫墓，两个调皮的学生偶然闯入陵园后面的墓地。老人感到欣慰，终于有人前来祭奠，然而一番交谈之后，学生诧异地问道："什么，国民党也抗日？"

老人沉默不语。

老人久久地沉默，继续扫着落叶，没有反驳什么。

特案组从台湾有关部门了解到，何卫国患有战争性创伤后应激障碍，这种精神疾病是一种战争后遗症，虽已治愈，但仍有复发的可能。一旦复发，他就会迷失自己，长久地困在从前的某段记忆里，例如抗日战争。

也许，恒店拍摄现场传来的一声爆炸，使他认为自己还生活在抗日战争中。闻到硝烟和汽油的味道，看见那些穿着日本军装的演员，这促使他精神分裂，达到了崩溃点。然后一直留在了这种错乱的精神状态之中。他惊慌失措地躲藏在竹林里，极力让自己镇定下来，他没有忘记自己是一名士兵，没有忘记战场上的技能，他制作绳套陷阱杀死一个日本士兵。很不幸，这名士兵其实是个演员。

苏眉说："我有个疑问，何卫国是个八旬老人，还有能力杀人犯罪吗？"

陈处长说："我以前做过狱警，里面有个老头，80多了，他儿子是小学校长，就让老头在学校看大门，老头几年时间糟蹋了十几个小女孩，他的判决书一度是监狱里'畅销'的黄色读物。对了，抓捕他的时候，这老头还打伤了一名民警。进了监狱还每天晚上在被窝里手淫……"

画龙打断陈处长的话说道："你拿一个老流氓和一个抗日老兵做比较，不合适。"

梁教授说："凶手受过非同寻常的军事训练，极度仇恨日本人，对他来说，这不是谋杀，这是战争。"

包斩说："抓到他不太容易，他知道如何在战场上生存并且隐藏自己。"

何卫国已经精神错乱，离开了烈士陵园的住所。特案组要求恒店警方注意搜索废弃的烂尾楼、工地上的水泥管道以及桥洞和山林等偏僻的地方，这些很可能是他临时的落脚点。同时，为了安全起见，特案组建议恒店各大剧组暂停拍摄抗战剧。

然而各大剧组没有听从建议，他们考虑的是成本问题，毕竟暂停拍摄会造成经济损失。

两天后，在众目睽睽之下，大胡子导演所在的拍摄现场遇到了袭击。当时，烟火师设置了好几处炸点，刚刚用线控引爆了道具炸弹。这种道具炸弹的外壳多数是泡沫做的，里面填充些土灰，制造爆炸后尘土满天飞的逼真效果。他们拍摄的是一场重头戏——英勇的地下武工队乔装打扮炸了鬼子炮楼。

爆炸时，不知道从何处射来一支箭，正中一个日本演员的眼睛。

爆炸的声音伴随着演员的惨叫，大家都惊得目瞪口呆，随后手忙脚乱地将演员送去医院，大胡子导演带人展开搜寻，一个老人惊慌失措地跑向山间小路。

恒店警方与特案组随后赶来，通过描述，确认了这个袭击日本演员的老人就是何卫国。

何卫国逃向了附近的一座小山，这名经历过几十场大小战役的老兵具备高超的杀人技能，这使得警方不敢轻敌。

第一次围剿以失败告终，数百名警察将何卫国包围在山头，步步为营，慢慢逼近。

这个老人竟然逃脱了，还打伤了一名武警，夺走了一把手枪。

这一次，他抢到的可是一把真枪。

当时，形势对老人非常不利，武警呈包围之势向山头逼近，老人放了一把火，时值夏季，天干物燥，大火熊熊，很快就烧了起来，随后蔓延至整座山头。武警官兵紧急撤退，何卫国用弓箭袭击了一名落单的武警，抢夺了枪支，他并没有向山下跑，那里是死路一条，而是躲藏进了一个山洞。

山火被消防官兵扑灭，因为何卫国持有枪械，极具危险性，恒店警方向上级紧急汇报，请求协助，第二次围捕开始了。此次围剿追捕除了数百名武警之外，还出动了野战部队防化连、侦察连，子弹打了1000余发，甚至动用了火箭筒和迫击炮。

一名士兵问道："我们这么多人是抓谁啊？"

连长说："抓一个人，一个老头。"

士兵说："这么多全副武装的警察都搞不定，还得派咱们连队上去，就是为了抓个老人？"

连长说:"这个老人是个老兵,参加过好几次战争,你要小心点。"
士兵说:"他就一个人,我可不怕。"
连长说:"如果他瞄准了你的头,绝不会打中你的腿。"

山下的拍摄现场,大胡子导演换上一身武警服装,扛起了摄像机。
烟火师说:"导演你干什么去啊,还换了这身衣服。"
大胡子导演说:"作为导演,不要以为我就没有理想,没有抱负,总是拍垃圾电视剧,我也想拍一些正能量的片子。这次的场面要是能拍下来,我也没白当这导演。"
烟火师瞪大眼睛说:"你这是要混进去当战地记者呀,很危险的哦。"
大胡子导演说:"战地记者,这词真不错。"
烟火师说:"我也换衣服,我做你的助手,不过我们拍的只能发微博啦。"

武警官兵将何卫国堵在了山洞里,陈处长请来了当地的一个村民,询问得知,这个山洞并没有别的出口,但是洞内地形复杂,易守难攻,不宜贸然出击。一个军官用喇叭向洞内高喊,要求老人放下武器,立即投降。
洞内悄无声息,军官再次喊话,回应的是一声枪响,军官立即卧倒,他的帽子被打飞了。
梁教授看着山洞,对画龙说:"穿上防弹衣,率领一队武警,把他击毙。"
画龙卸下了弹匣,说道:"对不起,梁叔,要我击毙一名抗日老兵,我做不到。"

第二十五章
归家之路

黑龙江，一个农民击打屋檐垂下来的高粱，一条大蛇咬住了他的拳头。

石家庄，一位教师在剧院里打哈欠，一只壁虎正好掉落进他的嘴巴里。

浙江，一个演员哼着歌曲走在小路上，有只蛤蟆蹲在路中间，他迈步跨了过去。

群众演员杨小凡不小心踩中了两个绳套陷阱，两只脚被套住，拉向空中，死状极惨。

杨小凡扮演最多的角色是日本兵，没有台词，一天要"死"好几次。杨小凡有时会和朋友交流演技，他说，扮演鬼子，越猥琐越笨拙，导演越喜欢。进村扫荡时要弯腰走路，看见花姑娘和村里的鸡鸭要露出垂涎欲滴的表情，战斗时必须惊慌失措狼狈逃窜，总之要表现出鬼子弱智的一面。

朋友说，我们被这样一群弱智和笨蛋打了8年多，我们岂不是更……

中国军人在抗日战争中有许多俊杰英灵，许多可歌可泣的故事。

无论国共，所有为捍卫祖国尊严征战沙场的军人，都值得尊敬。

百团大战中，一位八路军士兵委托老乡给父亲寄了一封信，信中没有文字，只有几粒玉米种子。那一年，父亲和儿子准备在地里栽种玉米，儿子却没有回来，战死沙场，只有几粒玉米种子寄回了家。

日军进攻中条山，国军 31 军以阵亡 27000 人的代价，把 10 万日军阻隔在西北之外，改变整个战局。八百陕西籍的军人，被日军逼到悬崖边，弹尽粮绝。他们面朝陕西，跪天，再跪爹娘，唱着秦腔，宁死不降，跳进滚滚黄河。

据一个老人回忆，那几句秦腔是这样唱的：

两狼山，两狼山，战胡儿啊！天摇地动，好男儿，为国家，何惧死生啊！

何卫国总是不能忘记那个清晨，他离开了母亲，离开了自己的村庄。

14 岁的少年，挑着担子去犁地，却被鬼子抓去建造炮楼。他半夜逃跑后，村庄已经毁于战火，他也不敢回家，恰好遇到一队溃散的国民党军士兵，他就哭哭啼啼地跟随着队伍一路前行，后来参军打仗，颠沛流离，从此以后，客居台湾几十年，一生飘零……再也没能回家。

逃难的时候，这个孩子一直在挨饿。部队停下来吃饭，也会给他一点。更多的时候，他只有去捡剩饭。日本鬼子让他感到恐惧，他只知道自己跟着部队会很安全，他不停地走，不知道身在哪里。在一个县城，他捡到一张中国地图，每走一个地方，就在上面画一个圈。这些圆圈连在一起，就是一幅逃难的路线图。

有一天，一个军官对他说："孩子，你怎么老跟着我们，你走吧，回家去。"

何卫国说道："我家被鬼子烧了。"

军官说："鬼子烧了你的家，你就要杀鬼子。"

何卫国说："我要一支枪。"

军官说："拿上这支枪，你就是军人，你必须给我战斗到最后一刻。"

后来，何卫国才知道，这个军官就是孙立人。炮火隆隆，子弹呼啸，战争结束了，弹坑上建起了住宅区，子弹朽烂在泥土里，上面长出了野花。何卫国随军去了台湾，他在精神病院里度过的那些年，尽管神志模糊，但有一些关于家的细节永远无法忘记。

如果靠近他的嘴巴，能听清楚他念叨的是这些词语：丝瓜花、池塘子、石榴……

他还记得，老屋的土墙上爬满了丝瓜，开着黄色的花，院里有个石磨，窗棂上的纸裂开了。他的童年时期，总是穿着破棉袄扒在土墙上，看着门外结冰的池塘，还有池塘边的老槐树。母亲穿着带补丁的裤子，从槐树下走过来，把一个咧嘴的石榴塞到他手里。

那是有关母亲的最后记忆，他还记得母亲当时的表情以及动作。

没有人知道，有一年中秋节，这个精神病院里的老兵看着桌上的石榴和月饼，为什么突然流下了眼泪，像个孩子似的号啕大哭。

有些记忆并不会随着时间的流逝而被遗忘，恰好相反，越久越清晰，如同窗边的弯月，时时勾起往事。

何卫国康复出院后，常常参加老兵聚会，聚会的主题基本是讲述同样的故事。对于战争，那些台湾老兵并不愿意多谈，更多的话题是对故乡的怀念。

故乡，一个魂牵梦萦的词，只有在外的游子才能深刻体会什么是故乡。

出于历史原因，再加上这些老兵年岁已高，很多人都回不了家。葬我于故乡——这是很多台湾老兵的遗愿。有个83岁的老兵，患上了老年痴呆症，语言能力丧失，终日坐在一把木椅上，他唯一会说的一个词就是：回家。他的遗愿是将自己的骨灰撒在老家的麦地里。

两岸通航后，有一次，同乡聚会，一个探亲的老兵从大陆归来，带来了三公斤泥土。

许多老兵脸上的神情都显得很紧张，大家像小学生一样规矩地坐在一起，没有人说话，甚至没有人大声喘气。他们如同参加一个庄重的仪式，每人分得一勺泥土。有的老兵将泥土视为珍宝，锁在保险柜里；有的老兵把泥土放在茶壶里，喝掉了。

故土难离，也许，他们此生再也无法踏上家乡的土地。

为了纪念抗日战争胜利67周年，经过两岸有关部门协商，一批国民党远征军老兵被邀请前来大陆参加活动。当初的青春少年，如今的迟暮老人，这些远征军老兵参加纪念活动的时候，途径一个小得不能再小的火车站，候车室的人三三两两，有出门打工的农民，有求学的学子，有出门旅游的夫妇，有出差的公务员。接待者打出了横幅——"欢迎远征军回家！"当一群风尘仆仆白发苍苍的老兵出现的时候，不知道从候车室哪个角落传来了掌声，掌声最初很孤单，随后，所有人都站起来，面带微笑，全部鼓起掌来！

老兵的表情甚至略显害羞，老兵的白发是真正的荣耀。

何卫国也是其中的一员，这次被邀请访问大陆，使他坚定了回大陆定居的决心。

归家时，还未踏上故土，他就因为心疼而蹲下痛哭起来。时光改变了他的模样，也带走了大陆的亲人……当初的家早已没有了。

许多年前，他挑着担子，出门的时候还是青春年少，回来的时候已是苍苍暮年。

他这一生，孤苦飘零，犹如在风雨中的蒲公英。

何卫国在陵园工作的时候，有些台湾老兵的骨灰无处安放，只好委托他埋在这里。那些台湾老兵在大陆的家也已经不在了，有的甚至根本找不到所在的村子。

这个孤独的老人时常喃喃自语，精神恍惚，他会发呆好长时间，对着落叶说：

"爹、娘、弟弟，还有我的战友们，你们都在下面等着我。"

附近拍摄现场的那些穿日本兵服装的演员，还有隐隐传来的炮火声，使得老兵精神错乱，旧病复发。往日的心灵创伤无法磨灭，他的记忆重返抗日战争时期，这种错乱的精神状态让他误认为自己还在战场上。他杀死了一个无辜的人，制作弓箭潜伏在炮楼外，射伤了另一个说日本话的演员。最后，他抢到一把手枪，躲进了山洞，做最后的抵抗。

当时，大胡子导演想要拍下围捕老兵的场面，但是遭到了武警官兵的驱赶。

陈处长说："你冒充记者呢？捣什么乱。"

大胡子导演说："这么多人都抓不到一个人，真是够笨的。你们是不是想一直在洞口守着，让那老兵饿得受不了跑出来，然后抓他？不过我看那山洞里可能有蜗牛、青蛙、蛇什么的，老兵在里面躲个把月没问题。"

两名武警没收了大胡子导演的摄像机，架着他的胳膊往山下走。

大胡子导演说："等等，我有个办法，能让老兵出来。"

陈处长问道："什么办法？"

大胡子导演说："我们剧组有个特型演员，长得很像孙立人，这老兵不是孙立人的部下吗？可以让我们这位特型演员穿上孙立人的旧军服，命令他出来接受训令。只要他从山洞里出来，你们上去就抓。"

当时形势危急，何卫国手中有枪，又在暗处，为了避免伤亡，武警官兵没有选择进入山洞强行抓捕。大胡子导演提供的这个办法尽管有些荒唐，但是有必要尝试一下。特型演员很快就换上了服装到达了现场，站在山洞前喊话，要求何卫国放下武器，走出山洞。

山洞里一片沉默，过了许久，里面传来一句话："口令？"

口令是一种军事暗号，用来识别敌我。特型演员无奈地摊开手，谁也无法知道何卫国的记忆处在抗日战争中的哪一场战役里，当时那场战役的军事口令是什么。

诱捕的方案失败了。

天黑下来，一队武警携带夜视装备悄悄潜入山洞，打算突袭抓捕，但是遭到了何卫国老人的顽强阻击，为了避免无谓的伤亡，武警官兵选择了及时撤退。接下来，经过研究讨论，指挥部提出四种方案：第一，水淹，向洞内灌水淹死凶犯；第二，烟熏，但无法得知洞内是否有气孔；第三，爆破，但山洞久攻不下，无法安放炸药；第四，火攻。

苏眉说："这四种方案不就是鬼子当年对待地道里的老乡的办法吗？"

包斩说："真是讽刺，老伯伯可是打鬼子的英雄啊。"

画龙说："有没有缓和的余地，咱们国家的法律规定精神病人不负刑事责任的啊。"

梁教授说："他是武疯子，手里有枪，目前已经杀害一人，重伤两人，放出去还会继续危害社会，所以，只能……"

场面僵持不下。

正在大家为如何处理这位已经丧失理智的老兵而争执的时候，"砰"，一声枪响传来，那枪声来自山洞深处。包斩大叫一声"不好"，冲进洞口去看……

这个老兵的最后一颗子弹留给了自己。

第六卷
黄河浮尸

一句真话比整个世界的分量还重。
——索尔仁尼琴

我们这里,发现尸体后,没有报案的。
为什么?
因为尸体太多了。

第二十六章 捞尸的人

这是雪夜特有的静谧，没有风，只有雪花悄无声息地飘洒。天地茫茫，村子屋瓦上的雪已积得很厚，一行脚印通向河边。天空的雪花零零散散，继而滚滚团团，整个世界披上了皑皑银装。堤岸上的垂柳恰似琼枝玉树，白色枝条亮晶晶、毛茸茸，垂向尚未结冰的河面，一株柳树长歪了，贴近河面的树干上系着七具尸体。

七具尸体，姿势各异，都在水中泡着，每一具尸体都用绳子系在树干上。绳子绷得笔直，拽着尸体以免随波漂走。河水缓缓地流淌，一泻东下，天空中的大雪仿佛乱羽纷纷万花狂舞。

一艘很小的铁壳船慢慢地驶近，到了岸边，马达声停了。

有人站在船头，弯下腰又将一根绳子系在河边的树上，绳子的另一端拴着一个编织袋，透过编织袋的缝隙，可以看到里面装着一具尸体。那人拴好第八具尸体，跳下船上了岸，他哼着歌，身影消失在白茫茫的雪夜。

另一个人藏身在草垛后面，惊心动魄地看着眼前的这一幕，他拿出手机胆战心惊地拨打了报警电话。

110指挥中心将信息反馈给辖区的水上派出所，吕所长大发雷霆，拍桌怒道："谁报的案？怎么那么不懂事，我们只是一个小小派出所，管得了那么多事吗？我们有那么大的能耐吗？"

一名民警说："本地人肯定不会报案的，报案的是个外地人。"

这个外地人是一家地理杂志的记者，他和同事来考察黄河污染状况，一路从兰州向下游考察，途径黄河裤衩湾水电站时偶然目睹河边的树上系着尸体，随即报案。

吕所长向报案的记者解释说，这些尸体都是从黄河上游漂过来的，裤衩湾也叫死人湾，每年都有大量尸体堆积在此处。浮尸中，以自杀者比例最高，意外落水者次之，身上有明显伤痕者少。

记者问道："那个人把尸体拴在树上，他是谁？"

吕所长点燃一根烟说道："捞尸体的人是附近的村民，靠这个养家糊口，赚钱，你的明白？"

记者说："我不明白，怎么赚钱？"

吕所长说："那些跳黄河自杀的人啊，还有意外落水死亡的人，村民把他们的尸体捞出来，拴在河边，等到死者家属前来认领的时候，就可以要钱。"

记者说："有一具尸体是装在袋子里的，如果是自杀，死人不可能把自己装在袋子里。"

吕所长说："就算是凶杀，我也管不了，我们警力有限，尸体可能是从青海漂过来的，也可能是四川，我们这个水上派出所，怎么管得了外省的事情？"

记者说："你们打算怎么处理？"

吕所长说："这个不好处理，要不让捞尸的人把绳子割断，让尸体往下游漂去？"

记者说："黄河的下游，陕西、河南、山东？水质不就污染了吗？"

吕所长说："那你让我怎么办？能别为难我了吗？还有，我不明白，你是地理杂志的记者，跑我这儿来干吗，我要看一下你的证件。"

记者把记者证件放在桌上，还有摄影器材清单。

吕所长看着照相机，警惕地问道："这些照片……你还录了视频，你都发给谁了？"

记者摊开手回答，他本来想上传到Twitter（全球知名社交网站）和YouTube（世界最大的视频网站）上，但是无法登录，只好作罢。

吕所长松了一口气。

水上派出所删除了这位记者拍摄的黄河浮尸的照片和影像，记者扼腕叹息，他觉得，这是很好的新闻素材，那些大雪纷纷之下的黄河浮尸照片足以获得普利策大奖。他离开水上派出所之后，心有不甘，他来到系着尸体的河边，重新拍摄了照片，随后冒着大雪走进村里，找到了那个打捞尸体的人，采访他并且做了一个专题报道。

几天之后，一家著名新闻媒体的网站上刊登了这名记者对黄河捞尸人的采访报道。这件事产生了很大影响，引起了当地政府的高度重视，领导对吕所长进行了严厉的批评。

吕所长不服气地顶撞领导说："我还是那句话，这个我管不了。"

领导语重心长地说："小吕啊，我们要研究一下如何妥善解决这件事情。"

吕所长说："公安部不是有个特案组吗？让他们来管好了，反正，我没这么大能耐。"

特案组接到当地政府的协助请求，四人紧急赶赴裤衩湾水上派出所，案情远比想象中棘手。这片几十公里黄河水域，每年发现很多具浮尸，每一年，那么多的尸体顺流而下，沿河的村民对此早已司空见惯，他们白天搬个凳子坐在家门口吃饭，不经意间就能瞥见顺河而下的死人。裤衩湾的下游是一个水电站，因水流减慢和地势原因，黄河上游的尸体都堆积在这片水域，因此，产生了一个新的职业：捞尸人。

吕所长上前握手，对特案组说道："太感谢你们了，许多具尸体你们打算先调查哪一个，我让人把案卷抱过来。"

苏眉说:"妈呀,我们累死也忙不过来啊。"

画龙说:"我们只接手凶杀案。"

包斩说:"这些人是怎么死的?"

吕所长说:"大多数都是自杀,没钱看病的跳河了,失恋的跳河了,高考失败的跳河了,夫妻吵架的跳河了,找不到工作的跳河了,各种情况都有,反正黄河也没盖子,谁想跳就跳。"

梁教授说:"我们看了网站的报道,据记者描述,其中一具尸体是装在编织袋里的,这很可能是一起凶杀案,我们就调查这一起,发现死者的那个捞尸人现在在哪里?"

吕所长说:"我们正打算把他治安拘留。"

捞尸的人是父子俩,一个叫老卫,一个叫小卫。

特案组找到了他们,要求父子俩带领特案组前往发现尸体的地点。

登船之前,老卫犹豫着说:"给点油钱,好不好?"

画龙说:"你不知道你捅了多大的娄子,吕所长正想拘留你呢,你还有心情向我们要油钱。"

登船之后,缓缓而行,映入眼帘的是一片垃圾的海洋。老卫说自己最初在黄河里捕鱼,然而,上游的垃圾堆积在此处,水质严重污染,鱼群稀少,老卫和儿子就干起了捡垃圾的活儿。他开着铁壳船,在"垃圾海"中翻捡塑料瓶、木料、铁皮,最值钱的就是人的尸体。发现尸体后,捞起来先搜身,看身上有没有手机、身份证、电话本等。

小卫说:"手机一般都坏了,把卡卸下来擦干净放在我的手机上,联系家属来认尸。"

苏眉说:"一具尸体能赚多少钱啊?"

老卫说:"家里条件好的多给点,条件差就少给点,实在不行随便给点拉走。我们也看人,前天那个就只给了 500 元。还是穷人多啊,要是有钱也不会跳河了。"

梁教授说:"找不到家属的无名尸体,怎么处理?"

老卫说:"都拴在河边的树上,有的家属会主动找我们,我们爷俩名气大着呢。我就带他们去河边自己看,家属根据衣服啊,身上的胎记啊,总能认出来。实在是没有人认领的尸体,我们就割断绳子,让它继续漂吧。"

画龙说:"你们发死人财,良心上过得去吗?"

小卫说:"我们也是为人民服务,谁家死了人都心疼,我们帮忙找到了,要点钱也应该。"

船行驶了一会儿,停下了,前面有一个水电站,大量垃圾汇聚在此,厚度足有1米。垃圾下面肯定还有未被发现的浮尸,年复一年地腐烂、散架,最后溶于黄河。开闸放水时,部分尸体被水轮机打碎,残肢断臂五脏六腑混合着垃圾一起漂向下游。

小卫说:"下游的人,看到河里漂着的断手断脚,也没有报案的。"

老卫说:"尸体太多了,谁也管不了。"

包斩说:"黄河,这可是我们的母亲河啊!"

第二十七章
毒舌妇人

吕所长毫不掩饰对特案组的怠慢，只安排了一名小协警供特案组调遣。水上派出所有一艘搜救轮船，分上下两层，虽然老旧，但是各种设施一应俱全。特案组便以这艘船为办案指挥中心，食宿都在船上。梁教授打着伞，冒着风雪在甲板上钓鱼，乐得逍遥自在。包斩在船舱里忙着做饭。此地盛产一种黄河鲤鱼，细嫩鲜美，包斩将鲤鱼和螃蟹、河虾一起炖在锅里，浓郁的香味四散开来。画龙和苏眉站在船头，雪花依然铺天盖地地下，近处的黄河，远方的山峦，岸上的小路和村舍都变成了浑然一体的银白色，宛如童话世界。

苏眉笑嘻嘻地说："前进，我们的泰坦尼克号！"

画龙叼着根烟，在背后揽着苏眉的腰，苏眉张开双臂，秀发飞扬，她缓缓地唱起泰坦尼克号主题曲《我心永恒》：

Every night in my dreams
I see you, I feel you
That is how I know you go on

Far across the distance
…………

画龙丢掉香烟，说："我记得，电影里的下一个画面是两人接吻。"
苏眉笑着推开画龙就跑，说道："你想得美……小包，饭做好了吗？"

小协警送来了一些生活用品，还带来了法医的尸检报告，特案组一边吃饭一边讨论案情。

尸检报告表明，死者是一名中年女性，30岁左右，生前曾被殴打，无法证实是否有性侵迹象，死者被人装进编织袋并且扎上口，抛进黄河。

死者衣着整齐，生前被抛入水中，符合窒息性溺水死亡特征，由于冷水刺激呼吸道黏膜分泌大量黏液，鼻腔、气管和肺内均有溺液。一般夏季水中的尸体，死后经过1至4天即可浮起，而冬天则要半个月至一个月。这具尸体在水中浸泡时间稍长，由于水流冲击或浮游物体的碰撞，编织袋多处破裂，尸体的皮肤和肌肉自手、前臂、小腿及面部等处剥落。在流水中的尸体甚至可长出水草、栖息鱼及甲壳类动物。

可以想象到水里有一个编织袋，里面的人剧烈挣扎，因为空间狭小，拼了命也无法挣脱出编织袋，袋子渐渐地沉下去，水面泛起一些泡沫。

通过闲聊，特案组得知小协警刚刚从部队复员不久，目前是水上派出所的搜救队员，虽然工资微薄，没有警衔，没有福利待遇，但是小协警觉得这是一份充满正能量的工作。他很珍视这个参与破案的机会，如果能够破获这起浮尸案，立功表彰，很可能会转为正式民警。

小协警与捞尸的卫氏父子是一个村子里的，卫氏父子靠死人发财，小协警的工作是水上救援，每年夏季，尤其是高考过后，一般会有轻生者出现。

小协警说："今年我救了五六个人，基本都是学生。"
梁教授说："好样的。"

包斩说:"救人一命胜造七级浮屠,尽管这是你的工作,我也为你竖起大拇指。"

小协警说:"救人,有时候也很危险的,你看我胳膊上,就是被一个人咬的,现在还有印。"

苏眉说:"你救他,他还咬你?"

小协警说:"当时,那个人站在桥上要自杀,我抱住他,他咬了我,然后跳了下去。我跳到河里把他救起来,他躺着缓了口气,趁我没注意,又跳了,这次……没救起来,我真没用。"

画龙说:"唉,不怪你,那人是真不想活了。"

包斩说:"你知道所长为什么派你参与破案吗?"

苏眉说:"所长对破获此案不抱希望。"

画龙说:"破不了案,出了事,你这临时工就该背黑锅了。"

梁教授说:"我们会给你一个表现的机会,争取让你立功转正。"

小协警立正,敬了个礼,说道:"保证完成任务。"

大家莞尔一笑,眼前的这个小协警有些滑稽,但是内心充满正义,让人感到非常亲切。

特案组和小协警整理了水中女尸的衣物,在兜里发现了一个打火机,上面印着"洗车打蜡"的字样,还印有地址和电话号码,根据打火机上的线索,顺利查明了水中女尸的身份。死者名叫张静,32岁,与丈夫刘伟在镇上开着一家洗车铺。夫妇二人正如他们的名字一样,普普通通。洗车铺非常简陋,只因地段较好,位于黄河渡口,等待摆渡的车辆往往会顺便在此洗车,一家人的收入还算不错。

小协警当过海军,开船不在话下,顺河而上,迎风冒雪航行数十公里,便来到了一个黄河渡口,岸上有个院子便是死者张静夫妇的洗车铺。此地虽然与发现尸体的地点仅隔了几十公里,然而已是外省,特案组需要与当地公安部门进行协调,才能展开下一步的侦查工作。

搜救船停靠岸边,特案组有意培养和锻炼小协警,故意让他一个人去死者家中走访。

梁教授让小协警带上一个记录本，找到死者的家人和邻居，然后问了他们3个问题：
一、最后一次见到死者是什么时间？
二、死者和什么人有仇？
三、有没有见过包裹死者尸体的编织袋？

小协警无功而返，很快就回来了，他叹了口气说："唉，家属刚领回尸体，哭天抢地，我也没敢上前问，死者的邻居也不配合，我一说我是公安局的，他们笑笑就走开了。"

画龙说："我教你个办法，怎样让群众开口。"

画龙把兜里的一包香烟扔给小协警，让他在走访时，先递上一根烟，取得对方的好感，再做询问笔录。这个办法非常奏效，小协警先从外围展开调查，从邻居们那里得到了死者张静的第一手资料。

张静口碑不佳，邻居们对她的死竟然有些幸灾乐祸。

邻居甲说："这个张静30多了，长得也不俊，怎么就让人害死了？她会抽烟，整天叼着根烟，系着个皮围裙，穿着靴子，拿着水枪洗车干活，她是个'婆婆嘴'，她死可能就死在她那张嘴上。"

邻居乙说："这个死婆娘整天造谣，说东家道西家，招人烦，她说我妹妹在广东做小姐，我去问她，她不承认。"

邻居丙说："我家女娃在镇上读初中，星期六回家，胃病犯了，捂着肚子从张静门口过，她看见了，第二天就对人说我家女娃怀孕了，我家女娃才16岁啊。"

邻居丁说："她爱嚼舌头、嘴贱，我和老婆一吵架，她就扒窗边里偷听，见谁和谁说。"

通过调查，一个毒舌妇人的形象在特案组脑海中勾勒了出来。

很多凶杀案例的作案动机极其简单，因口角纠纷而引发的流血案件数不胜数。山东高密，徐某酒后与邻居叫骂，杀死邻居一家6口，包括家里的小狗。广东清远，数名不良少女围殴毒打一名女生，在公共场所脱光该女生衣服踢踹下身，起因只是怀疑该女生背后说其坏话。云南昆明，一男子因唱歌难听与人发生口角，被十几人当街砍死。

病从口入，祸从口出，张静会不会是因口舌之争而惹来杀身之祸呢？

经过协调，当地公安机关抽调民警与特案组联合办案，对死者的家属进行了调查。张静的丈夫，是个朴实的汉子，看上去一副窝囊的样子。张静的尸体蒙着被单，停放在院子里，不时有家属哭着进门吊唁。刘伟还穿着洗车干活的皮革围裙，斜靠在里屋床头，袖着双手，闭着眼，脸上泪痕未干，他因伤心过度而感到极度疲惫，从听闻妻子的噩耗到现在，整夜未眠，特案组和小协警找到他的时候，他竟然睡着了。

特案组说明来意，小协警递上一根烟，刘伟点烟时，大家发现他的一只胳膊有明显残疾。

此前的调查中，邻居们反映，刘伟沉默寡言，张静特别爱唠叨，夫妻俩感情不和，时常吵架。有一次，因为一点鸡毛蒜皮的小事，张静数落了他一整个晚上，从天黑到天亮，始终唠叨个不停。刘伟烦不胜烦，盛怒之下，拿斧子砍向自己的胳膊，造成多处骨折，落下了残疾。

刘伟说："我平时就喜欢打牌、斗地主，又不玩钱的，我婆娘特别能嘟囔，连打牌都不让我打，一说就说半夜，不让人睡觉，我这条胳膊废了，就是她逼的。"

苏眉说："你还真是个老实人，拿斧子砍自己也不砍你老婆。"

画龙说："不得不承认，女人的舌头能把人逼疯。"

包斩问："你老婆失踪当天，都发生了什么事？你们吵架了吗？"

刘伟说："唉，别提了，那天我也想拿斧子砍自己。"

前些天，镇上来了一个歌舞团，在空地上搭起帐篷，表演二人转、杂耍、魔术和歌舞。音乐震耳欲聋，吸引了镇上不少游手好闲的男人去看，小孩子也从帐篷缝隙里钻进去，随后又笑嘻嘻地被人赶出来。刘伟禁不住诱惑，买票进去看了一会儿。张静赶来，想要闯进帐篷寻找丈夫，却被歌舞团的售票人员阻拦，继而发生了争执。

画龙说："你怀疑，你老婆是被那歌舞团的人打死的？"

刘伟说："我不知道，当时，我婆娘和两个跳舞的女人厮打了起来，我婆娘要报警，说她们跳光腚舞，是黄色表演。"

包斩问道："都有什么色情表演？"

刘伟低下头说："你们去看看就知道了。"

第二十八章 民间表演

隆冬时节，大帐篷里并不冷，很多人聚集在一起散发出臭烘烘的燥热，观众大多是乡下游手好闲的男人，他们坐在几排垫着砖头的长木板上，抽着烟，吐着痰，看得津津有味。画龙等人买票进去的时候，演出已经接近尾声，压轴好戏即将开始。

一个小丑站在台上喷火，一个女孩边跳边脱衣服，转圈甩着自己的胸罩。主持人出现了，在台上煽情地说着什么，观众大声鼓掌起哄。

包斩说："好嘛，正赶上人家这草台班子十周年庆典。"

苏眉说："我很期待，不知道接下来会有什么绝活啊。"

小协警说："我不太想看跳舞的了。"

画龙说："哈哈，小老弟，看到刚才那光腚小妞你害羞啊？"

小协警支支吾吾说不出话来。

主持人扯着喉咙喊道："下面欢迎两位美女，大冰和小五，为大家表演奇女十八招，这不是魔术，也不是杂技，这是让你们大开眼界的绝活，这是本次下乡慰问群众演出的压轴好戏。"

两个女孩从幕后出来了，都穿着白毛衣，下身是红色的毛呢裙子，脚上是过膝的长靴，靴子有着皮革制品特有的死板和皱褶。两个女孩都化着很浓的妆，黑眼圈，猩红的嘴唇，戴着夸张的又大又圆的塑料彩色耳环。

两个女孩用话筒先来了一段自我介绍，那个叫小五的女孩又瘦又小，叫大冰的女孩有点胖，身上的白毛衣很紧，显得肚子圆滚滚的，毛衣的袖子和腋下宽大，双臂展开，形似蝙蝠。

音乐响起，大冰和小五激情艳舞，她们随着音乐节奏疯狂地扭动着身体。

热身过后，真正的表演开始。

画龙说："差不多了，小老弟，你跟我上。"

小协警语无伦次地说："我……不太好吧，这么多人看着……要不，等她们……"

画龙拽着小协警跳上台，怒斥两个女孩，让她们停止色情表演，接着掏出警官证件给台下的观众看了一下，观众纷纷向外跑，包斩和苏眉忙着疏散观众，防止踩踏事故发生。

画龙等人说明来意，表示自己并非为扫黄而来。

歌舞团负责人愿意配合警方调查，经过了解，死者张静在失踪的前一天曾与歌舞团人员发生冲突，双方厮打成一团，张静威胁要报警，最终，歌舞团方面赔钱了事。次日凌晨5点多，天还没亮，歌舞团的帐篷门口吊着一盏节能灯，大冰和小五借着灯光看到张静一个人孤零零地站在公交牌下面，两个女孩吓了一跳，还以为见到了鬼，仔细分辨，才认出原来是白天吵架的那个女人。

这是目击者最后一次见到死者，张静背着一个挎包，戴着帽子，看上去像是要出远门。

老婆半夜离家出走，刘伟当时还在睡觉，失踪几天后他也没有报警，这些反常行为引起了特案组的警觉。再三询问，刘伟欲言又止，犹豫过后告诉特案组，张静可能是去上访了。

五年前，他们有过一个儿子，因为患有肺结核在省城第一人民医院治疗后死亡，张静认为这是属于医疗事故的非正常死亡，医院方面觉得没有过失，双方各执一词。正常途径未能解决纠纷，张静开始到省政府上访，打横幅、睡大街、堵大门，依旧没有解决问题，张静三番五次进京上访，但每次都无功而返，被截访人员遣送回来。

刘伟说："我劝婆娘不要去了，没用的，胳膊拧不过大腿。"

画龙说："你怎么不跟你老婆一起去上访？"

刘伟说："我去过，把我拘留了，我就不敢再去了。"

苏眉说："张静上访，为什么要在天没亮的时候，偷偷摸摸地出发，居然连你都不告诉？"

刘伟说："乡里、县里、市里、省里都有截访的，被发现就去不成了。"

上访和截访是什么呢？

我们不妨从《法制晚报》上摘录一段话予以解释："公民上访是宪法赋予公民的基本权利，从这个意义上讲，以截访的形式限制甚至剥夺公民上访的权利，甚至限制公民的人身自由，其实就是赤裸裸的违宪违法行为。截访最恐怖和恶劣的是未经任何法律程序就可以非法限制公民的人身自由，情节严重的还可能构成非法拘禁的刑事犯罪。长期以来，实践中非法截访现象大量存在，真正被追究刑事责任的却是极其少见。"

上访人员，大部分是与地方政府当权者发生利益冲突时受害的弱势群体。

截访是个别地方政府行为，是违法的，也是存在的，并且大多数没有得到妥善的处理。

特案组感到事态严重，这起案子的复杂性超出了想象。

梁教授部署了新的工作任务，画龙和苏眉前往省城医院，调查张静与医院的纠纷，包斩与小协警冒充刘伟的家人，陪同刘伟进京上访，了解死者张静上访期间的行踪。

刘伟胆小懦弱，担心上访会被抓、被打，所以不太愿意配合。

包斩好不容易做通了刘伟的思想工作，临行之前，刘伟却又犹豫了。

刘伟说："我家娃儿死了，我婆娘去讨个说法，结果又被人害死了，我能活着回来吗？"

包斩说："拿出你用斧子砍自己胳膊的勇气来，再说，还有我们两个警察陪着你，怕什么。"

几天后，张静的丧葬事宜料理完毕，包斩和小协警换了便装，陪同刘伟一起上路了。包斩三人顺利到京，作为第一历史名城，政治和文化的中心，繁华的背后也有不为人知的破败。某车站附近的一个村庄聚集着全国各地的上访人员，各种各样一个村庄的苦难相互为邻，形成了一个"上访村"。这附近的平房几乎全部都是没有营业执照的黑旅馆，极其简陋，每晚只要几块钱，可谓是全国最低价。即便如此，也有不少上访人员没钱住宿，他们在围墙下和胡同里，用捡来的纸壳和塑料布搭建了简陋的窝棚。

包斩三人拿着张静的照片到处询问，得到的信息令人振奋，有个旅馆的老板证实，张静曾经来过，但是去向不明。

第二天，包斩三人前往国家信访接待站，这也是张静必然要来的地方。

进入登记大厅的一百米路程中，包斩三人遭遇了截访者的几道盘查。刘伟刚一开口，十几个和他说着相同方言的人立即冲了过来，其中一人衣服上戴有某地驻京办的胸牌，一下子就拧住了刘伟的胳膊，其他人也控制住了包斩和小协警，将他们推上了一辆白色依维柯。

包斩三人坐在后座，车上有几个身穿"特勤"制服的人，都戴着钢盔，神情严肃。

一个特勤队长模样的人，手里拿着金属探测器，让包斩三人把手机和身份证都交出来。

小协警问道："你们是谁？"

特勤队长面无表情地回答："无可奉告。"

刘伟说："你们要把我们带到哪里？"

队长依旧说："无可奉告。"

包斩忍无可忍，说道："你们这是侵犯人权，放我们下去。"

一个特勤警告道："都他妈的给我安分一点，不安分你就是个死。"

包斩刚想要说什么，队长怒不可遏，猛击一拳打在他的嘴巴上，包斩的嘴角流出鲜血，门牙掉了一颗。

第二十九章
黑监狱里

车行驶了很久,越走越远,路边变得荒凉,偶尔见到一个破败的工厂,高高低低的树木掩映着的村庄。傍晚时分,他们终于在一个叫马家楼的地方停下了。

包斩等人下车,被几名特勤人员押送着进入一个高墙大院,门前挂着"留置中心"字样的牌子,墙头上扯着一圈铁丝网。

刘伟说:"这里是监狱吗?"

小协警说:"看上去更像是个破仓库。"

院里站着一排畏畏缩缩的访民,数名特勤人员正在训斥,他们拿着警棍,身上的制服与警服相差无几,胸前还有编号。包斩等人被带进一个简陋的办公室,墙上居然写着"坦白从宽,抗拒从严"的标语,一个穿便装的人自称主管,要求包斩三人在一份保证书上签字。

刘伟签上了自己的名字,双手合十,恳切地说道:"我以后绝对不会再上访了。"

小协警说:"我们俩不是上访的。"

主管看了一下交接报告,说:"你们俩不是他的亲戚吗?你们是陪访的,陪访也犯法。"

包斩质问道:"犯什么法?"

主管怒道:"好,我让你们知道知道。"

主管叫来了几个凶神恶煞般的特勤人员,他们举起警棍对着包斩就是一阵乱打,刘伟和小协警吓得抱着头蜷缩在地上,包斩靠墙站着,不肯屈服。

一个胖子厉声说道:"都给我跪下,不是让你们蹲下。"

刘伟立刻跪在地上,扯了扯小协警的衣角,示意他也跪下。

主管对包斩说道:"不跪下是吧,头别乱动,站好了。"

胖子走上前,两手扶着包斩的头摆正位置,然后一脚踹上去,他穿着一双军靴,制服裤子塞在靴子里,这一脚踹得包斩半边脸肿了起来。

胖子咬牙切齿地说道:"现在,你知道犯的什么法了吧。"

小协警依旧蹲在地上,劝道:"有话好好说,别打人。"

胖子转身对小协警劈头盖脸地一阵猛打,嘴里还不停地狂叫:"刚才不叫打人,这才叫打!"小协警的脸上顿时破皮流血,眼眶乌黑,他说:"别打了,别打了,我跪下。"

包斩的倔脾气上来了,他有气无力地说道:"你们这是个黑监狱。"

刘伟没有挨打,情急之下说破了包斩和小协警的身份,他对胖子喊道:"他们俩是警察,不是我亲戚,你们不能打人。"

胖子听到这句话,气焰更加嚣张,对着包斩拳打脚踢,一边打一边说:"你是警察,我就是警察他爹,我让你见识一下,什么叫打人,这样才叫打人。"

包斩被打倒在地,遍体鳞伤,随后被抬进一间"牢房"里。

四间大瓦房,空空荡荡的,没有床,没有桌椅,地上散落着一些玉米秆,被关押的几十号人挤在房间里,或坐或躺,满地都是秸秆乱草,狼藉不堪。

所谓的牢房简直比真正的监狱还要糟糕。男男女女都关押在一起，毫无隐私可言。一些访民纷纷上前询问，他们对警察被打被关押在这里，竟然丝毫都不觉得惊讶。

一个妇女递给包斩半瓶水，小协警扶起包斩喝了几口，包斩的嘴唇肿了，痛得倒吸冷气。

妇女叹了口气。

包斩在这个黑监狱里听到了许多让他简直无法相信的"故事"。

实话实说，上访者当中也有一些神经病，提出的诉求非常荒谬，例如一个村民以邻居家房子比自己家房屋高为由，要求政府强制对其拆迁；还有一个老头，手拿"红宝书"，长年上访，要求回到"文革"时代……

这个黑监狱里关押着数十名上访者，从口音上可以分辨出，他们都是同一个省的人。这些所谓的特勤人员都隶属于一家保安公司，因上访事件逐年增多，渐渐形成了一条灰色的产业链。因为截访者不一定马上就能把人接回去，接到人后不能立即带走，就需要一个临时留置的地方。截访现象规模化出现，黑监狱的形成也是自然而然的事情。大多数人在黑监狱里待几天就会被遣送回原籍，如果有上访者被某个部门遗忘了，就只能被关押在这里，一个上访的老头，已经被关了半年多。

包斩想，死者张静被截访肯定也是被关押在这里，她后来又发生了什么呢？

黑监狱里的生活简直是度日如年，每天只有馒头和咸菜，晚上就睡在秸秆堆里，访民成了犯人，他们知道这些特勤是没有执法权的，这是非法拘禁。但是在关押期间，他们却不由自主地以为自己是在监狱里服刑。

放风的时候，访民也会和特勤聊天，这些特勤其实都是保安，薪水微薄。

一个老访民对一个年轻的特勤说："孩子，你干这个，不觉得伤天害理吗？"

年轻的特勤有些不好意思，答道："其实我也不想干保安了，这不是个好活儿，整天都吵架打架，我一点力气没有，能打谁？我就是找不到更好的工作，总比在车站干装卸强点吧。"

主管有时候也会在院里对保安训话，强调工作的正义性，有的话富含哲理，例如：我们没有能力解决问题，但是我们有能力解决提出问题的人。

几天后，黑监狱里来了两个人，自称是某县信访部门工作人员，包斩认出这俩人就是画龙和苏眉。隔着"牢房"的铁栅门，包斩哽咽着说不出话来，这几天，他在这黑监狱里受尽了委屈和折磨。

苏眉小心翼翼地查看包斩脸上的伤，一阵心疼。

画龙说："小包兄弟，你放心，我会把你救出来的。"

苏眉说："小包，你受苦了，看他们把你打的，这事没完，我已经向梁教授汇报了，你再忍忍，大概明天就能把你解救出来。"

画龙说："还等明天干吗？就现在，小眉你出去发动汽车等着。"

包斩说："画龙大哥别硬来，他们人不少。"

画龙说："我一个人能搞定。"

包斩说："要不，还是等明天吧。"

画龙说："兄弟，别说这里是黑监狱，就是真的监狱，我也会救你出去。"

包斩失踪之后，梁教授心急如焚，让画龙和苏眉假扮成截访人员，一路奔波，去了好几个黑监狱寻找包斩，终于在马家楼留置中心找到了。黑监狱的主管以手续不全为由拒绝放人，画龙救人心切，等不及警方支援，决定强行解救。他的方式简单又粗暴，猛地一脚踹向"牢门"，铁栅门发出哐当声，有些变形，但依旧无法打开。

几名特勤人员听到声响，迅速跑了过来，每个人手里都拿着根橡胶警棍。

画龙二话不说，迎着他们冲过去，一拳打倒一个，所有的特勤都骂骂咧咧地从办公室跑了过来，呈包围之势把画龙围在中间。

主管说："你想干什么，你想劫狱啊？"

画龙说："去你妈的！"

主管脸色铁青，大手一挥，说道："给我打，往死里打！"

众人拿着警棍杀气腾腾地拥了上来，画龙腾空而起，转身踢中一名特勤，随后一记旋风腿扫倒数人，其他人纷纷后退。

小协警隔着铁门喊道："就是那个胖子打的我们。"

画龙看着胖子，问道："是你打的我兄弟？"

胖子气焰嚣张，扔了警棍，脱了棉袄，说道："是我又咋的？你们都别上，我自己揍他。"

胖子练过拳击，对自己的功夫过于自信，他怒吼着挥出势大力沉的一拳，画龙冷笑一声，同时也猛地击出右拳，两人的拳头相撞，只听得"砰"的一声，紧接着，画龙又击出一拳，正中胖子的肋部，发出咔嚓一声，那胖子的肋骨已经骨折，指骨也碎了。画龙随后闪电般踢出一脚，力量巨大，胖子直直地飞了出去，恶狗扑食般落地，像被宰杀的猪一样惨叫起来。

还没等众人反应过来，画龙捡起警棍，冲入人群，他的心中充满怒火，根本顾不上什么章法，挥着警棍一阵乱打过后，地上倒下十几名负痛呻吟的特勤人员，其他人落荒而逃。

画龙气势凌人，喊道："妈的，还有谁？！"

当天下午，画龙单枪匹马大战特勤人员，强行解救出包斩，当他打开"牢门"的时候，被关押在里面的访民全部欢呼起来。第二天，梁教授向白景玉做出了汇报，一队荷枪实弹的武警将马家楼留置中心大院包围了起来，这所黑监狱被取缔查处！

黑监狱的主管一头雾水，甚至感觉莫名其妙，他对给他戴上手铐的武警说道："为啥抓我？是不是误会了？咱们都是自己人啊！"

第三十章
请你闭嘴

人是幸福与苦难之间的钟摆，日升日落，周而复始。

大多数人都谈不上幸福，也说不上苦难，也许，没有不幸就是幸福吧。

张静算是个城里人，住在县城边一条幽静破败的小巷子里，墙缝中开着黄色的花。父亲推着小车卖凉皮，母亲在卷烟厂工作，时常盗窃香烟，张静初中毕业后就偷偷学会了抽烟。

刘伟是个乡下人，家在黄河岸边的一个小镇上，院门靠近古老的渡口。

他们是通过相亲而结合在一起，开着个洗车铺，抽了黄河的水来洗岸上的车，以此谋生。

她总是对他抱怨："我这城里的，嫁给了你这乡下的。"

每当家里来人，张静就会向人家数落丈夫的不是，又懒又笨又馋，刘伟最初只是摸着头憨笑，后来就表现出一副不耐烦的样子。张静伶牙俐齿，遇到邻里纠纷，口头上从未落过下风。她是乡村的女强人，穿着洗车的皮围裙，叉着腰，叼着烟，往那儿一站，气势凌人，邻居灰溜溜地关上门，不敢对骂。

女人的唠叨是无法忍受的，能让人发疯，所以，刘伟盛怒之下用斧子砍向了自己的胳膊。

常常有人来串门，只为听张静讲一下丈夫刘伟自残的事，张静向每个人重复着说："这狗日的，真狠啊，拿斧子砍自己，下回就该砍我了，我不就说了他几句吗。"

婚后不久，两人生了个孩子，孩子继承了妈妈的口才。口无遮拦，童言无忌，一张小嘴整天说个不停，很多人都喜欢逗孩子说话。

隔壁的张婆婆开玩笑问："你娘的腚有多大，有这么大吗？"

张婆婆夸张地用手比画着，农村常常有这种以开低俗玩笑为乐的老太婆。

孩子绘声绘色地给人讲起妈妈的屁股，听者无不哈哈大笑。

孩子5岁那年夭折了，因肺结核病死在了省城人民医院。张静大闹医院，将孩子的尸体停放在门诊大厅，并设立灵堂，昼夜哭泣，破口大骂。医院方为了息事宁人，赔偿了一笔钱，张静不依不饶，拒绝医疗事故鉴定委员会做出的认定，拒绝领走尸体，医院无奈之下报警，警方以打击"医闹"为名，依据《治安管理处罚法》对张静处以拘留15天的处罚，并且火化了尸体。

她像祥林嫂似的对每个人诉苦："我孩子死得不明不白，要是医院没有错，他们为啥赔钱，医院院长是公安局局长的小舅子，他们把我关了15天，15天啊，我放出来的时候，就看见了孩子的骨灰盒。"

从此，张静走上了上访之路。

黑监狱被曝光后，公安和民政部门开始全面查处和整治，幕后的一个保安公司浮出水面。该保安公司规模庞大，已发展成大型集团，拥有保安上千名，公司拥有30名司机，设立9个部门。在公司大院里，有营房式的宿舍，楼上楼下，热闹非凡。房间有8个人的，也有10个人的。编制建设有着军队色彩：下设一个政委、一个大队长、三个中队长，一个中队是两三个班，一个班有七八个人。该保安公司开启了一个全新的赚钱方法，在关押访民的市场领域中开疆拓土，带来了高额利润。

随着深入调查的展开，保安公司的董事长和总经理被警方刑事拘留。

张静被害案件中，杀人者和死者并不认识，甚至连对方的名字都不知道。经过涉案人员检举揭发，最终查明，杀害张静的是四名黑保安。

这四个人是：陈高卫、高峰、胡志军、段武。

他们都是年轻人，来自农村，主要工作就是截访、拘禁、恐吓、殴打、遣送上访者，负责按照各地驻京办的指令将上访者送回原籍。

案发当天，他们乘坐一辆面包车驶向高速公路，除了张静外，车上还有两名上访者，张静说："要是他们再抬我、扔我，我就和他们拼了。"

黑保安都穿着特勤制服，他们对待上访者的态度极其粗暴野蛮，不愿多说废话，四个人抬着张静，照旧扔到车上。张静忍辱负重，想要谩骂几句，但是换来的肯定是一顿殴打。几名上访者来自同一个省，不同的市，黑保安将他们依次押送到目的地后，与当地的信访干部一手交钱一手交人，最后，车上只剩下张静一人。

眼看着任务即将完成，四名负责押送的黑保安都放松了警惕，有的玩手机，有的哼着歌，车沿着黄河边的高速公路行驶，路边有个垃圾处理站，堆积如山的垃圾等待着填埋。张静担心回去后会被拘留，想要逃跑，但是保安看管严密，始终没有机会。这个爱唠叨的女人一路上都保持着沉默，此刻，她终于开口说话了："喂，停车，我要上厕所。"

陈高卫是负责此次押送的班长，他皱眉说："憋着。"

张静说："憋不住啊，你不想我在你车上解决吧。"

陈高卫指使高峰和胡志军，说道："你俩跟着这女的，别让她跑了。"

车停下了，高峰和胡志军一左一右押着张静下车方便，张静走到垃圾堆的后面，两人转过身抽烟等待。过了一会儿，张静始终没有出来，两人意识到情况不妙，前去查看，发现张静已经跑向了河边。

高峰和胡志军叫来陈高卫和段武，四名黑保安立即追赶，跑得气喘吁吁终于把张静按在了地上。

黄河的水混浊浩荡，恰逢冬季，河道缩小，岸边泥泞不堪，还有很多水洼。张静倒在泥泞之中，破口大骂，各种恶毒词汇喷涌而出。陈高卫拽着张静的头发，张静眼含怒火，猛地咬住了陈高卫的手背，狠狠地咬下了一块肉。陈高卫怒不可遏，将张静的头按在地上的一个水坑里，高峰和胡志军死死地拧着张静的胳膊，一番挣扎过后，张静不动弹了。

陈高卫踢了一下张静，说："起来，别装死。"

张静一动不动，脸趴在一个水坑里，已经死了。

几个人面面相觑，不知如何是好，心里有些慌了。他们抽了支烟，冷静下来，商议决定抛尸黄河，掩盖犯罪事实。陈高卫在岸边的垃圾堆里捡到一个编织袋，把尸体和石块装进袋中，扎紧口，抬到一处高地，扔进了滚滚的河水之中。

回去的路上，三人对司机段武说："我们就说这女的跑了，反正死无对证，你也打人了，这可不是小事，谁都不能往外说，谁要是说了，我们就对他不客气。"

司机段武在警方查处黑监狱时，为了争取立功，减轻刑罚，对陈高卫等三人进行了举报。

除了这四人外，还有涉嫌非法拘禁案的十名被告人，都是来自农村的打工青年。黑保安被关进了真正的监狱，他们觉得自己"为政府做事"，很快就会被放出来，农村的家人陆续接到了庭审通知书，律师爆出了十人即将被判刑的消息。

十名黑保安的家人聚集在一起，他们感到难以理解，"为政府做事"为什么会违法。

讽刺的是，那些黑保安的家属也陆陆续续地开始了上访，想要一个说法。

张静死后，有人建议刘伟去打官司，索取赔偿，有人鼓励他继续上访，不能就此罢休。

刘伟对此反应得异常冷漠，似乎这一切都与自己无关，家破人亡使他变得沉默寡言，每天都关起门来呼呼大睡。睡醒的时候，他会坐在河边发呆，孩子死了，唠唠叨叨的妻子也死了，整个世界是这样安静，只有雪花在飘。

黄河冰封了，雪花飞舞，天地茫茫，刘伟内急，看着四下无人，他走到河中间，蹲下来，拉了一坨屎。

在冰封的黄河上，在洁白的雪地上，拉一坨热气腾腾的屎，也许是一件很有趣的事情。

第七卷
杀人视频

> 你遭受的每一次苦难,都会在你一生中某个时候派上用场。
>
> ——佩内洛普·菲茨杰拉德

杂乱的房间里。

屋顶上垂着一根绳子。

绳子拴在一个女人的脖子上。

女人坐在一把椅子上,手脚与椅子绑在一起。

女人和椅子吊在空中,身体前倾,轻轻地晃来晃去。

第三十一章
惊悚视频

白景玉急匆匆地走进特案组办公室，指挥工作人员抬进来一台声纹记录仪，还有文检仪，墙上的液晶显示器也更换成了分辨率更高的影像设备，这些都是刑侦实验室里的器材。

梁教授和包斩正在下棋喝茶，两个人抬起头来，茫然地看着忙碌的工作人员。

苏眉说："哇，老大，搬家呢？"

画龙说："又发生了什么与众不同的大案子？"

白景玉说："这个案子的奇怪之处在于我们不知道发生在什么地方，不知道死者是谁，却目睹了整个凶杀过程……有人将杀人过程录制成了视频，然后发布到了网上。"

大屏幕上开始播放这段杀人视频，镜头显示的是一个阴暗杂乱的小房间。

房间没有开灯，只有电视机发出惨白的光，时间是傍晚7点，电视机上正在播放中央电视台的《新闻联播》。电视机前有个木质的旧茶几，灰蒙蒙的，掉了漆。茶几本应该是平行着摆在电视机前，画面中的却是垂直于电视机摆放的，茶几的一端正对着电视机，这在狭小的房间里看上去异常古怪。更为奇怪的是，茶几上放着把木头椅子，有个穿白色毛领羽绒服的女人坐在椅子上，位于画面的中间。确切地说，她被绑在椅子上，双手和椅子的扶手绑在一起，两条腿也绑在了椅子腿上，眼睛蒙着黑布，因为背光，即使面对着镜头也无法看清楚她的脸。

女人端坐不动，像是展览品，她被绑在椅子上，椅子下面是个茶几。

茶几上的另一端放着几样菜，都用塑料袋装着，摊开在桌上，一小瓶二锅头已经空了，旁边还有几个青岛啤酒瓶子，可以看到有一只手正拿着那种一次性的筷子，很显然，拍摄者巧妙地避开了镜头。从画面上看，很像是手机拍摄而成，镜头始终没有动过，说明拍摄者可能将手机放置在某处，也许是茶几后面的沙发上方，这个人边吃边喝，看着电视机前被捆绑的女人。

穿羽绒服的女人扭动着身体，试图脱开身上的绳子，然而挣扎是徒劳的，绳子绑得很紧。

女人放弃了挣扎，开始不断地哀求，她的话夹杂着电视机中的声音：

"观众朋友晚上好，欢迎收看《新闻联播》节目……我家里人是不是得罪你了，你是想要钱还是想干什么，求你了放我走吧，我保证不报案……今天，节目的主要内容有……我和你又没什么仇，哪里惹到你了，你倒是说啊，我根本就不认识你，你是要钱是吧，我给你……召开文艺工作座谈会议，强调坚持以人民为中心的创作导向……求求你了，我是怎么得罪你了，放我走吧，你到底想干啥啊，救命，救命啊！"

女人大声地喊叫起来，这时候，一个穿着皮夹克的强壮男人冲了上去，随手拿起一块抹布，跳上茶几，塞到女人嘴巴里。女人试图咬住他的手，但是接下来只能发出含糊不清的声音。那个男人很古怪，戴着一个头盔，背对着镜头，他侧身的时候，可以看到头盔的挡风面罩半遮着脸，面目难辨。

男人摸了摸女人的头，女人吓得瑟瑟发抖，看来之前挨过打，她肩膀抖动，呜呜地哭了。

男人跳下茶几坐回原位，镜头里可以看到他的手，端起了酒杯，喝了一口,又用筷子夹起一粒花生米。他似乎很享受这个过程,一直欣赏着面前受惊吓的女人。

《新闻联播》依然在播放,那女人被绑在茶几上的椅子上,抽抽噎噎地哭泣。过了一会儿,男人喝完最后一杯酒,用遥控器调小了音量,他起身去关了窗,拉紧了窗帘。

房间里死寂一片,女人意识到什么,惊恐地抬起头,茫然失措。

男人站上茶几,手里多了一根扁形的绳子。电视机没有声音,画面闪烁不定,荧幕的光线制造出特有的诡异气氛。男人又拎起一把椅子,放在茶几上,然后踩上去,踮着脚,将绳子从屋顶的一个吊钩穿过去,这种吊钩在老式房屋里很常见,多用来安装吊灯或者吊扇。

男人穿好绳子,拉了几下,将空椅子搬下去。

男人站在女人身后,面对着镜头,慢条斯理地把绳子的一端在女人脖颈处绕了一圈,女人剧烈地挣扎,双手握拳,拼命摇头,鼻腔里发出濒临死亡时沉闷的喊叫。男人丝毫不理会那女人,冷静地勒紧女人的脖子,在脑后打了个绳结。他向上提了一下绳子,测试松紧度,似乎感到不满意,再一次调整绳套。

随后,他跳下来,拍拍手,小心翼翼但又特别费劲地挪动茶几,因为摩擦地面而发出刺耳的声音。那椅子上的女人,嘴巴被堵,眼睛蒙着黑布条,只能发出呜呜的叫声,她似乎感到绝望,放弃了挣扎。茶几一点点地被抽走,每一次响动都引发她身体的颤抖。椅子的一条腿悬空了,接着是第二条,第三条……男人猛地一拉,椅子悬在空中,绳索勒住女人的脖子。因为用力过大,茶几上的一个酒瓶倒了。

终于,他将茶几拉回原位,那个坐在椅子上的女人,被吊死在空中。

死亡的过程并没有想象中那么难以接受,这个女人似乎很安详,颈骨在突然下坠时立刻断裂,器官闭塞停止呼吸,没有任何挣扎,身体都没有抖动一下。

悬在空中的椅子轻微地摇晃着,最终静止不动,持续了3分钟后,就在大家以为画面定格的时候,那男人又出现了,手里拿着一张纸,上面写着:警察你好。

视频到此停止了，播放结束，全长7分钟51秒。

特案组感到非常震惊，这个穿皮夹克的男人以一种奇特的方式吊死了一个穿羽绒服的女人，自始至终没有说一句话，只留下了四个字。他不仅录下整个杀人过程，最后还挑衅警方。

白景玉一脸凝重，说道："咱们特案组成立起来，从未遇到过这样的挑战，我之所以使用挑战这个词，是想告诉大家不要轻敌，这人看来不简单，你们要尽快破案。"

包斩说："这人胆子太大了，录制杀人视频发到网上，我们以往侦破的案件，凶手大多在作案后掩盖罪行，销声匿迹，这人不一样，与众不同，反其道而行之。"

梁教授点燃烟斗，抽了口烟，徐徐说道："我喜欢这样的对手。"

苏眉说："我注意到，那女人说根本就不认识他，如果是陌生人，那就太可怕了，他从哪里抓来的这个女人，大街上吗？作案动机又是什么呢？"

画龙说："随机杀人，报复社会，我们以前也遇到过这样的变态杀手。我不觉得这个人胆子多大，他还戴着个头盔，遮挡着脸，真有种的话，就把脸露出来啊！"

包斩说："案子很棘手，我们连案发地在哪里都不知道，没有尸体，没有物证，找到这个人如同大海捞针，真的很有挑战性。"

苏眉说："凶手挑衅警方是一种什么样的犯罪心理？"

刑事侦破中会遇到形形色色的犯罪凶手，有的凶手胆大妄为，作案后会故意留下证据，他们的犯罪心理往往是自相矛盾的，既认为自己做得天衣无缝，心存侥幸，不会落网，又渴望警方找到他，类似于一种捉迷藏的游戏心理。

摘录几则真实的案例，我们了解一下这种极为罕见的凶手。

吉林发生过一起灭门惨案，凶手杀死陈某一家四口，用手指蘸着死者的鲜血在墙上写下"我叫小山"。被捕后，他供认自己因为经济纠纷而杀人，墙上写字是一种英雄壮举，如同《水浒传》中的武松杀人后在墙上写下"杀人者，打虎武松也"。

武汉一名保安杀人分尸后给警方写挑衅信，此人曾自制手枪游走全国。昆明、广州、海口，他杀害无冤无仇的无辜者，逢年过节会给受害者所在的公安局寄贺卡和信件，在信件中会详细描述自己杀人的过程，甚至向警方索取6000元赏金打算出卖同伙。他不断以杀人挑战警方，直到五年后被擒。

安徽某城市区解放路立交桥下有一拾荒女子被奸杀，第一报警人竟然就是凶手。此后，两年时间里，这名凶手不停向警方拨打报警电话。从报警到叫嚣"我就是杀人凶手""人是我杀的""你们快来抓我啊"。此人极其狡猾，每次打电话都在不同的地点，警方调动大量警力，在9个县市展开调查，最终将这名疯狂挑衅的凶手抓捕归案。

梁教授说："凶手是有预谋的，他先将一把空椅子放在茶几上，然后把被害者捆绑在椅子上，用绳索拴住被害者的脖子，抽走下面的茶几，完成整个杀人过程，这个过程其实是一种简易的绞刑，绞刑一般是指执行死刑。"

白景玉问道："什么意思？"

梁教授说："凶手认为自己代表着正义。"

第三十二章
两元商店

第二天，特案组整夜未眠，每个人都红着眼睛，这段杀人视频不知道观看过多少遍了。

白景玉说："小眉，这个视频可以从网络上删除吗？"

苏眉说："目前已经是网络焦点了，视频的点击量多得难以统计，所有的新闻网站都进行了报道，每小时有上万条微博在讨论这件事，微信、QQ群、论坛、贴吧，无数的人在发表看法。国内国外的网盘都有提供下载，根本无法删除干净。"

包斩说："也许，这正是凶手想看到的。"

画龙说："凶手可能还会得意扬扬地参与讨论呢！"

梁教授说："小眉，你整理一下网友的评论。"

网友的回复五花八门，但是有价值的评论并不多，摘录几条：

翠花就是欢乐多：为什么要放《新闻联播》呢？故意折磨她吗？要知道，

《沉默的羔羊》里的汉尼拔在监狱就是被迫看电视作为刑罚。《新闻联播》会不会是录像啊，故意混淆作案时间。

狼七：他不说话，可能是个哑巴，有一辆二手摩托车，住在城乡接合部的某个平房里。

羊行中：这个地方，看上去很眼熟，貌似是我以前租过的房子啊，那窗帘，那茶几，还有那台破电视，真是TMD太像了。

蛇从革：干得好，这家伙要是在镜头里竖起中指就更酷了，或者用那张纸点燃香烟。

钟原：警察叔叔，就是这个人，我要举报楼上的这个人。

老夜：其实，是我干的。

梁教授部署工作任务，苏眉负责查找视频来源，追踪视频上传的第一网站以及时间和地点。包斩的工作是记录下视频中出现的所有东西，从中分析凶杀现场的大概位置。画龙请教语言学专家，对受害者的籍贯以及受教育程度做个初步鉴定报告。

因为目前无法确定凶杀现场，即使统计出全国各地的失踪者也没有任何意义，从中很难发现受害人的身份。

梁教授和技术人员用声纹分析仪器，将噪音从环境中分离出来，很快有了新的发现。

凶手——那个戴着头盔穿皮夹克的男人，吊死女人之前，曾经关掉了电视音量，拉上了窗帘。通过仪器设备，能够采集到窗外的一些细微声音。可以听到有汽车的鸣笛声，这说明现场距离街道不远，隐隐约约还能听到两元商店的电喇叭传来的叫卖声。

"买不买没关系，到屋里瞧一瞧，到屋里看一看，本店所有商品，全场卖两块，都卖两块。挑啥都两块，买啥都两块，挑啥拿啥买啥都两块。原价都是十块八块的，现在全场卖两块，两块钱处理，两块钱甩卖，真正的清仓，真正的甩货。你不用问价，你也不用讲价，你也不怕被宰。全场卖两块,买啥都两块,随便挑随便选,全场卖两块,买啥都两块。两块钱,你买不了吃亏,两块钱,你也买不了上当,真正的物有所值。拿啥啥便宜,买啥啥贱,都两块,买啥都两块。全场卖两块,随便挑随便选都两块,走过路过,你千万别错过,机会难得,全场清仓处理,赔钱甩卖,全场卖两块,全场卖两块。"

这种两元商店价格低廉,深受百姓欢迎,一般位于城乡接合部、县城,或者乡镇。

语言学专家认为,被吊死的受害者女性说一口流利的普通话,声母、韵母、声调,口音非常标准,应该接受过大学本科以上的高等教育。视频中的方言不多,只有一句"干啥",死者的籍贯为河南、河北、山东、东北等省份的可能性较大。

苏眉通过计算机反向追踪,锁定了犯罪嫌疑人的网络踪迹。

这段杀人视频最早发布在一个名叫草柳社区的成人网站,该网站因为传播色情内容,屡次被封,论坛服务器架设在美国科罗拉多州。该网站采用不定期邀请注册制,会员数超过 20 万,由于涉及成人内容,该网站在中国内地无法访问。但是网站的运行并没有终止,在不断被封杀的同时不断更换地址,并通过各种渠道及时向会员更新。

上传视频者登录的是一个试用账号,并且使用了经过代理的动态 IP,无法精准定位。

画龙说:"凶手挺有趣的,把杀人视频上传到一个色情网站上面。"

苏眉说:"这网站的内容真是五花八门什么都有啊,大多是日本的 AV(成人录像)片子。"

梁教授看了一眼电脑上的网页,扭头说道:"简直不堪入目。"

包斩指着电脑问道:"小眉姐,什么是步兵和骑兵?"

苏眉说:"步兵指的是无码影片,骑兵就是有码咯,无码你总知道吧,就是身体的关键部位没有打马赛克,哎呀,你自己看吧,真是讨厌。"

包斩看了一会儿，想问苏眉几个问题，又觉得不好意思，那些影片截图让人面红耳赤。

初步分析，凶手懂得一些电脑技术，死者也接受过高等教育，这是一起高智商犯罪案件。

包斩将杀人视频回放无数遍，通过智能应用系统做视频分析和图像编辑。视频其实就是一系列图片，利用人眼视觉暂留的原理，通过播放一系列的图片，使人产生运动的感觉。包斩将视频的每一秒画面做成60帧图像，然后放大清晰处理，记录下视频中的每一件东西。

这个房间普普通通，然而经过细心观察，可以发现凶手是个小心翼翼的人。凶手故意迷惑警方，不让警方发现房间所在的位置，甚至省份也捉摸不定。

杀人视频中的电视上放着一沓扑克牌，从厚度上来看，大约有四副扑克，经过调查，山东人喜欢打够级——这是一种四副扑克的游戏。桌上的抽纸用了一半，这种抽纸并不是名牌，主要销售区域在河南与河北两省。垃圾篓套着个塑料袋，茶几和椅子以及绳子，都非常常见，在任何一个城市都可以买到。电视机是一台破彩电，窗帘有些旧了，至少挂了两年。茶几上的菜有花生米、猪肉白菜炖粉条、几根香肠，旁边放着香肠的包装袋，经过对比和核查，这是哈尔滨红肠的包装袋。

房间没有儿童玩具，凶手拉上窗帘的时候，落了灰尘，这个房间似乎长时间没有人居住。

凶手戴的头盔穿的夹克，无法解读地域信息，视频结尾，挑衅警方的那句话是用黑色碳素笔写在一张A4纸上面的。

梁教授说："凶手自始至终没有说一句话，写下的那几个字，挺漂亮的，我们还应该做一个字迹鉴定，试试能不能掌握凶手的性格特征。"

字如其人，笔形分析自古有之，西汉文学家扬雄曾说："书，心画也。心画形而人之邪正分焉。"性格刚强的人一笔一画都显得干净利落、方正坚硬；

性情软弱的人，则字体就相对无力、柔弱。

笔迹学家雅曼把笔迹学研究的成果分为7个大类，它们传递的讯息分别是：

1. 书写的压力反映了人精神和肉体的能量。
2. 笔画结构方式代表了书写人面对外部世界的态度。
3. 书写的大小是自我意识的反映。
4. 连笔程度反映了思维与行为的协调性。
5. 字和字行的方向是人自主性及社会关系的反映。
6. 书写速度与人理解力的快慢有关。
7. 整篇文字的布局反映书写人面对外部世界的态度与占有方式。

特案组与专家一起分析论证，最后得出了一个惊人的结论，视频中的那四个字"警察你好"，笔力圆润轻盈，笔画匀称飘逸，连笔如行云流水，很像是女性写下的字迹。

这个结论无法确定，只是提供了一种可能。

难道是凶手逼迫那位女性受害者所写？

她似乎不认识凶手，究竟怎样被凶手制伏，禁锢在一个杂乱破旧的房间里，警方无从得知。但是可以想象到她在写下这几个字的时候，内心该是如何恐惧，嗅到死亡的气息。那个房子靠近街道，附近有一家两元商店，这是警方目前为止掌握的唯一信息。

就在特案组一筹莫展的时候，网络上传来了令人震惊的消息，凶手上传了第二个视频，这次发布的是一段抛尸前的准备视频，确切地说，是准备抛弃一只断臂的视频。

凶手拍摄下了整个过程。

画面中，只看到他的双手以及下半身，拍摄地点依旧是那个杂乱的房间。他先是将一个塑料桶的外包装取下，把塑料桶从中间锯开，这种桶在任何一个饮水机上都可以看到。然后将一只断手的手指切除，只保留中指，这段画面并不血腥，看上去就像切除煮熟的鸡爪或者羊蹄。凶手把断手放入塑料桶，用胶带在桶上缠绕了几圈，粘好断缝，最后往里面注满了水，重新贴好包装。

画面戛然而止。

可以想象，他扛着一桶水，水中有只断手，他究竟要将这桶水放于何处呢？

第三十三章
抛尸过程

塑料桶中装满了水，水中的断臂轻轻晃动，手掌向下，指向地面，一旦将水桶倒置在饮水机上，那么手掌就会向上，形成竖起中指的姿势。

接下来可以想象到一个奇特的抛尸过程。

凶手假扮成送水工，穿着印有广告语的衣服，也许还戴着那个头盔，扛着一桶水，确切地说，水与桶都只是伪装，他真正扛着的是一只断手。这个变态的人走街串巷，出入胡同和小区，一步步走上台阶，将这桶尸水放置在某户人家或者某个办公室的饮水机上，最后，趁着夜色逃之夭夭。

网络上炸开了锅，越来越多的人开始关注这个视频，无论是地铁上，酒桌上，校园里，还是机关单位的会议室，每个人都在谈论这个视频，并提出自己的看法：

工厂流水线工人："你们听说了吗？最近出了个变态，杀了人，还把一只胳膊装到水桶里，整个过程全部上传到网上，我看的时候真是太震撼了。"

广场舞大妈："我家就有个饮水机，现在都不敢喝水了，老觉得里面有只手，瘆人呼啦的。"

地铁乘客："哎，我×，你眼瞎啊，踩我脚了，怎么，你还敢动手是咋的啊，信不信我把你手砍下来扔到矿泉水桶里！"

放学回家背着书包的中学生："那人真是太酷了，就跟拍电影似的，这是我看过的最好的恐怖片，比《午夜凶铃》和《咒怨》吓人多了，那都是假的，这可是真的啊，警察都弱爆了，上哪儿抓人去。我期待续集，现在才扔了一只手，另一只手啊还有两条腿啊，肯定还得扔，希望他都拍下来给我们看看。"

特案组分析认为，这个凶手的智商非常高，胆子非常大，简直世所罕见。

凶手很聪明，根本不担心警方会删除他上传的视频，因为警方必须要借助网民的力量来寻找下落不明的尸块。警方除了坐等他继续上传视频之外，几乎毫无办法。

特案组办公室里就有个饮水机，包斩将上面的水桶取下来，凝神看了半天，心里有了一个想法。他央求苏眉去服装店买了个塑料模特，又找来工具箱，锯下塑料模特的左手臂，小心翼翼地锯掉四指，大小和视频中的尸块差不多。接下来，他按照视频中的做法，模拟犯罪过程，把水桶拦腰锯断，放入断臂，注满水，粘好水桶。

包斩重新把装有手臂的水桶放在饮水机上，大家都围过来看。

画龙赞道："小包，你有什么发现吗？"

包斩说："凶手费这么大劲，肯定是有目的的，至少不是恶作剧。"

苏眉说："锯掉四指，只保留中指，就是竖中指的意思呗。"

梁教授说："凶手会把水桶放在一个他非常鄙视的地方，竖中指是有着象征意义的。"

包斩说："他放入的是左手臂，接下来应该就是右臂了，我们还会看到抛尸视频。"

画龙说："浑蛋，这还成杀人抛尸的系列剧了。"

苏眉说："说真的，我也开始期待续集了。"

只隔了一天，凶手再次从草柳社区上传了抛尸视频。这次，他采用了远景拍摄，将手机放置在某个地方，镜头正对着一条街道，拍摄时间为早晨，行人稀少，因为雾霾严重，镜头中的人影都是模模糊糊的。画面中，可以看到有个戴着摩托头盔的男人爬上了路边的一棵树，把什么东西绑在了树旁的路灯上。那人从树上下来，绕过镜头，拿起手机，边走边拍摄，随着画面的拉近，终于看清楚了，一只手掌被绑在路灯上。

凶手发布视频的时间是下午，仅仅过了几个小时，无数的网友展开人肉搜寻并有了结果。

这条街很快就被网民找到，挂在路灯上的手掌也被发现，地点在祥城市，位于鲁西南。

第一时间找到手掌的是一名初中女生，她对这条街再熟悉不过了，每天上学放学都要从这里路过。她有个强迫症，就是喜欢数路边的电线杆。她从网上看到抛尸视频中的街道，立即叫来了一个女同学，两人一致认为，这条街非常眼熟。她们沿街寻找，既害怕又兴奋，不时抬头观看路灯，同时用手机邀请了 QQ 群里的几名同学一起来找。此时，夜幕降临，华灯初上，这个寻找尸块的队伍人数有七八名，都是些初中生，他们走过一家 KTV，走过邮电大楼，走到祥城市广播电视局门前的时候，众人停下了脚步，一个个呆若木鸡。附近的一根电线杆的灯光异常古怪，地面上树影婆娑，居然还有个巨大的手掌影子。大家抬头看，一只手掌被绑在路灯上，因为投影的缘故，一只大手的影子印在地上。

凶手胆大包天，竟然把残肢抛弃在闹市的路灯上，一点都不担心被人发现。

恰恰相反，凶手似乎很期待被人发现时所造成的那种震撼性。发现尸块的几名初中生，用手机拍下了新的视频，上传到了网上，这次引发了核爆炸似的网络反应，主流观点认为凶手丧心病狂，极其变态，警方应该尽快将他绳之以法。特案组连夜奔赴祥城市，天亮时赶到祥城市公安局，所有民警都彻夜未眠，眼睛布满血丝。

局长握着梁教授的手说："没想到，这个轰动网络的案子竟然是在我们这里，这个案子压力太大了，我们不得不请求特案组协助啊。特案组名震警界，我仰慕已久，我就是你们特案组的学生，这次，我一定全力以赴，唯特案组马首是瞻，争取早日破案。"

梁教授客套地说："哪里哪里，我们是同行，互相学习，案情已经有了很大的突破啊。"

局长说："我怎么没看出来突破点在哪里。"

包斩说："至少我们知道了案发地点在祥城，还获得了死者的一只手掌，这都是突破。"

画龙说："杀人视频中有两元商店的叫卖声，排查全市所有的两元商店，差不多就能找到杀人现场。"

苏眉说："按照凶手的逻辑，接下来还会抛尸，还会发布视频。"

梁教授说："死者的两只手掌，我们目前只发现了路灯上的这一只，另一只在哪里呢？"

包斩说："另一只在塑料桶里，只是，我们不知道，凶手把装有断手的桶放在了哪里。"

梁教授说："我们必须发动网友的力量来寻找。"

最初的杀人视频，就像滚雪球一样，在网络上形成了雪崩似的震撼效果，接连发布的抛尸视频，使得全体网民持续不断地关注这个事件。网络传播速度之快难以想象，很多记者纷纷来到祥城。

凶手抛尸的地点并不隐蔽，另一只手臂在祥城市某电影院被发现。

电影院有个休息室，这是为等候观影的人群提供临时休息的地方，休息室摆着几排布艺沙发，角落里放着个饮水机。因为有观众在休息室抽烟，影院管理方为了杜绝火灾隐患关闭了休息室,所以这个装有断手的饮水机直到几天后才被人发现。

当时,一名检票员和一名后勤人员闲聊时说起网上的杀人视频。

检票员说:"听说了吗?那案子就是发生在咱们祥城。"

后勤人员说:"这个,我知道,我那天还从那路灯下过了呢,我都没注意灯上有只手。"

检票员说:"这视频好几部呢,那个把手装到饮水机桶里的看了吗?"

后勤人员说:"你这么一说,我想起来,咱们影院休息室里就有个饮水机,要不去看看?"

两名电影院工作人员走进休息室,随后又大喊大叫地跑了出来,手忙脚乱地报警。

特案组立即赶到现场,电影院休息室角落的饮水机上放着个水桶,水桶里有只断手正保持着竖中指的姿势。画龙凑近观看桶里的断手,包斩和苏眉也仔细检查了这个锯开又粘好的塑料桶,确认无误,和视频中的一模一样。

特案组马不停蹄地回到祥城市公安局,召开案情发布会。

梁教授做出了几点工作部署:

一、画龙联合祥城市全体公安干警,以及各机关单位、街道居委会,在全市范围内排查两元商店,并以两元商店为中心,辐射周围住户,找到视频中的凶杀现场。

二、两次抛尸,分别是电影院和街道,都是人流密集的地方,苏眉负责调取附近的监控录像,尽快做出凶手的画像。

三、包斩与法医对目前发现的两个尸块进行检验,搞清楚死者的基本状况。

两次抛尸,周边的监控探头都拍下了凶手的身影,只是,他经过巧妙伪装,戴着头盔,再加上夜色与雾霾的掩护,监控画面中根本看不清楚他的脸。苏眉根据身高体貌特征对凶手做出了大概的侧写,这是个强壮的男人,步伐沉稳有力,走路时从不回头,做事也从不犹豫。他有个习惯性的握拳动作,似乎说明他的内心充满着愤怒和仇恨。

祥城市下辖数个区县，全市范围内排查两元商店找到凶杀现场的难度极大，画龙的工作举步维艰，这个方向看来是条死胡同。

包斩通过对两只断手尸检鉴定，有了一个惊人的发现：左手属于女人，右手属于男人。

第三十四章 四肢归位

梁教授看了一下尸检报告，眉头紧锁，他点燃烟斗，说："难以置信，死者竟然不止一个？"

包斩说："是啊，我们之前认为，凶手抛弃的两个尸块属于同一个死者，也就是视频里被吊死的那个女人，但是现在又多出来一只男人的右手，又该怎么解释？"

苏眉说："凶杀吊死了一个女人，又杀死一个男人，丢弃了这个男人的手。"

包斩说："根据骨龄鉴定，左手属于一名 30 岁以下的女性，右手来自一个老人。"

画龙说："如果继续发布视频的话，那么说明，这个浑蛋还要继续杀人？"

梁教授说："目前不能排除这种可能，案子的性质变得越来越严重。"

特案组四人陷入了沉默，他们以往面对过各种各样变态残忍的凶手，那些人的犯罪动机至少遵循常理，然而这个凶手的种种所为皆不符合正常人的思想。

这个疯子到底想干什么？

杀人没有动机。

抛尸也没有逻辑。

网民认为凶手还会继续杀人，继续抛尸，继续发布视频。特案组保留意见，目前只看到了残肢，并没有发现尸首，不能排除被害人还活着的可能。尽管只有一线生机，特案组要求祥城警方投入更多的警力，加强排查力度，以祥城市每一个两元商店为中心，对周围一公里以内的居民挨家挨户走访，第一犯罪现场肯定就在这个范围内。

排查进行到第三天的时候，民警发现了一名可疑人员。

此人是一名摩的司机，名叫大李，常在车站拉客，他租住的房子紧邻着一家两元商店。

根据邻居反映，大李平时都是白天出去揽活，但是最近却常常半夜出门，邻居们在半夜会听到他的摩托车轰隆隆开过小巷的声音，奇怪的是，大李目前为止已经三天没有出门了。

这个线索引起了特案组的重视，画龙、包斩、苏眉带领一队民警包围了大李的出租屋。

门前停着一辆摩托车，车把上挂着一个头盔，画龙三人上前辨认，这个头盔与杀人视频中的头盔极其相似。并且，站在门前就能够听到旁边两元商店的电喇叭传来的叫卖声。大李的房门紧闭，贴门偷听，里面分明有人。

画龙踹开门，有个身影冲出来就跑，画龙伸脚一绊，那人摔了个狗吃屎。

屋里光线很暗，家具破旧，电视机还开着，椅子上绑着一个裸体女孩。女孩坐在小饭桌前，嘴巴上封着胶带，胶带下面的嘴角还沾着米粒，饭桌上放着两盘菜，青椒肉丝和西红柿炒鸡蛋。诡异的是，女孩的脖子上还吊着一根绳子，绳索系在房梁上。

苏眉揭开女孩嘴上的胶带，女孩吐出嘴里的米饭，嗷嗷大哭起来。

真相很快明了，女孩上高中，在车站搭乘摩的，被司机大李囚禁在出租屋里，百般凌辱，警方破门而入的时候，大李正在给捆绑在椅子上的高中女生喂饭。

经过查证，大李与杀人视频案无关。

然而，有些媒体不负责任，谎报新闻，声称制造杀人视频的真凶已经落网，网络上一片哗然。这段时期，凶手又接连上传了两个抛尸视频，证明自己依然逍遥法外。

凶手在和警察玩"寻宝游戏"，他把肢解后的四肢放置在四个地方，拍成视频发到网上，成千上万的网友也加入到这个游戏之中，也正是依靠他们的力量，视频发布不久，尸块就会被找到。

凶手抛弃的分别是一条左腿，一条右腿。

左腿是光着的，抛弃于一家家电商场，放在一台65英寸大屏幕LED电视机的后面。

右腿穿着靴子，发现地点是一家影视传媒公司，凶手将502胶水涂抹在鞋底，粘在消防通道楼梯的台阶上。一名保洁员打扫卫生，看到穿着靴子的半截小腿直直地站在台阶上，当场吓傻了。影视传媒公司的职员围拢过来，既恐慌又好奇，有人报警，有人拍照摄影，还有人打电话通知记者。

这条小腿就好像是一个人上楼的时候突然断裂开来，人走了，小腿还留在台阶上。

四个残肢陆续被发现，特案组将残肢摆放在会议室的地上，地上似乎躺着一个没有躯体的人。四肢并不完整，长短不一，肤色各异，有的残肢呈现出腊肉的颜色，看上去已经截肢很久了。特案组四人各拿一份检验残肢的报告，交换阅读完毕后，大家点点头，心里已经有了统一意见。

鉴定结果显示，四个残肢分别属于四个人，截肢时间不同，使用的都是专业医疗器械。

凶手杀害了四个人吗？

抛尸地点有个共同之处——都和影视有关。

凶手是在拍摄杀人主题的电影吗？

特案组分析认为，凶手应该是一名影视从业人员，确切的身份很可能是一名导演。他们有了一个大胆的设定，为了验证这个设定，特案组费了一番工夫，重建了犯罪场景。

画龙和包斩买来一些桌椅茶几，按照杀人视频中的场景进行布置，茶几和椅子的高度大小均和杀人视频中的一样。有些细节，例如视频中的电视机，茶几上的酒菜，凶手使用的绳子，这些也全部复制模仿。

包斩将一件白色毛领羽绒服递给苏眉，说："小眉姐，麻烦你扮演下受害人，换上衣服。"

苏眉说："你们不会真的把我吊死吧？"

画龙说："少废话，早看你不顺眼了，今天就送你上西天。"

包斩说："小眉姐，放心，不会出现意外的，你很安全。"

苏眉说："万一出现意外，你们记得在我的墓前献上白菊花，掉几滴眼泪。"

画龙说："还有什么遗言吗？"

苏眉说："可惜，我还没结婚，这么年轻就……"

梁教授也开玩笑说："小眉，你结婚的时候，我来主持婚礼，画龙和小包，你喜欢谁呢？"

苏眉说："讨厌，快点吊死我吧！"

包斩扮演凶手，他戴上一个头盔，把苏眉的手脚绑在椅子上。椅子位于茶几之上，房顶还弄了个挂钩。警方对视频画面进行过分析，认定凶手拍摄所采用的是一部苹果5S手机。梁教授测试了距离，将一部同样的手机放置在后面，拍摄整个过程。

电视机播放着《新闻联播》，苏眉被绑在茶几上的椅子上。

包斩一点点地向后抽拉茶几，苏眉的嘴巴被堵着，面露惊慌，她的脖子上系着一根绳子，吊在房顶。茶几移动时发出刺耳的声音，苏眉所坐的椅子只剩下一条腿还在茶几上，包斩深呼吸，猛地一拉，随着众人的叫喊，坐在椅子上的苏眉悬空，系在脖颈上的绳子瞬间勒紧……

特案组决定召开新闻发布会，会议之前，特案组有过一场争论。

梁教授说："我有个请求，我想以个人名义来召开这场会议，将我们的推理结论公之于众。"

画龙说："不，老爷子，这次我可不答应你。"

包斩说："我们特案组是一个团队，有什么风险我们共同面对，共同承担，荣辱与共。"

新闻发布会上记者云集，会议很短，只有10分钟，特案组发布了一条匪夷所思的消息：凶手将在明天下午两点之前来到祥城市公安局投案自首！

这个消息令人震惊，记者们无法理解特案组为何如此自信，凭什么认为凶手会自首，还准确地预测出了凶手自首的时间。

一个记者向梁教授提问："你是神仙啊，你怎么知道凶手会在明天自首？"

梁教授回答："我们特案组已经掌握了突破性的线索，知道了凶手的身份。约定时间，其实是给凶手一个自首的机会。明天，两点之前，你们记者等在公安局门口就知道答案了。"

媒体纷纷发布了这条消息，网络沸腾了，每个人都在期待着凶手的出现。

第二天，公安局门口聚集着众多记者，甚至还有外国媒体到来，各种"长枪短炮"架设在公安局大院门口，记者们凭借敏锐的职业目光打量着每一个走进或试图走进公安局的人，希望第一时间捕捉拍摄到凶手的身影。

公安局门前的街道上车水马龙，凶手可能从出租车上下来，也可能步行，或者骑着一辆旧摩托车而来。

记者们对凶手前来投案自首并不抱太大的希望，他们想的是，如果凶手没有来，那么羞辱和讽刺一下特案组也是个不错的新闻话题。

梁教授预测凶手会在下午两点前来自首，眼看着时间就要到了，众人焦急地等待着，时间一分一秒地过去。从未有哪个凶手受到过这样的关注，这样的礼遇。凶手在网络上凝聚起了一些粉丝，那些崇拜者也聚集在大院门口，他们举着标语，拿着鲜花，也在等待着凶手出现。

一个粉丝说:"我是他的影迷,我想看看他究竟长什么样。"
另一个粉丝说:"他一出现,我就尖叫,可是,他马上要被警察叔叔抓走了。"

鼓楼上的整点钟声敲响,两点了,凶手没有来。

第三十五章 戏如人生

　　一阵大风吹过来，尘土飞扬，草叶和垃圾袋卷上空中，众人纷纷侧头，防止风沙迷眼。

　　逆风的方向，出现了两个人，一男一女，迎着风，携手同行。

　　男的穿着件皮夹克，戴着头盔，女人身穿一件白色毛领羽绒服，在场记者纷纷拍照，围拢过来举着话筒提问，他们保持沉默，拨开众人，径直走进了公安局。

　　特案组四人站在接待大厅里，他们已经等很久了。

　　穿皮夹克的男人说："我就是拍摄上传杀人视频的那个人。"

　　穿羽绒服的女人说："我是被吊死的那个女人。"

　　第一部杀人视频中的那个女人并没有死，她还活着。

　　特案组找不到案发现场，所以他们重建了一模一样的现场，通过犯罪模拟，特案组早已知道，杀人只是"凶手"和"受害者"导演的一场戏。

　　过程如下：

那女人首先脱掉上衣，用绳索在两肋之下捆绑好，预留下一个打结的绳套，然后穿上毛衣和羽绒服，坐在椅子上。男人将她捆绑，开始录制网友看到的那段视频。男人在女人脖子上缠绕的是"假绳"，这根绳子很短，刚好绕脖子一圈，并没有连接到上吊的那根绳子，只是起到迷惑别人的作用，承载力量的那根绳子连接的其实是隐藏在女人腋下的绳套。毕竟，一个人，腋下绑着一圈绳子被吊在空中是不会死掉的。

这是一种简单的魔术手法，电影里也很常见。

为了把这场假吊死的戏演得逼真一些，她的表情是那么恐怖，挣扎得是那么剧烈，所说的台词也是提前背熟的，这一切都是他们所演的戏。

他们并不是陌生人，而是一对恋人。

男人叫何一争，是个导演，女的叫沈茶，他们毕业于北京的一所电影学院。

大一的时候，何一争就是学校里的才子，才华横溢，自编自导自演了几出话剧，在学校的小礼堂演出的时候几乎场场爆满，掌声如潮。他们相识的那天，云淡风轻，鸟语花香。何一争创作了一个三幕的舞台剧，寻找女主角来和他演对手戏，他扮演丈夫，需要一个妻子的角色。很多表演系的女同学前来面试，沈茶当时穿着一件洗得发白的背带牛仔裤、帆布鞋、棉布T恤，露着白白的手臂，扎着双马尾，抱着几本书，徘徊在小礼堂外面的走廊里。

她是陪朋友前来应聘角色的，何一争偶然看到她，觉得她的形象非常符合剧中人物形象。

何一争说："这位同学，我请求你担任女主角，来演我的妻子。"

沈茶有些受宠若惊，不知道说什么好，朋友轻轻地推了她一下，示意她赶快应允。

何一争说："你不回答就是同意了，走吧，我们去排练一下，从现在开始，我就是你老公，你是我妻子，我们要融入这个角色，要入戏。你先叫我一声老公试试。"

沈茶扭扭捏捏低着头说："我不……"

他们扮演过多次夫妻，从学校的舞台到人生的舞台。

他是主角，她是配角。

当时的很多剧照和相片都保存了下来，存放在一本厚厚的影集里，随手翻看，往事如碧空般晴朗。舞台上的台词是他们共同创作而成，有时，他们也会争吵，比如关于爱情的观点。

他说："爱情，来时如蝴蝶，去时如飞雪。"

她说："爱情，来时如飞蛾，去时如烟火。"

他说："我能等待，玫瑰不能，就要谢了，在我送花的手中。"

她说："我能等待，玫瑰也能，就算谢了，在我送花的手中。"

对于剧本的争吵、台词的修改，最终的结果就是她妥协和迁就。尽管她扮演的是主角，其实更像是配角，她认为，妻子这个角色是应该默默付出委曲求全的。

毕业之后，北京、上海、广州，何一争不断地变换工作地点，沈茶不离不弃跟随着他。

他们一起进入了一个广告传媒公司，我们在电视上有时会看到何一争拍摄的化妆品广告，模特靓丽，肌肤水嫩。何一争最喜欢拍的是政府的形象工程广告片，政府出手大方，很少讨价还价，只是有时会提出一些变态的要求。例如，制作费用十几万，但是发票开成上百万；例如，让演员陪领导喝酒等。

有个领导给何一争留下了深刻的印象。

广告片拍摄完毕，领导负责审核，他坐在沙发上，很深沉的样子，吐出一口烟，盯着广告中的一个画面，缓缓说道："这朵花，能不能开得更主旋律一些？"

领导摊开手，伸掌，做了个花朵开放的手势。

何一争连声说好，表示会修改一下，保证达到领导的要求。

最终，何一争采取了仰拍的角度，他跪在地上，举着摄像机，让那朵花儿高高在上，雾霾的天空被处理成蓝天白云，还配上了高亢嘹亮的主旋律歌曲，终于通过审核。

何一争并不愿意说自己是导演，他想拍的是电影，而不是广告片。

他想拍，乡间土路，一场大雨过后，车辙里清亮的水，向前游动的黑色蝌蚪。

他想拍，一个四世同堂的家庭，每个家庭成员的一生。

他想拍，一个女人，她有个孩子，1989年死于车祸，肇事车辆是一重型履带车，司机逃逸，至今没有落网。

终于有一天，他下了决心，辞了工作，成为一名独立电影人，开始筹拍一部电影。

从购买小说版权，到修改剧本，影视立项，历经了千辛万苦。在筹集资金阶段，他不断地去电影节散发剧本，游说各种老板投资，那段时期，他见识了全中国最能吹牛的人，影视圈鱼龙混杂，不过，吹牛是影视圈从业人员的基本技能。尽管他吹得天花乱坠，但是对方更能吹……总之，没有人愿意投资在一个没有作品的新导演身上。

一部电影，投资少则几百万，多则几千万，甚至过亿。

他做出了一个破釜沉舟不能回头的决定，自己出资拍摄电影。

沈茶一直无怨无悔地爱着何一争，全力支持他的事业。沈茶说服父母，把自己家的房子抵押贷款100万元，当作启动资金。何一争给手机里的每一个人打电话借钱，为了解决资金问题，他放弃了尊严，没有底线，没有节操，一切只是为了筹钱。

何一争说："老婆，我们没有退路了，如果搞砸了，我们的房子还有爸妈的房子都没了。"

沈茶说："我跟着你，住哪儿都行，大不了我们租房子。"

电影终于杀青，接下来的后期制作同样需要大笔的钱。何一争将各种关系深挖了一遍，谎称自己得了绝症，向亲戚、朋友、影视业大佬再次借钱，信用卡透支，民间高利贷，甚至向演员、剧组工作人员借钱，除了沈茶之外，所有人都讨厌他。

　　影视是个无底洞，钱依然不够，后期制作完毕，为了筹集宣传和发行的费用，何一争做了个错误的决定——未经审批去海外电影节参展。

　　他原本想吸引海外的资金，结果该片遭到了封杀禁播！

　　晴天霹雳，山崩地裂，无数巨石从天而降，压得他们永世不能翻身。

　　几百万上千万的投资一夜之间变成了零，并且，没有人为他们的损失负责。

　　何一争和沈茶只是尘埃里的两只蚂蚁，他们为了拍摄电影倾家荡产。

　　为了躲债，沈茶跟随何一争回到了老家，那是个破败的平房，也就是杀人视频中的地点。

　　何一争大病一场，卧床不起，沈茶最先振作起来，给他喂饭洗衣，对他精心照料。

　　何一争看着房顶的挂钩，产生了轻生的念头，他说："我真不想活了。"

　　沈茶说："那我跟你一起死。"

　　深陷绝境往往会迸发出绝妙的艺术灵感，他最初是想把自己的自杀过程拍摄下来，发布到网上。一个才华横溢的导演走投无路最终吊死在破败的屋子里，观众看了应该会感到震撼。在这个想法的基础上，他有了一个大胆的构思，拍摄一部禁片，一系列"杀人抛尸"的视频。

　　当然，杀人是假的，抛弃的残肢也是他从医院里通过贿赂买来的病人截掉的肢体。

　　何一争和沈茶为自己的这个想法感到兴奋，他们构思了剧本，准备了一些工具。他放弃了专业的拍摄手法，将一部普普通通的手机作为摄像机，拍了五部视频，或者说，是电影。

　　第一部，杀人，他把沈茶吊死在了老屋里。

　　第二部，他把沈茶的断手放进了矿泉水桶，把水桶放置在电影院休息室的饮水机上。

第三部，另一只断手被绑在路灯上，灯亮起，巨大的手掌的影子投射在地面上。

第四部，左腿扔到了商场的一个大屏幕电视机后面。

第五部，沈茶的右腿用胶水粘在了一个影视公司的台阶上。

上吊是魔术手法，他并没有吊死她，视频里出现的残肢也是医院里病人的截肢。这一系列视频在网络上引发了巨大的反响，成千上万的网友也参与到这场搜索中，也正是依靠网民的力量，视频发布不久，尸块就被找到了。

这部电影的主题是恐怖吗？

也许是吧！

特案组通过对残肢的鉴定，了解到这是医院里被专用器械截取的肢体，他们因此得知凶手抛弃的肢体并不属于杀人视频中的死者。随后的犯罪模拟，证实了凶手并没有杀人，而是制造了杀人的假象。四个抛尸地点都和影视有关，特案组推理分析拍摄视频者的身份很可能是一名影视从业人员，调查一下近年来禁播的影片，从名单中很可能就会找到犯罪嫌疑人。

特案组知道凶手并没有杀人，拍摄视频的动机也许仅仅是为了出名，为了吸引观众。

特案组通过媒体发布了凶手会自首的消息，这样做是为了给他一个减轻刑罚的机会。

电影总有个结局，何一争和沈茶选择自首就是最好的结局，也是唯一的结局。

尽管何一争没有杀人，但是也触犯了"盗窃、侮辱尸体罪"以及"编造、故意传播虚假恐怖信息罪"，社会影响恶劣，数罪并罚，估计也要在监狱里待上几年，投案自首争取宽大处理是最明智的选择。

苏眉说："网络上有很多律师组成了强大的律师团，愿意无偿为你们进行无罪辩护。"

画龙说:"这对你们来说,也许是个好消息,你们现在出名了,目的达到了。"

包斩说:"你们拍摄的那部电影,我还真挺感兴趣的,如果在电影院放映,我会买票去看。"

梁教授说:"你们两个年轻人,以后的路还长着呢,你们有什么想说的吗?"

何一争说:"唉,这么多年,你受委屈了,受累了。"

沈茶说:"别说进监狱,就是下地狱,我也跟你去,不会离开你。"

何一争说:"尽管这个地方,这个时间,说出这句话不太合适……你愿意嫁给我吗?"

沈茶说:"我愿意。"

(全文完)

附 录

柳营

第一章 伊木

男厕所和女厕所间的墙是不可逾越的。尽管它肮脏，溅有不堪入目的屎和尿，有人还写上关于生殖器的谜语，但那是道德的墙，法律的墙。

朗朗乾坤，蝴蝶和苍蝇却从墙上飞过了。伊木不是蝴蝶，更不是苍蝇，可他每天都得出入女厕所。这是一种悲哀，伊木是个男人。

伊木淘粪。弯着腰，脏头发湿得打缕，他气喘如牛，臭汗熏天。没有一个女人肯嫁给他，原因很简单——他是个哑巴。

伊木是哑巴，所以他淘粪，这合情合理。厕所是伊木工作的地方，每天午夜，他准时出发，像幽灵一样拉着粪车走街串巷，山东省嘉祥县县城公共厕所里的大小便在等着他。

伊木很丑，能吓死最美的女人。

白天他不敢出来，因为肯定有人会唾他，假如他恼怒他便得挨揍。

伊木低着头，拉着粪车一步一步地走。他的眼球凸出，时时闪过一丝慌乱，他皱着的眉从生下来就未舒展过，这使整个脸都带着苦笑，牙齿是两排稀疏扭曲的"黄豆瓣"，蓬乱的头发遮盖住的耳朵像是洞穴，里面住着野兽。自卑使伊木习惯了低头，于是他又驼背了。

有时他也看看苍天，空中没有鸟的影子。

伊木做环卫工人已经20多年了，他将生命系与这奇丑的无比肮脏的粪池，足下翻滚着蛆的群体。伊木身上穿的工作服是屎的颜色，他的胸腔呼吸着浊臭，当双手伸向堵塞住下水口的大便纸和卫生巾时，沉默赋予这个动作以庄重的色彩，并且有很多苍蝇围着他起舞。

这个县城要在清晨恢复喧嚣，伊木要在天亮之前装满粪车。

有一次，在一个公厕，已是黎明，伊木看到一个女人在拉稀，女人看到伊木便发出尖叫。伊木把屎装进粪桶倒在门外的粪车里。他进进出出，毫不理会那光屁股的女人。

假如这时有火把照亮他体内的死胡同，便会看到尽头是一颗被生锈的锁链捆绑着的心，它囚禁在胸腔里，日日夜夜不自由地跳动，跳动得越厉害被勒得就越紧。

伊木因为耍流氓被送进了派出所，被拘留15天后他失去了淘粪的工作，在拘留所，有个好心的犯人对他说——你去柳营吧！

第二章　瞎妮

瞎妮出生在沂蒙山的一片高粱地里，瞎妮的娘扯断脐带疼得昏了过去，再也没有醒来。第二天有路人听到瞎妮微弱的哭声，瞎妮和她娘的尸体被一头毛驴拉着的平板车运回了家。

瞎妮的爹是个脾气暴躁的酒鬼。瞎妮的哥哥喂了一头母山羊。羊奶使瞎妮没有夭折。在她生命里最早认识的一个物体就是乳房，从此瞎妮对圆有了模糊的概念。后来，哥哥对她说月亮是圆的，太阳也是圆的，这个从生下来就失明的女人开始对这个世界感到茫然。

瞎妮的世界很小，就是一个院子，从小就习惯了劈柴、喂羊、洗衣、烧炕的生活。她睡在炕前的热土灰里，一年四季春夏秋冬她都知道。

红花和绿草在瞎妮眼中都是黑色的。

一切颜色在冥冥之中就注定了，一切颜色在瞎妮出生时却改变了。五彩绚烂，只剩下黑色，无边无际。瞎妮向黑暗伸出双手，小心翼翼如履薄冰，这里有把椅子，那里有张桌子，她需要避开并且记住它们的位置，她希望它们永远不动不要改变。

瞎妮碰碎过许多碗和暖壶，她爹总在这时暴跳如雷把她打骂一顿，不给她饭吃。

有时，瞎妮诅咒她爹快点死。

果然，哥哥结婚那天，父亲醉死在门外的一棵白桦树下。嫂子很凶，过门后，就给了瞎妮一把稻草让她住进了羊圈。瞎妮很快习惯了羊膻味，习惯了寒冷与闷热。嫂子却越来越讨厌她，常常无缘无故地打她，哥哥也不管。瞎妮想到了死，不止一次喝过农药。她知道敌敌畏、乐果、除草剂的味道。

有一次，哥哥把洗衣粉灌进她肚里让她呕吐。邻家香姑问瞎妮，小瞎妮为啥想不开啊？瞎妮捂着肚子打着滚说，没吃的没住的，也没穿的。

香姑对嫂子说，给这小人儿好歹找个男人过日子吧！

嫂子便托媒婆给瞎妮张罗对像。媒婆的脚步声让瞎妮紧张而又感到幸福。她蹲在窗外听到媒婆说，十里八村都跑遍了，就有个老光棍说明天来相亲。这天晚上，瞎妮失眠了，躺在羊圈里的草垫子上辗转反侧。

第二天，老光棍来了，瞎妮站在院里的一棵臭椿树下，低着头，用手绞着衣角。她胸部干瘪，臀部平平，她的辫子焦黄，脖子很脏。那一刻她是羞涩的，也是世间最美丽的。然而老光棍一见到瞎妮就嚷嚷起来，明明说好的是个小寡妇，咋是个瞎子。媒婆赶紧劝道，既然来了就过去说说话，人家才18岁，好歹也是个黄花闺女。老光棍连连摆手说，不中不中，扭头走了。嫂子追出门脱下一只鞋恶狠狠地砸向老光棍，骂道，老龟孙，也不看看你的熊样。瞎妮咯咯笑了，笑着笑着捂着脸又哭了。

三祭灶四扫屋五蒸馍馍六杀猪七赶集八过油九包饺子十磕头，流星划过天际，转眼快过年了。

腊月二十九包饺子那天，媒婆又领来了一个人。瞎妮后来知道他是人贩子。人贩子围着瞎妮转了两圈，捏捏瞎妮的肩，又拍拍背。他对嫂子说，腚式小，生娃娃难，能不能生还说不准。嫂子说能生，绝对能生。人贩子便问瞎妮，来过月经不？瞎妮茫然。人贩子无奈地摊了摊双手。嫂子使劲拧了瞎妮一下，她掏出50块钱对人贩子说，这废物能卖就卖，卖不出去你帮着给扔得远远的。哥哥正在铡干草，他叹口气说，我妹，可怜，麻烦给找个好买主吧！

坐火车瞎妮感到很新鲜，她的脚不动，可她已离开了家。

她问去哪儿？

人贩子说，山西，那地方穷，买媳妇的多。

路过山东嘉祥，停车5分钟，人贩子说下车买几个包子。

瞎妮说俺跟着你。

下了车，人贩子一边走一边嘟囔，我要是想玩哩个儿楞，我现在撒丫子就跑，你追得上吗？买主其实早联系好了，有好几个呢，有个神经病，有个歪脖，有个劳改犯——你挑哪个？

瞎妮咬着嘴唇不说话，紧紧拽着人贩子的衣角。

30个包子。

人贩子掏出瞎妮嫂子给的那50块钱，递给站台上的一个小贩。

小贩瞪了瞪那钱说，你给俺换一张，这张不行。

人贩子说咋啦？

小贩说假的。

人贩子和小贩争执不下而发生口角，最后大打出手。小贩抄起个火铲子把人贩子的头打破了，人贩子骂一声奶奶个熊，顺手将一锅沸水泼在了小贩脸上，小贩杀猪般号叫，倒在了地上。

人贩子被扭送去了派出所。

瞎妮挤在围观的人群里，就好像此事与她无关。一个娘们说，这家伙得判刑，没三年五年出不来，故意伤害罪，大过年的，看把人烫得。

人群散尽，火车早已开走，瞎妮扶着电线杆感到惊慌失措，过了一会儿，她蹲在地上捂着脸呜呜地哭起来，冷风吹着她的辫子。

她哭，并不是因为脆弱，而是不知道应该去哪里。

下雪了，瞎妮一屁股坐在了几片雪花上。瞎妮睁大了眼睛，她看不见这白茫茫的世界，她抱着膝盖浑身哆嗦，不知道应该站在原地等候，还是应该去哪儿，心里只是感到无比绝望。那是个大年夜，只有雪能让她吃，只有西北风能让她喝。当午夜的钟声和一阵阵鞭炮声传来，瞎妮抬起脸，牙齿打战，她自言自语："呀……过年了！"

第二天，有个扫雪的老头发现了快要冻僵的瞎妮。他踢踢瞎妮的脚说，闺女，去柳营吧！

第三章　土地

很久以前，山东省嘉祥县的农民就有一个愿望，想在土地上种出小麦来。他们一次次播种，又一次次失望。麦子就像野草。长不到抽穗就枯黄了。荒地还是荒地，种下的东西颗粒无收。土质严重碱化使这个县城的农民几百年来都生活在贫困中。

新中国成立后，县委班子先后采取了"深耕地，浅种农""贡献一斗粪"等措施改良土质，然而旱涝无情，加上四害猖獗，太阳出来了，地上依旧白花花一片。

人们绝望了，甚至连县长也绝望了。

1972年，周举治任嘉祥县长，他上任后大力种植果树。苹果、梨、桃、山楂、杏、核桃，主要种的是苹果。到1978年，嘉祥县已有果园千亩。

苹果花开谢，到1980年，嘉祥县成为全国23个水果基地之一。

百货大楼前人流穿梭，一条寂静的林荫路边有家羊汤馆，写着"倒垃圾没爹"的墙下堆满垃圾，苍蝇飞舞，小巷的路灯装点着县城的夜色。清晨，机动三轮车突突突地开向水果批发市场。迅速发展的商业带动各种副业，一些运输车队、罐头厂、柳编厂随之出现。县城最大的两个柳编厂是南关柳编厂和柳营的残疾人柳编厂。

第四章　柳营

　　柳营距县城八里，是个小村子。靠近公路有个大院子，这院子很孤独，仿佛与世隔绝。然而对某些生活在阴暗角落里的残疾人来说——这里是一个天堂！

　　如果不下雨，院里会有八个瞎子坐在马扎上编筐，编得最快的那个是瞎妮。她动作熟练，像在玩弄自己的手指。伊木和三个哑巴在村前河堤的树上，手里都拿着砍刀，他们把柳枝砍下，然后像骡子一样背回来。另外三个哑巴留在院里修枝剪叶干一些杂活。有四个瘸子和两个瘫子的工作是把修剪好的柳枝浸水然后烟熏，还有一个侏儒不停地添水加柴，他同时也负责做饭。

　　院里有两排房子。一排是平房，一排是瓦房。

　　如果下雨，院里会空无一人。靠近铁栅门的那间平房，门朝北，窗向南。门是由破木板拼凑的，一把铁钩子就是锁。房间里有把摇椅，靠床的墙上还糊着"文革"时期的报纸，两个破沙发露着棉絮，沙发前放着一张油腻腻的茶几。

　　窗外，荒芜的地被雨淋着，田鼠躲在蒲公英叶下避雨，公路上有拖拉机驶过。

　　另外几间平房堆满了杂物。瞎妮单独住在其中的一间，那时，她是柳编厂唯一的女人。蜘蛛从房顶上垂下来，一直垂到她的纺车上。瞎妮什么都会，别人给她点棉花，她就纺线。工作之外，闲暇的时候便纳鞋底。除了那两个没有脚的瘫子，柳编厂的工人包括老板柳青都穿着瞎妮做的布鞋。

　　平房和院墙形成的一个夹角，就是厕所。几块砖堆起几个支点，香烟盒扔得到处都是。平房对面是四间大瓦房，三间是仓库，摆满了筐，老鼠在里面吱吱地叫，生了一窝又一窝。剩下的一间是宿舍，门窗朽坏，雨声哗哗，房间里的空气潮湿压抑，地面痰迹斑斑，十几张有上下铺的铁床靠墙放着，粗布被子像腐烂的尸体一样发出一阵阵闷臭。一个穿补丁裤子的哑巴站在房子中间唱歌，他用鼻子哼哼，直到唱完，有个戴毡帽的瞎子拉着二胡给他伴奏。一个侏儒，坐在三条腿的小板凳上捧着大脑袋沉思，他的头像个冬瓜，别人便叫他冬瓜，瞎妮则叫他大头。几个瞎子坐在桌前听收音机，两个哑巴打着手势交谈，一个说这雨可能要下到明天中午，另一个说最好下到晚上。墙角，一个瘸子和一个瘫子盘腿坐在下铺喝酒吃肉。瘸子叫小拉，是个回民。那个瘫子叫家起，他找了块木板，安上四个轮子，他坐在上面，用手划着，好像周围是海。他来到柳营时饿得都划不动了，柳青给他两个馒头，他吃完后噎得直瞪眼，好久，打了一个很响的嗝。

其余的人在睡觉，伊木鼾声如雷。

第五章　柳青

门前有两棵树，一棵是柳树，另外一棵是榆树。

有一天，柳青从门里出来把榆树砍了，做成摇椅，在窗下让身体摇晃起来。他似乎很累，常常望着窗外沉思，后来天黑了，他什么也没看到。

那棵柳树，有风吹过，千古绝唱！

1980年，一个算命瞎子路过此地。他拍着树干问柳青，这是棵柳树是不？

柳青说，嗯。

树高两丈八是不？

柳青说，嗯，差不多。

那正南方有个水坑？

柳青说，有个池塘。

瞎子又问，西南方土墙根下有块碑？

柳青说是，上面写着"泰山石敢当"。

瞎子点点头，喃喃自语说，和我梦见的一样。

这棵树是柳青种的。

树上挂着个破邮箱，没有信来，久了，成了小鸟的窝。

柳青的父母早亡，是三年困难时期吃观音土撑死的。那时柳青还是个孩子，他折了根柳枝，把树叶吃光，把树枝插在门前的公路壕里，撒完一泡尿，然后就逃荒讨饭去了。在他走后，那根柳枝竟然生根发芽长成了参天大树。

柳青在外漂泊流浪了很多年，他领回来一个四川女人。那女人头发又粗又脏，且带有骚味。她会编筐，她生下一个女孩后就去世了。

柳青给女儿取名柳叶。

柳青挨过饿，受过苦，这使他坚强，能忍耐，遇见困难即使低头也挺起胸膛。他胸有城府，笑的时候也皱着眉。柳青目光敏锐，自从他的手工作坊收留了第一个快饿死的算命瞎子后，他就看到了社会最底层有些人在闪闪发光，那些人在别人眼中是些废物，那也是世界上最廉价的劳动力，给他们一口饭吃，他们就会拼命干活，这使柳青成为这个县城里最早的万元户，并且在残疾人的心中有着救世主一样的光环。

这最初的手工作坊，几十年后发展成了鲁西南的一家大型企业。

工人全部是残疾人！

第六章 结合

伊木和瞎妮都是苦命的人。

柳编厂的院里有口井，青石镶着一圈黑暗，上方吊着木桶，旁边有个石槽，常有小鸟飞来喝水，继而飞去。伊木曾把它高高举起，然后放下，向周围的人伸出两个手指，别人便知道石槽重200斤。

石槽里每天都泡着一堆脏衣服，瞎妮熟悉石槽的每一个棱角。她天天洗衣洗到深夜，无所谓黑暗，她只是喜欢帮助别人。

伊木常常捧着个氤氲升腾着热气的茶杯，出神地望着窗外。

瞎妮对生活不敢有任何奢望，帮别人洗洗衣服，听听鸟叫，就已经足够。

她第一次听到柳叶咯咯的笑声的时候便呆住了，原来世上竟有如此美妙的声音。柳青说，你抱抱小叶子吧。瞎妮赶紧摇着头摆着手说，大哥，俺丑，吓着她。柳青说没事，把叶子放在了她怀里。当一个柔软的小身体紧贴在瞎妮胸脯上的时候，她呼吸困难，一阵阵幸福的战栗传过全身，这是只有母亲才能体会到的感觉。

瞎妮觉得她这辈子不可能有个孩子，因为没人肯娶她。她生活在羊圈里的时候，有过一个布娃娃，用破布和稻草做成的，她为此绣了很多星星和小花。

女人喜爱孩子，就像春天喜爱小草。

瞎妮从未想过结婚，但是爱情突然来临。

那天晚上，瞎妮洗完衣服，换上一池清水，月光照着，她坐在马扎上哼着歌谣，叶子的几块尿布很快洗干净了。瞎妮闻闻，觉得不满意，又洗一遍。

瞎妮踮着脚把衣服和尿布晾在院里的时候，伊木悄悄走近，瞎妮来不及转身就被拥抱，她惊呼一声，立即掐伊木的胳膊。伊木气喘吁吁，力大无穷。瞎妮的腰带挣断了，那是一根草绳。她叫喊着，声音却渐渐变成央求。伊木的右手揉着瞎妮左边的乳房，瞎妮感到一阵阵晕眩，身子发软手仍旧紧紧拽着裤子，过了一会儿，她就哭了。伊木把她抱起来，抱进了柴房里。当一个卑微的灵魂产生对另一个卑微的灵魂的爱慕，惊慌，充满幻想，惊慌好比干柴，幻想化作烈火，一切光明温暖随之出现，天地随之旋转。

柳青在第二天用棍子将伊木教训了一顿，他是厂长，他是收留他们的人。棍子打在伊木头啷啷地响，瞎妮哆嗦着身子扑通跪下了，说，别揍他，俺没想叫你揍他。柳青扔了棍子问伊木，你愿意娶她不？伊木捂着头，他看看瞎妮，咧嘴一笑说，啊啊啊。柳青又问瞎妮，那你愿意嫁给他不？瞎妮捂着脸，点点头。

两瓣蒜拼成了一颗心，两根葱摆成了十字架。

伊木和瞎妮结婚了。他们选了个好日子，好日子就是阴天下雨的日子，不用干活。

1982年6月19日，星期六，大雨。

那天瞎妮早早地洗了脸，洗了头发，用一根火柴把指甲缝里的脏泥挖掉，然后瞎妮开始编辫子，不知不觉，她的脸红了。瞎妮摸摸脸说："真热啊！"

伊木也是一夜未睡。他用一根手指就把所有的人弄醒。冬瓜揉揉眼，说："你得买几只鸡，再打点酒，结婚都得这样。"伊木一拍脑门，顶风冒雨去了县城北关的菜市场。

瞎妮焕然一新。脸上抹了雪花膏，腰上系了新的草绳。冬瓜敲门进来说："走，去找你男人。"堂屋里热闹非凡，所有人都在期待新娘子的出现。冬瓜笑嘻嘻地把瞎妮领到小拉面前问："这是你男人不？"瞎妮摸摸小拉的头说："不是。"冬瓜又把瞎妮领到家起面前问："那这个呢？"瞎妮摸摸家起的胳膊说："这个也不是。"

瞎妮摸遍了所有的人没有找到伊木。冬瓜说："你男人走了，不要你了。"瞎妮说："别闹。"伊木这时回来了，左手提着鸡，右手提着酒，腋下夹着几个长缨子的大萝卜。他站在门口，浑身滴着水。

冬瓜把瞎妮领到伊木面前问："这是你男人不？"瞎妮低着头，不说话，她听见了那熟悉的喘息声。冬瓜欢呼一声，别的人跟着起哄，一个哑巴接过伊木手中的酒菜，一个瞎子挠挠头发，几片碎纸掉下来。

第七章　勾引

有天清晨，来了两个人。

其中的女人长得漂亮，她的一只袖子空空如也，头发烫过，被风吹得凌乱，她叫陶婉。她哥哥手里提着帆布包，眼睛里布满血丝。

聋子？柳青问这兄妹俩。

男人摇摇头。

哑巴？

男人说不是。

一阵风吹过,他撩起裤脚,柳青看到半截木头做的假肢,后来那假肢长出了木耳。

柳青说进来吧!

门开了,悲剧从此开始。

那个男人是个戏子,他和妹妹以前都是在县剧团唱山东梆子的,一场大火使他俩成了残疾人。戏子有文化,有羊痫风,每个月都要来那么一回。他来到柳编厂后就修复井栏,到夏天,井栏上爬满了牵牛花。他在院墙下种菜,他妹妹陶婉养了几只鸡,高兴的时候杀一只。

抹布有多脏,生活就有多乱。

戏子向柳青建议每个人都必须洗澡刷牙。他和冬瓜搭建了简陋的浴室,和伊木重建了厕所,用三合板将男女分开,用砖和水泥砌成一排"凹"字。窗台上有几个坛子,他盛了水,腌了鸡蛋。

当他做完这些事后,他就成了柳编厂的主管,他妹妹陶婉成了会计。

陶婉是个独臂女人,她站在门外第一次看见柳青,柳青正抽着烟斗,她看见一个烟雾缭绕不是很清晰的面孔,那正是她寻找了多年的男人。从那天开始,一个声音便在脑子里回荡,起初那声音很弱,却一步一步质问着走过来:嫁给他。闪电划过夜空,这念头始终带有香味,在黑夜里静静地昙花一现,久久不肯凋落。

陶婉帮柳青收拾房间的时候,在箱底找到一张女人的照片,就问:"这是谁呀?"柳青说:"是我媳妇,死了,你长得有点像她。"到晚上,陶婉在她的小屋里躺下,她并不困。瞎妮摸索着进来,把叶子的尿布放在她床头上,她不仅是会计,还刻意扮演了后妈的角色。"睡了没?"瞎妮问。陶婉低吼一声:"滚熊。"然后望着灯泡胡思乱想。第二天,她给叶子换尿布时故意把叶子拧得哇哇大哭,然后再唱两句戏,把叶子哄得咯咯笑。当晚,月光很美,一个女人光着脚丫,用食指轻轻推开柳青的门,她在黑暗里紧张了一会儿,就窸窸窣窣脱了衣服,掀开被子钻了进去。柳青一直没睡,他本以为这是一个梦,他的声音在拒绝,他的手在犹豫,他的心已经答应了。

过了两个月，陶婉从厕所出来，把一团干净的卫生纸扔到柳青和戏子面前。我怀孕了，她愤愤地说。戏子说这是怎么回事，他看看柳青的脸，柳青的脸立刻变成了松花蛋。戏子对柳青悄声说，我妹妹就这样。柳青拍了拍戏子的肩："我是男人，得敢作敢当。"

第八章　战争

一个筐卖一块钱，南关柳编厂却悄悄降到了8毛，这无疑给了柳青两拳。柳青得知这消息后一夜未睡，早晨起来眼眶发黑。他皱着眉在房间里走来走去，戏子和陶婉进来，柳青立刻对戏子说："耳刮子就要扇到咱脸上了，咋办？"戏子说："南关？"柳青说："他降到8毛，咱降到6毛。"戏子说："那大伙的工钱可就少了。"柳青说："咱的筐卖不出去一分钱都挣不到。"

傍晚，柳青宣布了降低工资的事，他问大伙有什么意见。瞎妮摸着腿说："降就降吧，没事没事。"家起说："有口饭吃就行。"冬瓜嗤之以鼻，他旁边有个哑巴挥挥手，意思是：屁大的事。

苹果快熟的时候，枯枝败叶落了一地，一群人从南关走来了，手里都拿着武器，有菜刀、棍子，有铁叉、木锨，有镐有斧，还有大榔头。他们怒气冲冲，从南关柳编厂一路嚷嚷着来到柳营。柳青打开铁栅门，递过去一支烟。但是这些人简直就要怒发冲冠了，虽然都没有戴帽子。为首的一个光头叫老改，他指着柳青的鼻子：「降到6毛，我看你是欠揍。"自从柳青降价后，去南关订筐的越来越少，终于一个也没有了。柳青没有说话，他身后站着一群残疾人。伊木吐口唾沫，右脚在地上画了个圈，另外一个哑巴竖起了中指。老改说："6毛不行，连工钱都不够，咱商量商量，把价格扯平，定稳，8毛怎么样，都卖8毛？"

柳青说："不。"

老改也说了一个字："砸！"

双方的械斗场面惨不忍睹，柳营柳编厂寡不敌众，很快，柳青的肋骨断了三根，一只耳朵掉在了地上。戏子唯一的那条腿也被铲断了，并且头上挨了一棍。有个穿红毛衣的家伙朝陶婉心窝踢了一脚。几个瞎子算倒了血霉，身上都挂了彩，瞎妮的脸肿得像茄子，家起的两颗门牙，一颗在土里，一颗在肚里，不过，他捏破了对方的卵蛋。伊木威风凛凛，拿根扁担，呜里哇啦乱叫一气，周围的那几个人便倒在了地上。戏剧性的变化来自冬瓜手里的一个秤砣，这个像儿童一样的侏儒对老改喊了一声："看这里。"他本来瞄准的是脑袋，老改的一只眼却瞎了。

老改也成了残疾人，他捂着脸叫唤："毁了，撤，快撤。"

械斗事件引起了县委的高度重视，专案组和残联的负责人对此事进行了调查。不久，南关柳编厂被勒令停产，老改因伤害罪被判了8年有期徒刑。

第九章 伊马

械斗那天陶婉就死在了医院里，她用唯一的一只手摸摸柳青仅存的一只耳朵，问："你爱我吗？"柳青还没来得及回答，陶婉就死了。当时戏子躺在病房昏迷不醒，其他人包扎完伤口就回去了。

医院附近有个垃圾箱，垃圾箱里有个婴儿。在80年代初，常有狠心的父母把带有残疾的孩子抛弃，像扔垃圾一样。

婴儿满身血污一动不动，他的一只脚是畸形的，像鸡爪子。围观的人以为他死了，苍蝇知道他还活着，围着他的肚脐飞舞。突然，婴儿的身体一阵轻微的抽搐，紧闭的双眼也慢慢睁开了一条缝。围观的人都往后一退，一个女人说："借光，给俺看看。"

伊木和瞎妮恰巧在人群里。瞎妮伸出双手，摸索着走向垃圾堆，人们闪开了一条道。瞎妮摸到了碎玻璃，摸到了破鞋，又摸到了烂菜叶，终于，她摸到了婴儿。

是个小子。瞎妮兴奋地说。

柳青和戏子在县医院躺了一个多月。出院后，柳青的脑袋还缠着纱布，戏子拄着双拐。天阴着，他俩的脸也阴着。柳青问瞎妮："孩子哪儿来的?"瞎妮说:"捡的,垃圾堆里捡的,那天,风吹着电线,呜呜的。俺一摸,好家伙,扎了俺一下,又一摸,就摸着他了,臭烘烘的,身上没一点热气,回来俺就叫俺男人烧热水,给他洗澡,洗一遍,又一遍。第二天,他吃食啦,米汤喝了好几口,这小子命硬,脚有点毛病,大哥,你给俺孩起个名吧!"

公路上,一辆拉果苗的马车驶过,柳青不假思索地给孩子起名叫伊马,他摸着孩子的腿说:"这是个瘸子,长大了,能走能跑就行。"

第十章 平等

柳营门前的那棵树成了旗帜。

许多残疾人慕名而来,远远地看见了树,便看见了希望。这里并不遥远,一直在他们心里。除了这里,对那些饱受煎熬没有自由的人来说,任何地方都是地狱,根本用不着堕落。

粪土中有金子,河蚌里有珍珠,任其沉睡也不开启,不给一个炫目的机会。

他们中有很多人丑陋不堪,肮脏无比。不是蛔虫,更像蛆虫。他们似乎不能独立生存,只能寄生于一个人,一个家,一个社会。他们有着常人无法忍受的生存环境。那些唾沫那些抱怨那些误解那些排斥与侮辱整天包围着他们。他们的人生道路是艰难的,思想是蠕动的。

他们蛰伏在社会的阴影里,有人认为他们在威胁着别人的幸福。有手却没有工作,有头脑却不能思考,就连生殖器似乎也是多余的。对付伤害,除了忍受再没有别的办法了。

残疾人是一个阶层,一个苦难的族群,上一代和下一代都相传着痛苦。每天都有人掉到这弱势群体里来。一个瞎子无所谓黑夜,但需要阳光。残疾人永远存在,从人类开始到人类结束。他们和健全人一样健康。

残疾并不是残疾人痛苦的根源,一切不平等不合理的社会现像是社会产生的。

柳营柳编厂成了各种苦难的汇集地,上帝并不住在这院里,但这里是残疾人的天堂。

第十一章 饭馆

一，二，三，四，五，数到五，五年就过去了。

这期间发生了很多事，城市生活水平提高了，农村依然贫穷，柳青扩建了厂房，告别了原始的手工作坊，他又买了台电视机，从此进入一个崭新的时代。

电视机是个好东西，它告诉人们什么是真的，什么是假的。柳青爬上门前的柳树，把天线绑在最高的树枝上，戏子在下面喊："有影了，声音也有了！"到晚上，村里的人也来看电视。男人们蹲在地上呼啦啦地吃面条，老娘们坐在墙根哼哼唧唧地哄孩子。

小拉一边看电视，一边搓泥。他搓完脖子搓脚丫，搓成一个泥丸，闻闻，嘿嘿一笑，就向那老娘儿们堆里砸了过去。这算是一种调戏吧，几个老娘儿们也把小石头扔过来，笑嘻嘻地说："丢你娘的绣球。"绣球二字使小拉想入非非，这单身男人下劲搓了个大的，砸中了一个寡妇的头。寡妇一拍大腿破口大骂："哪个小歪尻？"小拉站起来说是我，寡妇扭扭屁股走到他面前给了他三巴掌。众人哄笑起来。小拉摸着自己的头，看着女人的手。除了他娘，还没有别的女人碰过他。

叶子是个淘气的小姑娘，在伊马的记忆中，她的裙子永远是脏兮兮的。她在人群里挥舞着一把小勺，嘴里嚷着打、打。柳青躺在摇椅上说："不听话，打屁股。"叶子依然说打、打。柳青便在她屁股蛋子上来了一下，问她还打不打，她嘴一撇，说抱抱。

伊木抽着旱烟，瞎妮攥着根绳子。伊马爬到东，爬到西，他的智力和别的同岁的孩子不一样，五岁还不会说话。瞎妮把伊马拽回来放在膝盖上，小声哼唱：

月老娘，黄巴巴，
爹浇地，娘绣花。

小乖儿，想吃妈，
拿刀来，割给他，
挂他脖里吃去吧！

她想把儿子哄睡，自己却迷迷糊糊睡着了。伊马就爬到大门口，坐在那里看呼啸而过的车辆。那一刻，伊马很孤独。一个人从公路上走过来，拐弯在伊马面前停下。他的脸恐怖极了，伊马吓得双手抱着头。终于，伊马一声号叫。当时正是夏夜，电视机前的人们看到那张脸也都打了个寒战。

那张脸简直就是魔鬼的杰作。他的脑袋缩在肩膀里，一截僵硬的脖子露着青筋，喉咙似乎被结扎过，咽口唾沫要费很大的劲儿。他两腮写着狰狞，额头上伏着一只癞蛤蟆，翻转的耳朵可能会引来风暴，有悲惨的声音在里面回响。该怎么称呼他的鼻子呢，一个小疙瘩？一个卵？一个瘤？牙齿是撬杠，嘴唇成了支点，而嘴角塌陷着，随时都可能流出白沫。那下巴，下巴却怪异地翘了上去，形成一个酒窝，几滴雨和汗可以储存在那里。杂乱的五官只剩下一只眼还活着，眼皮上翻露着血丝，惊恐的眼球凸出，仿佛一耳光就能震落，另一只眼死掉了，眉毛在深陷的眼眶里像是黑色的小草。整张脸树皮似的疙疙瘩瘩，坑坑洼洼，只有眉间的一小块皮肤是完好的。

"伙计，脸咋啦？"柳青问。
"烫的，开水烫的。"他回答。

当天夜里，瞎妮对伊木说："新来的这个人，我认识！"这个人就是那个卖包子的小贩，瞎妮被人贩子拐卖的路上，就是这个小贩改变了她的命运。她凭借瞎子特有的听觉，认出了他。生活中处处隐藏着危险。一锅沸水从天而降，他的人生就断成两截。上半辈子是天堂，下半辈子是地狱。命运把他折磨得不成人样。他像一个鬼，白天不能出来，晚上化作一个游魂，孤孤单单。对这具行尸走肉来说，只有柳营才是他苟且偷生的地方。

残疾使他们一律平等。

他姓马，是个回民，小拉也是回民。老马来了之后，他和小拉就都遵从了穆斯林的饮食习惯。吃饭是一种享受。冬天下第一场雪的时候，老马熬了一大锅羊汤，熬了三天三夜。雪花飞舞，香味弥漫。他对小拉说，单县有口锅，30多年没熄火了，慢慢炖着，咕噜咕噜，那汤熬得，木头掉锅里嚼着都香。小拉咽口唾沫说："单县、莱芜、西安的羊汤最好喝。"老马讲了一个故事：黄河边有个老头，有一年发大水，老头和三个儿子牵着羊扛着家什就到山上去了。从水里漂过来一个药箱，药箱里有十三种中药。老头不能饿着等死啊，就把羊宰了，用那十三种中药熬了一锅汤。香味引得老鼠呀蛇呀，都围着锅乱转悠。老头说："家淹啦，屋子也塌啦，喝完这锅汤，就各奔东西，去要饭吧！"洪水退去，三个儿子打了个饱嗝，一个要饭去了西安，一个去了莱芜，另一个去了单县，后来都开了间羊汤馆。那十三种中药就成了秘方，传男不传女，传内不传外。他在单县偷偷学了三年，才学会这手艺。浇上辣椒油，撒上香菜，伊木喝了五碗，瞎妮喝了三碗。柳青和戏子擦擦额头上的汗说："过瘾。""老马你该开个小饭馆，编筐有点委屈你，咱这里，"戏子在地上边画边说，"南边是获麟街，北边是327国道，咱就在这俩十字路口中间，进城出城都得经过，老马，你该开个小饭馆。"老马说："我以前就是开小饭店的。"柳青说："在门口搭个棚子试试吧！"

鞭炮声过后，老马的小饭馆开业了。一个非常简陋的棚子，搭在公路沟上面，这是不带任何浪漫色彩的小木屋，它阴天漏雨，刮大风时摇摇晃晃。虽然饭菜可口，但生意萧条，过往的司机一看到他那张脸就吓跑了。

过了一年，伊马送给老马一张面具。那是他玩弹珠赢来的，他已经会说话，会走，拖着右腿，口袋里有三颗弹珠，每走一步都发出哗啦啦的声响。

在一棵树下，伊马用三颗弹珠中红色的那颗赢了一张面具。伊马对那个输了的小孩说，你的枪法也很准。小孩叫胡豆，是柳营村村长的儿子。他坐在地上哭起来，骂伊马臭瘸子。叶子说："小狗骂人，掐死你。"那小孩哭得更厉害了,叶子向他吐舌头,做鬼脸。

伊马把面具给了老马。老马犹豫了一会儿,慢慢地戴上,整个人立刻焕发出耀眼的光芒。那是张京剧脸谱,生旦净末丑中的一个。

第十二章 诊所

老马的饭馆从此生意兴隆。

一年以后,紧挨着老马的饭馆又开了间诊所。开诊所的是个瘫子,叫安生,山东平阴人。安生13岁那年遭电击,两条腿废了,因为忍受不了周围的歧视与冷落,25岁那年毅然离家出走。他白天在集市上卖膏药,有时也收起药摊,摆上一个茶缸子乞讨。他白天既当医生,又当乞丐,晚上在别人的屋檐下躲避雨雪,有时也露宿街头,睡在路边的塑料大棚里。有个卸白菜的司机告诉他嘉祥县柳营有个编筐的厂子,那里干活的都是残疾人,用司机的话来说,都是和你一样的人。他听了后就去了柳营。

他来到柳营的时候是一个冬日傍晚,狂风扫净了落叶和塑料袋,留下一条干净的公路等待着大雨的到来。老马、大头、家起都在饭馆里围着炉子烤火,戏子和柳青坐在桌前喝茶,谈论着果树嫁接的事情。屋外雷声滚滚,安生进来了。

他是爬进来的。

他的屁股下绑着轮胎,两只手都套着破拖鞋,脖子上挂着一个很旧的人造革的皮包。安生抬脸看看屋里的人:"这里就是柳营?"

柳青说是。

安生两手撑地向炉边蠕动了一下说:"歇歇,总算到了。"戏子问他从哪里来。他说平阴,又拍拍屁股下的轮胎说:"这一路磨烂了8个。"老马盛了碗羊汤放在安生面前的小桌上,安生翻开口袋,摊着两手说:"没钱。"老马说:"喝吧!"

安生便捧着碗,吹着热气,一边喝,一边说:"天真冷,肠子都快冻僵了,这汤熬得还行,火候差点,汤里放了花椒、大茴、丁香、白芷、桂皮、豆蔻、砂仁、山柰多了、良姜少了，有黄连就有厚朴，还有胡椒和当归，一共十三种中药。"老马感到震惊，心里想这是遇见高人了。他问安生咋知道的。安生抹抹嘴说："俺走江湖，卖膏药，懂点中药材，看。"他从胸前的包里拿出两贴膏药，"一块钱俩，敷肚脐，治百病。"

大头走过来将那膏药闻了闻说，屁，骗人的玩意。柳青和戏子哄笑起来。

家起说："治百病，我这腿能治不？"

安生敲敲家起的小车说："柳木的，比我这轮胎高级多了。"

安生又说："活腿能治，死腿治不了。"

"啥叫死腿？"家起问。

安生打了个饱嗝，从包里抪出一根细长的针，插在自己腿上说："看，这就是死腿，没反应。"他又把针拔起来，打着火机烤了烤，然后猛地扎在家起的大腿内侧，家起疼得哎哟一声直咧嘴。

安生说："你这就是活腿，嘿嘿，有反应。"

"能治好不？"家起揉着腿问。

安生把针放回包里说："再大的本事也治不好，不过能让你站起来吧。"

家起很激动，抓住安生的手说："我要能站起来，我给你磕100个响头。"

安生一笑，说："不用，你这小车不错，到时候送我就行。"

三个月后的一天深夜，家起喊了一声救命啊！这声音在夜里听起来毛骨悚然，就像刀划破了玻璃。小拉打开电灯，宿舍里的人看到家起竟然站起来了，他扶着床栏看着自己的腿，脸上的肉直打哆嗦。他慢慢向前挪了一点，大滴的泪就砸在了脚上。几天后，家起借助双拐终于能够直立行走，他从一只爬行动物，变成了一个人。

为了表示感谢，家起托柳青买了一辆轮椅送给安生。他把小车烧了，这小车，还有安生屁股下的轮胎，这样的交通工具是对某种文明的巨大讽刺。

安生坐在轮椅上编筐，柳青说："安生，你的手是双好手，别埋没了，搭个棚子开间诊所吧！"安生精通中药，识百草，辨千花。诊所开业之后，有一天，老马摘下面具问安生："我这脸能治不？"安生吓得吼了声"我日"。过了一会儿他说："有两种药能让你的脸好看点，一种是白蛇衔过的三叶草，另一种是麋鹿叼过的七色花。"

老马叹了口气说:"我还是把这面具戴上吧!"

安生有很多民间单方,柳絮能治脚气,葛根加黄芩能治头痛,加葡萄藤能止咳化痰。

安生会刮痧,用一枚清朝的字钱就刮好了伊木的腰痛。安生最擅长的是针灸。针灸包括针法和灸法。灸法一般采用艾绒。伊马和叶子常去旷野里采摘开黄花的艾草送给安生,安生便给他们几颗宝塔糖。有一次,一个便秘的泥瓦匠被抬到了安生的诊所,泥瓦匠捂着鼓胀的肚子直叫唤,脸已经憋得发紫。安生净手洗面,针涌泉,灸大肠俞,上巨虚,用燃着的空心艾炷迅速点在列缺穴,只听啪的一声,安生说好了,一会儿儿,泥瓦匠的肚子咕噜一响,放了几个屁,就跑进了厕所。

十年后,柳营发展成了一个繁荣的小镇,那两间棚子不复存在,取而代之的是路边林立的贴着白瓷砖的小楼。安生的诊所成为鲁西南唯一一家中医院,老马的小饭馆已是名闻四方的清真饭店。

第十三章　上学

有一天,叶子蹦蹦跳跳上学去了,伊马在旷野里坐了一上午。伊马是个阴沉、能忍耐的孩子,整天少言寡语。叶子放学后捉了几只蝌蚪,装在罐头瓶里。她蹲在地上兴高采烈地说:"蝌蚪会变成青蛙,青蛙会变成王子,这是老师讲的。"伊马说:"癞蛤蟆也能变成王子吗?"

那天伊马和叶子第一次吵架,吵着吵着都哭了。整个下午伊马都坐在瞎妮身边编筐,晚上他躲了起来,他知道叶子一放学就会找他,他们无数次地玩过捉迷藏的游戏。叶子在院里问冬瓜:"见着伊马了吗?"冬瓜说:"谁知道,可能在仓库里。"仓库的门锁着,叶子从窗户跳进去,四下看了看,她跑到一个大柜子前,用力拉那柜子的门,又拍又踢,最后她累了,皱着眉说:"伊马,我知道你在里面,别躲着我,我不高兴,我难受,难受了一整天啦!"她呜呜地哭起来。伊马打开柜子说进来吧!她叫了一声坏东西,立刻跳进来。

伊马看着她的眼睛说："叶子，我想上学，我想和你在一块儿。"

伊木不同意伊马上学，伊马躺在拉满鸡屎的地上打滚。瞎妮把伊马拽起来，拍着伊马身上的土说："儿子，咱不去，娘编筐养活你，你和别的孩子不一样，你是个瘸子，上学能有啥出息。"伊马执拗地说："我得上学。"柳青说让伊马去吧，和叶子做个伴。瞎妮叹了一口气，当晚她用面袋子给伊马缝了个书包。

第十四章　游戏

村里的学校是一个庙，破烂不堪，庙顶上长着蒿草和一棵小槐树。佛像早已不在，据说是被人偷走的。所谓的黑板就是一面墙，原先的香案当了讲桌。伊马和叶子在这庙里度过了一生中最美好的童年时光。

学校里一共三十几名学生，只有一个老师。老师叫石为明，他教给孩子们很多知识，从人、口、手，到乌鸦喝水，到神笔马良，再到离离原上草。坐在伊马和叶子前面的小孩叫胡豆，他就是村长的儿子，输给伊马面具的那个倒霉蛋。

操场上有个鸡窝，鸡窝旁竖着旗杆。一个冬日清晨，母鸡下了3个蛋。胡豆说烤烤吃，他的手里晃动着一盒火柴。于是枯叶点燃了，蛋在灰烬里变得黑不溜秋。人多蛋少，只有几个大孩子抢着吃到了。贡献出火柴的胡豆坐在地上嘟囔出一串恶毒的话。重复的是一个字，骂的却是五个人。

每个小孩都是骂人的天才。他们从脏话中受到了最早的也是唯一的性教育。

天上掉把刀，砍你娘的腰。
天上掉根针，挑你娘的筋。
天上掉剪子，插你娘的腚眼子。
天上掉杆秤，钩你娘的腚。

在想像力丰富的孩子眼里，天上似乎什么都有，对方的父母就倒了霉，不一会儿就被骂得体无完肤。有时，某一位才华横溢的小孩会突然说出一句精彩的话：天上掉件破褂子，烧你娘的嘴巴子。

伊马是玩石子和弹珠的高手，别的游戏就无法参加，只能在鸡窝旁看别人玩。有段时间，胡豆常常模仿他走路的姿势，并且惟妙惟肖，引得其他孩子哈哈大笑。从此，伊马不再玩游戏了，变得更加孤僻。

伊马站在鸡窝旁，正午的阳光下，他的影子像一小堆垃圾。

女孩子玩的游戏比较文明。跳皮筋，砸沙包，还有逮老鼠。逮老鼠类似于丢手绢，也是围坐成一个圈，拍手唱着歌谣：

老鼠老鼠一月一，喷哑，猫来了。
老鼠老鼠二月二，喷哑，没逮住。
老鼠老鼠三月三，喷哑，还有哩。
老鼠老鼠四月四，喷哑，跑远啦！

时间在她们眼里变得很有诗意，一圈就是一月。很快她们学会了过家家，锅碗瓢盆树根菜叶摆了一地。胡豆嬉皮笑脸地凑过去问叶子："我当爹怎么样，我挑水，让我给孩子打针。"叶子说"呸"，跳着朝他脸上吐了一口。她捧着小脸想了一会儿，抱起地上的泥娃娃跑到伊马身边，她捂着伊马的耳朵悄悄说："我们一起玩。"

她对伊马一笑。

这一笑，让伊马感动了许多年。

第十五章 疯子

瞎妮疯了，不知不觉就疯了。

她的精神日渐恍惚，伸出双手像在梦游。走到井旁，就忘了想干什么。编筐的时候，手指也没有以前那么灵活了。柳青说她老了，安生说这是病，神经病。

睁着眼闭着眼对瞎妮来说都一样，都只看见黑暗。巨大的阴影笼罩着她，她开始失眠，整夜地坐在床上，捏捏伊马的胳膊，摸摸伊马的脸，把伊马弄醒后她就说："儿呀，娘的眼不好，你长大了，给娘当拐棍，娘走到哪儿，你跟到哪儿。"伊马说："娘，睡吧。"然而她又很不放心，说："娘老了，走不动了，咋办？"伊马说："娘我背着你。"

白天，瞎妮觉得身边空荡荡的，摸摸马扎，伊马不在。瞎妮歪着脑袋想一想，摇摇头，叹口气。中午，还有黄昏，她固执地站在门口等伊马放学。她像一棵歪脖树，风吹雨打全不怕。有一次伊马放学后，公路上一辆卡车驶过，瞎妮赶紧把伊马揽在怀里，惊慌失措地四处看，她的胸脯因紧张而波浪般起伏不定，又装作平静似的小声问："车走啦？"叶子说："婶，走啦！"

瞎妮总是以为伊马会被公路上的车轧死，于是她解下腰带把伊马绑在了树上。冬瓜走过来想把伊马松开，瞎妮吼叫一声，掐住了冬瓜的脖子，那双手冰冷有力。冬瓜哽着嗓子喊："毁了我啦，快松开，毁了我啦！"

伊木把瞎妮锁在了屋里。安生说想吃啥就让她吃点啥吧，这病治不好。伊木没有一句怨言，眼神里依旧流露着温存。他给瞎妮梳头，编辫子，给瞎妮端屎端尿。如果他不是哑巴，他会给瞎妮唱一支歌。有时瞎妮清醒一会儿，摸着伊木的脸说："真好，下辈子还嫁给你。"更多的时候她蹲在墙角哆嗦，或者站在窗前胡言乱语。

瞎妮在屋里转圈子，这是野兽关在笼子里养成的习惯。有人从窗外走过，她就喊伊马的名字，她已经分辨不出伊马的脚步声。她一次又一次地重复着："伊马，过来。"伊马远远地站着小声说："娘，我不。"

疯子的力气大得惊人。有一天，瞎妮掰弯钢筋跳窗出来，谁也没有看见，她就上了公路，进了县城。也许她觉得伊马还躺在垃圾堆里。她身上臭烘烘的，两手都沾了狗屎。在北关小学的拐角处，一群脏兮兮的小孩听到瞎妮自言自语："没有，不是这个。"她抬头翻着白眼想了想，想了半个小时，猛地一拍额头："对了，去医院。医院在南边。"那群小孩坏笑着说："往西，往西走。"有个小孩认真地说:"西边有个沟,过了沟就是。"瞎妮面无表情,瞎指挥啥!

瞎妮很明智地向东走,走到一个十字路口。她在刹车声喇叭声和司机的吼叫声中慢慢蹲下,很从容很大胆很若无其事地撒了泡尿。她肯定以为那里是高粱地,但她忘了脱裤子。她在别人惊愕的目光中站起来继续往前走。在棉厂家属院门口摸到了一根电线杆,电线杆下面正好有一堆垃圾。瞎妮两手小心翼翼地翻动。然而除了垃圾,什么都没有。有人问她找什么呢,瞎妮说找孩子,孩子没了。她又重新翻了一遍,最后摸到了一个纸箱,箱里有一只死猫。瞎妮说:"可找着你了。"

那天下午发生了车祸。去柳营的公路上,有人看见一个瞎眼的女人抱着一个纸箱,也许是因为高兴,她跑了起来。作为一个瞎子,这是她第一次奔跑,那快乐难以形容。她越跑越快,突然一辆黄河大货车疾驶而来将她撞倒,向前拖了二十米,咯噔一声从她身上轧了过去。瞎妮的尸体被抬了回来,伊木看到她时打了个寒战,头发都竖起来了,他的眼睛睁得巨大,嘴巴因惊呆而张着,突然他直挺挺地倒下,抽搐着昏了过去。

河堤上挖了一个坑,柳编厂所有的残疾人都来送葬。

瞎妮被草席包着,两只结满老茧的手露在外面。那双手饱经风霜,在黑暗里摸索,在风雨中长大,那双手给叶子洗尿布,给伊马补裤子。

伊马趴在坑边一直哭到嗓子哑了,伊马大声喊:"娘,你起来,起来!你别死,你看不见,我给你当拐棍,你老了我背着你,你走到哪儿我跟到哪儿。娘,你起来,你别死。"

伊木目光呆滞,跪在那里,当柳青撒下第一把土,伊木的胸腔里像有闷雷滚过,他发出狼一样的吼叫。老马、小拉、家起、戏子四个人按住伊木才制止住他跳下去。

伊木在瞎妮的坟前哭了三天三夜,泪水浸湿了他面前的土地,有谁听过一个哑巴的哭声,那哭声在旷野上久久地回荡,像锯子锯断一扇门,像木棒砸烂那屋里的东西,像刀子划破胸腔,像锤子一点一点敲碎人的心。那几天,柳营村里的人们都在倾听,第四天,哭声消失了,叶子提着水罐给伊木送吃的,叶子说:"叔,你吃油饼。"

伊木坐在坟前一动不动,他已经死了。

一个星光满天的夜,所有的花朵和小鸟都睡了,流星划过天际,风徐徐地吹着。伊马和叶子坐在一个小土坡上。伊马说:"叶子,我娘死了,爹也死了,我没有一个亲人了。"

叶子说谁也不能把咱俩分开,就像你爹和你娘一样。

第十六章　旷野

伊马和叶子整日在旷野里游逛,村前的河堤上有他们简陋的住所,那是捕鱼人废弃的小屋。河边的草已经很绿,还有芦苇,叶儿尖尖刺向蓝天。

大自然美丽得像一个梦。伊马和叶子的足迹遍布最荒凉的角落。春天的早晨,池塘升腾着雾气,周围的小草湿漉漉的。燕子是远方的情人,喜鹊也在柳丛里飞来飞去,柔软纤弱的枝条像少女的秀发,丝丝低垂,叶儿尖尖。脚下的泥土松软富有弹性,一条小路通向看林人倾斜的木屋,篱笆旁长着野蔷薇,枝叶间掩映着大的花朵。一口老井依然有水,辘轳吊着铁桶,摇几下,便有大滴大滴的水珠漏下来。伊马和叶子是荒野的精灵,春风使她妩媚。她笑吟吟地站着,小小的个子,大大的伤感的眼睛,睫毛很长,喜欢皱着鼻子,可爱又淘气。她是一个坏姑娘,整天蹦啊跳啊,舌头纠缠不休。有时她也低头叹气,踢踢小草,然后咬着嘴唇仰望湛蓝的天。

阳光普照大地,夏季的雨后,空气清新,香甜,混合着百花与野草的气息。田埂上的几株向日葵耷拉着头,大叶子滴着水。树枝间,草丛里,颤动着蛛网,一片绿荫下是雨珠晶莹的草地。宽阔的河面漂流着水藻,岸边的芦苇被淹没了,剩下苇棒露在水面。一棵倒下的树,两只蜗牛的触角相碰,然后爬行,背负着各自的小房子。潮湿的树干上长出了蘑菇,一个个撑着小伞,心事重重。青蛙敲着小鼓,蚂蚱拉着二胡。大自然的声音是最好的音乐。突然起风了,旷野安静下来,只剩下风被小草割破了的声音,树木开始惊惶不安。乌云自天际蔓延,很快在头顶膨胀,闪电划空,炸雷滚过,暴雨在大地上喧哗起来。叶子撩着裙子，飞快地跳过一个个小水洼，她的发束摇来摇去。很快她站在了捕鱼人的小屋门口，向伊马招着手，说："快、快。"伊马拖着右腿，抱着头，衣服早淋湿了，却呵呵地傻笑。夏季的雨不知会下到什么时候，有一次伊马和叶子在那小屋里躲了一夜，他们在极早的晨曦中醒来，渗过屋顶的雨水滴落在去年的干草上。

秋天的太阳像一个蛋。伊马和叶子走在白桦林里，地上落满结着秋霜的红叶，一只麻雀从脚边扑棱棱地飞起。天空澄碧无云，西风吹过，树叶纷纷落下来。

冬天，白雪皑皑，起伏的旷野干干净净。大地散发着美丽洁白的光，多么柔和，不可思议。草垛变厚了，上面的雪是她的盖头。一只兔子弄出声响，它待在草垛里还不老实，真不知道它想吃什么样的草。挂着冰凌的树，一动不动，红红的太阳出来了。伊马和叶子呼吸着清冽的寒气，小脸冻得通红，他们堆一个雪人，然后向它拳打脚踢。十几个无忧无虑的孩子在河面上抽着陀螺。两个大孩子抱起一块石头，嘴里喊着，一、二、三、放，冰"咔"的一声，裂了几条细缝，那中间是个白点。

第十七章　纸箱

在瞎妮留下的遗物中，那个纸箱引起了柳青强烈的兴趣。箱里的死猫发出一股臭味，白花花的肉，生了白花花的蛆！柳青静静地看了一下午，他的心一直在激动，他是第一个对着蛆沉思的人。戏子走过来说："这好看吗？"柳青说："戏子，你看那箱子上的字。"

纸箱上印着：烟台苹果！

次日，柳青和戏子坐火车去了烟台，回来后宣布了一个惊人的决定。当时柳青站在一块石头上，那高度使他有种历史感。他滔滔不绝，工人们从未见他如此兴奋，从未听他说过这么多的话，其中有许多新名词，企业、改革、市场、包装、换代、风险。他说编筐不行了，再这么下去就得饿死，咱得有个长远打算，咱得成立纸箱厂。

当天晚上，人们听到一声霹雳，风雨交加之中，门前的那棵柳树倒下了。

创业是艰难的。计划没有变化大。直到一年以后，柳青在村长的帮助下才正式挂牌成立了柳营纸箱厂。村长叫胡金，早在改革开放初就贷款承包了村里的30亩果园，他和柳青都是胆大的人，很快成了朋友。

第十八章　选择

青春期不知不觉地来临。

叶子已是一位亭亭玉立的少女。天真烂漫，聪明，充满魅力。一些坏孩子向她吹口哨，她不再报以口水，而是回眸一笑。她似乎懂得引诱，然后离去，步履轻盈，小心翼翼保持着距离，三步之内有着无形的界限。谁是好人，谁是坏人，谁是不屑一顾的人，一律仰着小脸和他们说话。她知道自己是个女孩，因此变得高傲。胸脯悄悄隆起，成为两个无人知晓的秘密。她不再光着脚丫，悄悄走过来把伊马猛地抱住。她的身上开始有一种香味，那是因为一朵小花在她心里开放。她的头发像水一样柔滑，伊马说："叶子，我想摸摸。"叶子噘噘嘴，低垂着眼睛小声说："当然可以！"

伊木和瞎妮死后，伊马就完了，正如天一黑什么都黑了。伊马不再上学，像野人一样长大，没人管，没人关心。他唯一的乐趣就是和叶子跑到野地里或者县城里游逛一整天，大多数时候他在机器轰隆、纸屑飞扬的车间，流着汗，干着最累的活。有时突然下起了雨，伊马坐在一个破轮胎上，心里有一种很孤独、很不幸、很忧郁的感觉，看着那屋檐下的雨，就觉得一个人的眼泪在流，永远也流不完了。戏子建议伊马去跟老马或者安生学个一技之长，伊马说算啦。他养成了一种颓废不振的走路样子，头发又脏又乱，对什么都满不在乎。叶子常常帮伊马干活，伊马装作无所谓，其实他愿意和她在一起。叶子不在伊马身边的时候，伊马感到空荡荡地难受。叶子说："伊马，你为什么不能高兴一点呢？我觉得你变了。"伊马无精打采地说我一直这样。

胡豆几乎天天来找叶子。他们俩一起上了县里的高中。

叶子的窗台上有一盆月季，有一天她将花掐下来别在耳朵上，笑吟吟地问胡豆："漂亮吗？"胡豆说："叶子，我想给你说个事。"叶子瞪他一眼："不许说。"胡豆还是说："叶子，我喜欢你。"叶子的耳根立刻羞红了，她将花砸在胡豆头上说："坏蛋。"说完她跑出去了。

叶子高中毕业后，纸箱厂的生产规模越来越大，水满则溢，柳青想把纸箱厂扩建成大型的纸浆厂，这样才能赢得更广阔的发展空间，市里的包括附近几个县的聋哑学校的学生一毕业就来这里当了工人，他想把这廉价的劳动力充分地利用起来。柳青和戏子用一个计算器算出所需的资金，加减乘除后，需要好大一笔钱。

当晚，柳青去找胡金。回来后，他打着嗝，喷着酒气对戏子说："解决了，什么问题都解决了。"胡金答应帮他贷款，并且替儿子提亲，他没有犹豫就应允了，他觉得这是桩好婚事。

第二天一大早伊马就跑到叶子的房间里，伊马对她说："叶子，咱俩去县城里看电影吧。"

叶子有些犹豫，她躺在床上，头发凌乱，眼睛有点肿，显然哭过。

伊马又说："和我在一块儿，你要觉得丢人，咱就晚上去，不会有人看见的。"

叶子绕着弯说可能会下雨。

伊马说："管它呢，你以前可没这么啰唆。"

"那你不用干活吗？"她噘噘嘴问。

"我给自己放了一天假，今天，有些话想对你说。"

"你不说，我也知道。"她用手指绕着头发，沉默了一会儿，她哭起来，说："我要嫁给胡豆了。"

伊马说："噢。"慢慢地蹲在了地上。

伊马听见口哨声，胡豆推门进来了，梳着分头，穿着一双锃亮的皮鞋，他神气地对伊马说："新买的，哟，这里有点泥。"他用手指擦了擦，然后踢踢腿，这样是使裤子垂直笔挺。他又笑嘻嘻地对叶子说："媳妇，来，真懒，还没起床呢。"叶子瞪他一眼说："你休想。"

伊马蹲着，不敢站起来，他的裤子上有三个补丁，两个在膝盖，腚上的那个被汗浸得发黄。

胡豆和叶子两个人开始小声地吵架，这种吵架多少带有打情骂俏的味道。

伊马站起来说："叶子，我走啦。"

叶子咬着嘴唇，用一双满是泪水的大眼睛看着伊马："你去哪儿？"

伊马说："无所谓，谁知道呢。"

伊马拖着一条腿，神情沮丧，他不敢回头，因为泪水已经滚滚而下。走到院里，几个新来的残疾人都看着伊马，其实他们都知道伊马为什么哭，伊马在他们的目光中慢慢走远。小拉对家起说："伊马可能永远都不回来了，这个可怜的家伙。"

中午，柳青摆了一桌香气四溢的酒席宴请胡金，他们兴高采烈地谈起贷款的事。胡豆很高兴，不停地往叶子面前夹菜。叶子强作笑脸，拿起馒头，咬了一小口，随即又放下了。她的小脸通红，极力克制着眼泪。

这个没心肝的人一整天都失魂落魄，到晚上，大雨下了起来。叶子双手抱着肩膀在房间里走来走去，她皱着眉，脸色苍白，时不时地倾听窗外有什么声音。她跑到仓库，打开柜子的门，神情沮丧地说，不在这里。回到房间，她坐立不安，继续走来走去。这样过了很久，她停下，站在窗前，任由冷雨将她打湿，一道闪电过后，她终于号啕大哭起来："他走啦，不回来啦，永远都不回来啦！"她哭得那么伤心，固执，肆无忌惮。所有的人都被吵醒了。柳青披着雨衣站在门口，生气地说："丢人，睡觉去，你看你冷得浑身哆嗦。"叶子攥着拳头嚷："难道他就不冷吗？"一声巨雷炸响，叶子喃喃自语："我得找他去。"柳青说："你敢？"拉住她的胳膊，她用指甲狠狠掐了父亲一下，从窗口跳进雨中，出了大门，跑向了旷野。

叶子的两只鞋陷进了稀泥里，脚被尖石头划破了，裙子贴在身上。她一口气跑进河堤上的小屋，看看地上的干草，她说，有人来过了。于是她站在门外，向风雨中发出一阵阵声嘶力竭的呼喊："伊马，出来，求你了，别把我扔下，坏东西，求你了。"她大喊着："坏蛋，回来……"

旷野里雨声哗哗，叶子绝望地蹲在地上，用手捂着脸，呜呜地哭起来。

其实伊马并没有走远，就在父母的坟前坐着，他抱着头，想起很多事。听到叶子的声音时他浑身打了个哆嗦，然后他毫不犹豫地站起来向她走去。

叶子一声尖叫！

两个人紧紧地抱在了一起。伊马不会接吻，便舔了她一下，舔掉了她脸上的泪。过了一会儿，她抬脸说："你要我吗？"伊马说要。她看着伊马，慢慢脱掉了裙子，大雨冲刷着她的身体，她闭上眼说："来吧！"

那一夜，狂风暴雨电闪雷鸣中，荒原上，泥潭里，两个人结合在一起。

柳青一夜没睡，几乎所有的残疾人也一夜没睡，都坐在老马的饭馆里。黎明时，雨停了，伊马和叶子手拉手出现在众人面前。叶子说："我已经是伊马的人了，除非我死，谁也不能把我俩分开。"柳青看着伊马，过了一会儿，他说："你要是能弄到贷款，就把叶子嫁给你。"伊马说我没有，可是我会对她好。那些残疾人沉默着，他们用眼神交流了一下，戏子第一个取出自己的存折放在桌上，其他残疾人也纷纷拿出自己的存折和现金，这是他们多年的积蓄。柳青阴沉着脸，说："要是赔了，破产了，那么都得成穷光蛋。"戏子说："穷光蛋也没什么，大伙儿来到柳营根本就不是为了钱。"安生说："我以前就是个要饭的。"家起说我也是。说完，他使劲扳下一颗门牙放在桌上。

那是颗金牙！

第十九章　结局

10个月以后，叶子生下了一个健康的婴儿。

拉拉手
就到高潮

第一章　你看不见上帝，可你每天都爱着他

你和我聊天的唯一下场就是会爱上我。我对着视频里的这个女孩说，你现在应该做的就是尖叫一声，拔掉电源，逃跑下线。

女孩对着电脑嗤之以鼻。

我和你隔着两台电脑，隔着真正的楚河汉界，5秒钟后你就会爱上我。我对她说。

女孩发过来一个字：呸。

真正的爱情其实只有一瞬。泡上一个虚荣又无知的女孩只需要5秒钟，所使用的工具很简单，摄像头、打火机、一张钞票、一根香烟。我调整摄像头，正襟危坐，面无表情地点燃那张百元大钞，又用钞票点着香烟，对女孩晃晃，按在烟灰缸里。整个动作一气呵成，潇洒而熟练，我以为她会惊讶得目瞪口呆，谁知道她冷冷地发过来两个字：假钞。

她叫蝴蝶，某个无聊的夏日夜晚，我在QQ上随便输入了一串数字，就加上了她，巧合的是我们都是北京的。正如我后来对她所说，你是我在茫茫人海捡回来的。她回答，天意如此。在没有视频前，我和蝴蝶一直对对方的长相赞赏有加，我夸奖她长得很省电，小时候被傻子抱过。她也盛赞我的脚来自香港，我的腰带是一根草绳，多么时尚，还肯定我保留着90年代郭富城那样的发型。我说她胸部应该很小，旺仔小馒头，适合飞机的起落。她否认，吹嘘自己强壮得可以打过霍元甲。我要穿上西门吹雪的那身衣服和她练练，她说她空手道八段、截拳道九段，是峨眉派弟子，但她好女不和男斗。

不知道为什么，最初认识蝴蝶的时候，总是吵架，后来她也说，我们俩是刺猬，不能拥抱，否则就会伤害对方。有时，我半夜里想起一句经典的话，狞笑一声，爬上网，双击那个可爱的扎着红丝巾的企鹅头像，先发两坨大便，再扔一把刀子，试探她在不在线。大多数时间她是在线的，马上会甩过来一颗炸弹，用她的话说，这是一颗来自伊拉克带着阶级仇、民族恨的炸弹，有时也说这是一颗甜蜜的卡通型的糖衣炮弹。

不管她怎样轰炸，我恶语相加妙语连珠：蝴蝶，你已经22岁高龄了，你整天老黄瓜刷绿漆装什么嫩啊？你不是在演《月光宝盒》，青春小鸟一去不复返了，《天下无贼》看过吧，腿再拖点地，这样你才能装得像一些。

她也曾经问起过我，蜘蛛，我为什么就没有给你留下个好印像呢？我仔细想了想，说，主要是你整天嗲声嗲气的，动不动就"哇""好好哦"极力塑造一个穿学生制服、白袜子的处女形像，让我感到厌恶。她说，我本来就是处女。我说，中国女孩的第一次无一例外都献给了自行车。

蝴蝶说她是学音乐的，准备出国，骑着自行车背着吉他穿梭于北京繁华的商业街和冷清的小胡同。我对此表示怀疑，觉得她更像是走街串巷弹棉花的。

我告诉她我是搞写作的，当我把自己的网上文集发给她看了之后，她除了向我的作品致以最崇高最衷心的鄙视之外，还和我打赌说，去书店，在某个角落找到我出版的那本破书，在书里放 10 块钱，一年后，我们再去看看，那书肯定还在，那 10 块钱肯定没被人拿走。

那段时间，我生活得很窘迫，撰写的稿子总是被退回来。我戒了烟，6 月底来了一笔稿费，900 元。我在电话里感谢那位美女编辑："真是雪中送炭啊，您多么伟大，滴水之恩以后打出油井相报吧。"从银行出来，我发现了一张假币，转身进去要求他们换一张，彬彬有礼的银行女职员说："先生，您这是无理取闹。"屋漏偏逢连夜雨，仰天长叹又碰上乌鸦拉屎，除了自认倒霉也没有其他办法，我总不能抢回来吧，被当成抢银行的才比窦娥还冤呢。

回到家，打开电脑，我对蝴蝶说，我想看看你。
蝴蝶说，我也想知道你是什么样的。

视频连接不太好，她一连说了几句，蜘蛛，你赶快给我现原形，那个小窗口里才浮现出我和她的脸。是的，有的人，你只需要看她一眼就会爱上她。我一直以为尖酸刻薄的她会是染着黄发穿着吊带背心的那种女孩，但事实是，她一袭白裙环佩叮当文静而清纯得像一个古装女子。我用那张假钞点燃香烟，她后来告诉我，她在烟雾弥漫中看到一张模糊的脸，那正是她梦中的男人。

那天，她说她丢了自行车。

我们互相安慰对方，谁没收到过假钞，谁没丢过自行车。

第二章　在一片片雪花开放之前，一片片雪花落地之后

有时我们回忆起吵架的那段时光，她说有好多次都被我骂得想哭，恨不

得找条地缝让我钻进去，然后用十大酷刑折磨我。我也说她指桑骂槐并且不带脏字的水平不亚于外交部发言人，至今仍让我默默地舔着自己的伤口。

我让她改变了不少坏习惯，例如她聊天的时候，喜欢打"哦"字。我告诉她，这个字毫无意义，完全是浪费时间，有这时间可以看一眼窗外的风景，或者擦拭一下屏幕上的灰尘。

我给她讲了一个故事：古代有个王子，很喜欢一个公主，但王子被巫婆施了魔法，一年只能说一个字，聪明的王子为了表达自己的爱情，五年没说话，攒了五个字，到第六年，王子对公主说，公主，我爱你。公主就说了一个字，王子就气得吐血身亡。知道公主说的是什么字吗？

蝴蝶说，哦。

这个故事给了蝴蝶灵感，她也决定五天不和我说话，攒五个字告诉我。第四天，她坚持不住了，怯怯地问我，你爱我吗？我想了想，说，你知道的。继而问她，你爱我吗？她羞答答地发过来四个字：杀你灭口。

从那以后，我和蝴蝶不再吵架，我说我的童年埋葬在一所简陋的屋子里，那周围向来都只有荒地和水畦。她说她8岁时在一片树林里迷了路，走啊走啊找不到回家的方向。那些天，键盘上爬满了牵牛花。从早晨到傍晚，当我抽烟，当我一个人走路，当我看电视，当我上网，当我做梦，我的心都想着一个人。

我说我的名字将和群星一样闪耀，我甚至提前向她演讲了我的诺贝尔文学奖获奖演说。

她说她很喜欢音乐，还挺不好意思地说要在维也纳弹钢琴，要举行世界巡回音乐会。

她为我制定了严格的作息时间表，闻鸡起舞，挑灯夜战，多读书，少抽烟，多运动，少想入非非，迫于她的淫威，我只好委曲求全。

我无数次对蝴蝶说，我们生活在一个城市里，出来见个面吧，各山头的流氓得抽空聚聚。她说这不是自投罗网吗？我说我们肯定是金风玉露一相逢。

有次，中日足球对抗赛，我和她打赌，我从整体实力的角度赌日本赢，她骂我汉奸，从爱国主义的角度赌中国赢。我说，谁输了谁请吃饭怎么样。她让我输了请她吃鲍鱼，她输了请我吃肯德基。那天我猜得特准，甚至连点球都猜中了。问她什么时候请，她想了半天，说，冬天下第一场雪的时候吧。

后来知道，她从小在海南长大，从未见过雪是什么样的。来到北京后，整个夏天她都唱着一首下雪的歌。她在地铁里轻轻地唱，在公园的长椅上弹着吉他轻轻地唱："雪，一片一片一片一片，在天空静静缤纷，眼看春天就要来了，而我也将不再生存……"

第三章　一场大雪就能让两个人在瞬间白发苍苍

秋天过去了，冬天来了。

我对蝴蝶说，天是越来越冷了，小北风都刮起来了，太阳红红的，树叶都落光了，什么时候下雪呢？

她说她也养成了爱看天气预报的习惯。

有时我也提出为什么非得等到下雪的时候呢，肯德基一年四季都营业。她说再等等，半年多都等过来了，还在乎多等几天吗？

漫长的等待。

有一天，我一觉醒来，下雪了。躺在被窝里给她打电话，她又犹豫了，说雪下得太大，不去了，会弄脏她的小靴子。我说，就是下原子弹你也得奄奄一息地爬到我面前。她说,好吧。我还提示她别穿太复杂的衣服,也许咱俩要一夜情呢,她说她准备一丝不挂地来见我。

我在肯德基门口等她,那天雪下得好大,我抬头看着天空,纷纷扬扬的雪落在我的脸上。后来她出国的时候,我也是这样站在雪中,抬着头感到丝丝冰凉。两点整,我看见一个笑吟吟的女孩打着一把红色的伞向我走来,是她。如果你也恋爱过,你就知道"她"所包含的全部意义。我们坐在靠窗的位置,聊起我们的相识,那些吵架的日子,开心的时光。不知不觉,从两点聊到傍晚六点,她说天黑了,该回家了。

回家后,她说她成功逃脱了我的魔掌。我说,真正相爱的人,拉拉手也就到高潮了。

第二次约会,我和她拉着手几乎逛完了西单附近的所有商场。

有一天,蝴蝶打电话说,路滑,我摔了一跤,脚崴了。我说,猪撞树上了,你撞猪上了吧。挂了电话,我坐立不安,重新拨打她的手机,她在电话那头哭了,说,脚肿得像榔头。我说,乖,别哭,我这就提着一袋水果去看你。当天晚上,我住在了她家,确切地说住在了她家的沙发上。凌晨,她向我这只"君子狼"发出了"上床来"的命令。我说,你应该守身如玉,我也要保持晚节。她说,我还不了解你吗?吃不着葡萄不仅说葡萄酸,一急把葡萄秧子都敢扯了。

照顾她的那些天里,曾经在半夜,她瘸着一条腿和我跑到雪地里,跑到公园里,大喊大叫。也曾经在凌晨跑到楼顶,冻得鼻涕直流,就为了看一场日出。有时她唱歌的时候,我会冲到她面前,把一只拖鞋或者杂志当成鲜花献给她,拥抱,亲亲小脸,转身向不存在的观众挥手致意。我夸奖她比小强唱得都好听——就是被周星驰踩死的那只小强。我唱歌的时候,例如我唱,"你像是一只飞来飞去的蝴蝶,在白雪飘飞的季节里摇曳",她就在旁边单腿独立,笑呵呵地挥舞着双手做翩翩起舞状。我说,你这怎么不像蝴蝶。像什么?她问,依然自豪地挥舞着翅膀。我说,像瘸了一条腿的秃尾巴鸡。

在那些开心的日子里，蝴蝶不止一次地问，你会爱我多久？我说，也许我爱你的时间会很短，也许就这一生。蝴蝶依然固执地问，你真的可以爱我一辈子吗？我说，尘归尘，土归土，不看着你的追悼会开完，我是不会撒手不管的。

蝴蝶不再追问了，我隐隐约约感到了什么，因为她多次和我说起过出国留学的事，有时她接到父母的电话后情绪就会很沮丧，我知道她有一天会离开我，我知道我会难过，但是我从不提及，我只想珍惜我们在一起的每一分每一秒，我为她洗袜子，给她做饭，背着她去医院复诊。有时，我突然很想回到原始时代，喜欢谁，就拿大木棒子把她打晕，拖回洞里，就可以相安无事地过一辈子。

2月14日，蝴蝶的生日，正好是情人节，如果你对那一年的情人节还有印像的话，就会记得那天也下雪。我对蝴蝶说，我们不是情人，我们是恋人，所以，要玫瑰没有，要蛋糕有一个。我用23根蜡烛在地面上摆了一个心的图案。我说，够浪漫吧。她盘腿坐下，看看四周，说，怎么弄得跟灵堂似的。我打个响指，忘了来点音乐了。音乐响起，她看着我，泪水涌了出来。

你真傻，蝴蝶说，明明知道我快要走了，还对我这么好。
就是因为你快要走了，我说，所以我要对你好一些，再好一些。
也许你不是最好的，但你肯定是对我最好的。
别哭了，把舌头伸出来，我把蛋糕放上面。
我不想吃，也吃不下去。
明年这个时候，我对蝴蝶说，我想你应该是在伏尔加河岸的一户人家里，壁炉里燃烧着使人温暖的火，木头发出"噼啪"的声音。
窗外，还有落了雪的山毛榉树林，冰冻的河流，以及，我春天种下的薰衣草，蝴蝶说。

我说，你丈夫抽着烟斗，一个真正的外国人，他有狐臭，你呢，坐在摇椅上打毛衣，你们的孩子已经睡着了，你们过着男耕女织的幸福生活。

去死……蝴蝶的一只拖鞋向我飞了过来。

她生日那天，蝴蝶说如果在心里默默许下一个愿望，她第二天就会忘记，所以她要写下来，写在纸上，然后装进瓶子里，埋在地下。夜色茫茫，大雪纷纷，我用一根树枝在她家楼下草坪上挖了一个洞，我对她说，神秘而又充满期待，当年四十大盗埋下宝藏的时候估计也是这感觉。她说，阿里巴巴找到宝藏的时候也是这样。我不知道她写的什么，在她出国后的第二天，我就迫不及待地挖开了那个洞，打开那个密封的瓶子，她写的是——等我回来，下第一场雪的时候，不见不散。

后记

首先向读者致以深深地歉意,《十宗罪5》只完成了七卷,因为诸事繁多,忙于《十宗罪》影视项目运作,剩下两卷无暇完成,请读者们理解见谅!

为了回报大家,特此在本书补充进我的几个短篇小说,以飨读者。这几部短篇小说都延续了《十宗罪》的写作风格,虽不能说字字珠玑,但也是呕心沥血写成的,希望读者能够全面了解我的作品,多多批评指教。

另外,请大家期待同名影视以及将来要写的《十宗罪6》。

我会坚持自己的创作理念,一如既往,永不改变。写别人不敢写,写别人不能写,写别人不会写。竖中指为炬,逆风而前行,向着地狱的深处前进!